Camryn Garrett
Friday I'm in Love

Weitere Bücher von Camryn Garrett *im Arena Verlag*
Off the Record. Unsere Worte sind unsere Macht

Isabel Abedi
wohnt mit ihrer Lebensgefährtin in einem alten Bahnhof am Hamburger Stadtrand. Einen großen Teil ihrer Jugend verbrachte sie in den USA, machte ihren Highschool-Abschluss in Oregon und zählte als Praktikantin zum Team einer Werbefilmproduktion in Los Angeles. Nach ihrem ersten Berufsleben als Werbetexterin erfüllte sich ihr Traum, Bücher zu schreiben. Sie ist Autorin vieler erfolgreiche Kinder- und Jugendbücher, die in andere Sprachen übersetzt wurden. Zu den Büchern, die sie selbst aus dem Englischen übersetzt, zählt auch »Off the Record« von Camryn Garrett.

Arena

CAMRYN GARRETT

FRIDAY I'M IN LOVE

Aus dem Englischen
von Isabel Abedi

Ein Verlag in der Westermann Gruppe

RECYCLED
Papier aus Recyclingmaterial
FSC® C110508
FSC www.fsc.org

1. Auflage 2024
Für die deutschsprachige Ausgabe:

Rottendorfer Str. 16, 97074 Würzburg

Aus dem Englischen von Isabel Abedi
Lektorat: Jessica Mauwena Lawson
Covergrafik: Erick Dávila
Umschlaggestaltung: Sora Kim
Vignetten: Sora Kim
Layout und Satz: Malte Ritter, Berlin
Gesamtherstellung: Westermann Druck Zwickau GmbH
Gedruckt in Deutschland
ISBN: 978-3-401-60738-2

Besuche uns auf:
www.arena-verlag.de

@arena_verlag
@arena_verlag_kids

HINWEIS ZU SENSIBLEN THEMEN

In dieser Geschichte werden rassistische Sprache (u. a. die englische Entsprechung des N-Wortes auf S. 53, 54), Bilder oder Handlungen dargestellt. Dies ist nicht die persönliche Meinung der Übersetzerin oder des Verlages, sondern soll aufzeigen, welchen (Alltags-)Rassismen und vorurteilsbehafteten Vorstellungen Schwarze Menschen und People of Colour ausgesetzt sind und teilweise selbst internalisiert haben. Dies können sensible Themen sein.

An Lingeringlillies, dafür, dass they mir gezeigt hat,
welche Art von queerer Frau ich sein wollte,
ohne überhaupt meinen Namen zu kennen.

Dressed up to the eyes
It's a wonderful surprise
To see your shoes and your spirits rise
Throwing out your frown
And just smiling at the sound
And as sleek as a shriek,
Spinning 'round and 'round
Always take a big bite
It's such a gorgeous sight
To see you in the middle of the night
You can never get enough
Enough of this stuff
It's Friday
I'm in love!

»FRIDAY I'M IN LOVE« BY THE CURE

APRIL

AKTUELLER KONTOSTAND: 300 $

–50 $ für Naomis Geschenk

KAPITEL 1

Mich zu Naomis Sweet-Sixteen-Party zu fahren, war Moms Idee. Wer jetzt denkt, es läge daran, dass ich nicht Auto fahren kann, dem würde die San-Diego-Kraftfahrzeugbehörde widersprechen – selbst wenn ich die Prüfung dreimal machen musste. Ich habe meinen Führerschein. Und trotzdem darf ich so gut wie nie fahren, wenn ich es will. Wie zum Beispiel jetzt gerade.

»Weißt du«, sage ich, »hätte *ich* eine Sweet-Sixteen-Party gehabt, wäre Naomi selbst dorthin gefahren.«

»Mahalia.«

Mom presst ihre Lippen fest aufeinander. Wenn sie am Steuer sitzt, klebt ihr Blick immer auf der Straße, also kann ich so viel mit den Augen rollen, wie ich will, und komme trotzdem damit durch. Aber wenn sie mich dabei nicht anschaut, macht es ehrlich gesagt auch nicht denselben Spaß. Also starre ich stattdessen auf meinen Schoß. Zwischen meinen Füßen ist Naomis Geschenk. Es steckt in einer glitzernden Tasche, die wir vom Dollarshop bekommen haben. Es ist nur ein einfaches Kleid von Forever 21, aber um es mir leisten zu können, musste ich einen satten Anteil Benzingeld opfern. Ich hoffe, es sieht nicht so billig aus, wie es sich anfühlt.

»Wir haben das jetzt *mehrfach* durchdiskutiert«, fügt Mom hinzu. »Es gab kein Geld, um dir eine Party zu bezahlen. Nicht in diesem Jahr.«

Sei kein Trotzkind, sei kein Trotzkind –

»Aber du hast *gesagt,* ich könnte eine Party schmeißen.« Ich verschränke die Arme vor der Brust. »Weißt du noch? Du meintest, zu meinem Sechzehnten könnte ich eine gigantische Party feiern, weil du nie eine bekommen hast.«

»Als ich das meinte, warst du *sechs«,* feuert Mom zurück. »Als du sechs warst, sahen die Dinge anders aus.«

Frustriert ziehe ich den Kopf wieder ein. Mom hat recht. Die Dinge *waren* anders, als ich sechs war – da hatten wir nämlich noch viel weniger Geld. Uns dahin zu bringen, wo wir jetzt sind, hat Mom viel Zeit gekostet. Aber manchmal will ich mehr. Und jedes Mal komme ich mir wie ein Riesenarschloch dabei vor.

Eine Haarsträhne weht mir in den Mund, und ich spucke sie aus. Die Fenster sind runtergekurbelt, weil Mom anti-Klimaanlage ist, und ich mag es, wie der Fahrtwind meine Haare durch die Gegend wirbelt. Für einen Afro sind meine Haare nicht drahtig genug, aber sie sind auch nicht so geschmeidig, als dass ich sie wie die weißen Mädels tragen könnte. Also hab ich diese Art krausen Wuschelkopf, den ich jede Nacht zu Zöpfen flechte, um ihn zu bändigen, und jeden Morgen wieder aufmache. Zumindest war ich heute gegenwärtig genug, mir ein Stirnband überzustreifen.

»Und überhaupt, ein Mädchen muss keine Party haben«, sagt Mom. »Rechnungen müssen bezahlt werden, Mahalia. Miete und Strom und Heizkosten und Essen, all diese Rechnungen. Oder hättest du lieber deine Party und würdest dafür den Rest des Jahres hungern?«

Ich meine, ich hätte diese Party echt gern gefeiert.

»Klingt doch gar nicht so schlimm«, lenke ich schließlich ein und versuche ihr ein Lachen zu entlocken. »Wir säßen ja nicht auf der Straße oder so. Wir könnten bei Dad wohnen.«

Mom macht dieses Geräusch, das wie *Pshh* klingt.

»Okay«, sage ich. War vielleicht nicht der beste Witz. Als Dad und seine Freundin meine jüngere Halbschwester Reign bekamen, hat Dad sechs Monate lang »vergessen«, meinen Unterhalt zu zahlen. Dass er uns für ein Jahr ernähren könnte, bezweifle ich. »Aber ich bin sicher, es wäre kein großes Ding gewesen. Sagst du nicht immer, der Herr versorgt uns?«

»Nicht, wenn es um albernes Zeug geht«, entgegnet sie. »Der Herr versorgt uns mit dem, was wir brauchen.«

»Tut er das?« Ich versuche meine Stimme unbefangen klingen zu lassen, aber es fällt mir schwer. »Warum haben wir dann kein Haus? Oder Rücklagen fürs College? Oder Geld, damit du wieder aufs College gehen kannst?«

Moms Hände klammern sich fester um das Lenkrad.

»Gott ist kein Flaschengeist, und das weißt du«, sagt sie. »Du reibst nicht an der Bibel und wartest auf drei Wünsche.«

Ich schnaube. Sie blickt mich aus dem Augenwinkel an und setzt ein winziges Lächeln auf. Für eine Sekunde denke ich, dass es überstanden ist und dieses ganze *Gott*-Gerede hinter uns liegt. Aber dann –

»Der Herr hat uns einen Körper zum Arbeiten gegeben«, sagt sie. »Er hat mich zum Pflegeheim geführt, als ich – als *wir* – es am nötigsten hatten. Er gab dir den Grips, mit dem du dir ein großartiges Stipendium für den nächsten Herbst sichern kannst. Gott hilft denen, die sich selbst helfen. Vergiss das nicht, okay?«

Ich hasse es, mit Mom über Gott zu sprechen, hauptsächlich, weil sich die Regeln von Mensch zu Mensch ständig zu ändern scheinen, und in der Kirche, die wir seit meiner frühen Kindheit besuchen, sogar von Sonntag zu Sonntag. Mir kommt einfach alles daran zu bequem vor. Der Herr wird uns versorgen, aber nicht zu sehr. Der Herr vergibt uns unsere Sünden, aber zu sündigen, ist schlecht, und wir sollten es niemals tun.

Wenn Pastor Patrick in der Kirche sagt: »Heutzutage ist der Teufel in diesem Land *lebendig«,* ist Moms »Amen« ebenso lautstark wie das Wort Gottes. Sie sagt immer, der Teufel führt uns stets in Versuchung und lenkt uns weg von den Wegen des Herrn, und genau deshalb sei sie auch mit fünfzehn schwanger geworden. Nicht weil Dad überzeugend und Mom geil gewesen ist.

Ein Teil von mir will sagen, es lag an *Mom* und nicht an Gott, dass sie diesen Job bekommen hat. Aber damit würde ich nur einen Streit auslösen, so viel ist sicher. Also strecke ich die Hand nach dem Radio aus. Mom schlägt sie weg und schaltet eine ihrer christlichen Hip-Hop-CDs ein. Ich stoße einen dramatischen Seufzer aus.

»O bitte«, übertönt Mom die funkigen Beats. »Ich weiß genau, dass du sie liebst.«

Ein paar dieser Songs *sind* eingängig. Aber dann schrauben sich die Bibelsprüche für den Rest des Tages in meinen Kopf, und ich fühle mich wie eine Heidin, weil ich nicht an sie glaube.

Gott sei Dank erscheinen links am Straßenrand jetzt die großen, kunstvoll verzierten Säulen des Restaurants – einem strahlend weißen Gebäude direkt am Wasser. Gigantische Fenster mit Meerblick. So eine Location können sich nur Naomis Eltern leisten. So eine Location hätte ich mir für meine nicht existente Party gewünscht.

Aber das ist jetzt auch egal. Für meinen Sweet-Sixteen bin ich zu spät dran und so etwas wie ein Sweet-Seventeen existiert nicht. Die nächstbeste große Party an meinem Horizont ist wohl am ehesten eine Hochzeit oder eine Beerdigung.

Mom hält vor dem Restauranteingang, und mir fallen garantiert gerade die Augen aus dem Kopf. Da sind Leute in Uniformen, die Mäntel entgegennehmen und Autos parken. Wie abgefahren ist das bitte?

»Sei brav«, sagt Mom und zwickt mir in die Wange. »Ich will nicht hören, dass du dich Mr und Mrs Sanders gegenüber unhöflich verhalten hast. Verstanden?«

Ich strecke ihr die Zunge raus. Das soll größtenteils ein Scherz sein – ich bin ständig bei Naomi zu Hause und sehe ihre Eltern garantiert öfter als meine eigene Mutter, aber das sage ich nicht laut. Mom kann schließlich nichts dafür, dass ihr das Pflegeheim diese unfassbaren Stunden zumutet. Sie trägt schon ihre Pflegekleidung, und für eine Blitzsekunde spult mein Gehirn vor, sodass ich sehe, wie sie sich nach einer Zwölfstundenschicht langsam in unsere Wohnung schleppt, als hätte sie den ganzen Tag nicht eine einzige Gelegenheit gehabt, sich zu setzen.

»Mahalia?«

Ins Restaurant steuern bereits Menschen in High Heels und Anzugjacken. Fast keins der Gesichter kommt mir bekannt vor, aber ich bin ziemlich sicher, dass *diese* Personen nicht bei Forever 21 einkaufen. Mein Rücken verspannt sich. Das hier ist eine andere Nummer, als nach der Schule bei Naomi zu Hause zu chillen.

Mom gibt mir einen Stups.

»Sei brav«, sagt sie wieder, als ich die Tür öffne. »Ich liebe dich.«

»Tschau, Mom.« Ich schlucke angestrengt. »Ich lieb dich auch.«

Ich steige aus ihrem schrottreifen Auto und blicke nicht zurück.

AKTUELLER KONTOSTAND: 250 $

KAPITEL 2

Als Naomi und ihre Eltern anfingen, die Party zu planen, war ich so aufgeregt, als wäre es meine eigene. Ich wollte dabei sein, als Naomi Kleider anprobierte, ich wollte mit ihr Einladungskarten aussuchen und mich mit ihr über die Musikwahl austauschen. Irgendwo mittendrin muss ich wohl vergessen haben, dass ich nicht die einzige Gästin auf der Party sein würde.

Naomi ist meine beste Freundin, aber in sozialer Kompetenz ist sie mir haushoch überlegen. Ich kenne viele Leute, weil wir auf dieselbe Schule gehen, aber ich bin nicht wirklich mit ihnen *befreundet.* Es sind eher Leute, mit denen ich mich zu Zweiergruppen im Chemielabor zusammentun würde.

Dieser Saal ist voll von Personen, die für ein Laborteam infrage kämen. Naomis Freund:innen haben die verschiedensten Races, Gender und Alter. Sie stehen an runden Tischen, über die weiße Tischdecken drapiert sind, und knabbern Appetizer. Und dann ist da diese riesige Tanzfläche aus Holzparkett, auf der ein paar tapfere Seelen versuchen, die Party an den Start zu bringen.

Ich pflanze mich an einem der Tische nieder und schlage Wurzeln, auch dann noch, als mehr Menschen zur Tanzfläche pilgern. Ich bin umringt von Fremden; einer älteren Frau, deren Frisur aussieht wie ein Bienenstock, einem Ehepaar, und einem Mädchen, das ich aus der Schule kenne. Etwa alle zehn Minuten ploppt Naomi in der Menge auf, und ich kann meinen Blick nicht von ihrem Kleid lösen.

Als sie es mit ihrer Mom gekauft hat, war ich dabei – ich erinnere mich noch genau, wie die Verkäuferin das Kleid anpries, und dabei Ausdrücke wie *Deep-V-Neck Corsage* und *natürlicher Taillenumfang* benutzte, unter denen ich mir nicht wirklich etwas vorstellen konnte. Aber eins war – und ist noch immer – leicht zu verstehen: Naomi sieht wunderschön darin aus. Das Kleid ist lang und lavendelfarben. Wenn ich die Spaghettiträger und den geschnürten Rücken ignoriere, kann ich mir bildhaft vorstellen, wie Naomi den Saum ihres Kleides rafft und einem verbotenen Liebhaber aus einem Jane-Austen-Film querfeldein hinterherjagt.

Ich versuche ihr zuzuwinken, aber sie nimmt nur ein einziges Mal Notiz von mir. Sie ist wie eine Königin umschwärmt von einer hundertfachen Schar an Staatsangehörigen, die offensichtlich schwer begeistert darauf aus sind, sich mit Tanten und Onkeln, Cousins und Cousinen zu unterhalten.

Seufz.

»Mahalia!«

Die dröhnend laute Stimme lässt mich zusammenzucken. Hinter mir ist Mr Sanders. Er schaut mit einem Grinsen zu mir runter. Seine Stirn ist verschwitzt, und auf seinem blauen Frackhemd prangt ein dunkler Fleck. Ich kann mir nicht verkneifen zurückzulächeln.

»Ich habe dich schon überall gesucht«, sagt er. »Warum tanzt du nicht?«

»Oh«, sage ich, werfe einen kurzen Blick auf die Tanzfläche, und sehe kleine Kinder quietschend Fangen spielen. »Ich war schon. Ich hab einfach, ähm, eine Pause gebraucht.«

Er reibt mir die offensichtliche Lüge nicht mal unter die Nase. Stattdessen zerrt er mich förmlich von meinem Sitzplatz hoch und in eine Umarmung hinein. Noch bevor mir klar wird, dass auch seine Schultern verschwitzt sind, lehnt schon mein Gesicht daran. Es ist heiß hier drin, als käme die Klimaanlage nicht gegen all die tanzenden und singenden Menschen auf der Tanzfläche an. Naomi hat auf all das traditionelle Sweet-Sixteen-Zeugs verzichtet – keinen Hofstaat, keine schicken Schuhe, keine Reden. Das Einzige, was hier abgeht, ist haufenweise gutes Essen plus endlos viel Tanzen.

Mr Sanders wiegt uns vor und zurück. »Bist du sicher, dass die Musikwahl deinen Maßstäben gerecht wird?«

Ehe ich es verhindern kann, hat mein Blick sich bereits verfinstert.

»Keine Ahnung, was der DJ da macht«, sage ich. »Er könnte doch einfach, na ja, klassische Hits spielen. Die Hälfte der Leute hier kennt keine Doja-Cat-Songs.«

Was, Hand aufs Herz, auch ziemlich berechtigt ist.

»Ah, das ist mein Mädchen.« Sein Grinsen wird noch breiter. »Ich habe Naomi gesagt, wir sollten was in Richtung Old School spielen, ein bisschen Luther Vandross vielleicht –«

»Oh, nein, Mr S.«, entgegne ich. »Da wäre sie auf keinen Fall mitgegangen.«

Er lacht. Ich glaube nicht, dass er betrunken ist, er wirkt einfach nur glücklich. Mom geht es manchmal *okay*, aber ob ich sie jemals glücklich gesehen habe, weiß ich nicht.

»Ich hasse es, dich hier ganz allein sitzen zu sehen«, sagt er ernüchtert. »Ich bin sicher, Naomi hätte dich gerne um sich.«

»Ja, klar.« Ich werfe einen flüchtigen Blick über meine Schulter. »Ich wollte nach ihr schauen, aber sie hat haufenweise Leute, mit denen sie sich unterhalten kann. Ist schon okay. Ernsthaft. Ich suche sie später.«

Vertraute Klaviertöne ziehen meine Aufmerksamkeit auf sich. Ruckartig wirbelt mein Kopf Richtung Tanzfläche. Durch die Lautsprecher dringt Stevie Wonders »Don't You Worry 'Bout a Thing«. All die Schwarzen Erwachsenen sind jetzt abgewandert, sie jubeln und wiegen sich auf der Tanzfläche. Meine Hüften bewegen sich sanft zum Rhythmus. Sich nicht zu Stevie Wonder zu bewegen, ist ein Ding der Unmöglichkeit.

Am DJ-Pult legt Naomis Mom mit einer anderen Mutter los. Ihrem Aussehen nach könnte Mrs Sanders glatt noch aufs College gehen, obwohl sie drei Kinder hat und eine megaangesagte Anwältin ist. Plötzlich sieht sie Naomi so ähnlich, dass sich mein Herz zusammenkrampft. Ich will auch mit meiner besten Freundin tanzen. Nicht mit ihrem Dad.

»Gesell dich gerne zu Mrs Sanders und mir«, bietet er mir an und wirbelt mich herum. »Wir versuchen zusammen rauszufinden, wie wir zu dieser Musik tanzen können.«

»Nein, mir geht's gut«, sage ich und zucke vor ihm zurück. »Ich wollte eh grad auf die Toilette. Aber vielen Dank, ich komm später noch mal zu Ihnen.«

»Auf jeden Fall.« Er lächelt. Mr Sanders lächelt immer. Ich frage mich, wie sich das anfühlt, wenn du mit jedem Aspekt deines Lebens komplett zufrieden bist. »Bis später, Mahalia.«

Er spricht meinen Namen aus, wie er ausgesprochen werden soll, voller Sound und Swing. Bei Mom klingt er immer flach und formell.

Ich frage einen Kellner, wo die Toiletten sind, und steuere Richtung Flur. Die späte Nachmittagssonne strahlt durch die hohen Fenster und beleuchtet den Weg zu den Toiletten am

Ende des Korridors. Ich trage kein Prinzessinnenkleid wie Naomi, aber einen hübschen Rock. Meine Beine fühlen sich nackt an.

In öffentlichen Toiletten sind üblicherweise jede Menge Frauen, weshalb es mich überrascht, diese hier leer vorzufinden. Ich blicke mich in einem der Spiegel an. Ich habe mich zu Hause mithilfe von YouTube-Videos geschminkt; normalerweise kriege ich Naomi dazu, mir beiseitezustehen, aber diesmal hatte sie genug damit zu tun, sich selbst für die Party fertig zu machen. Als ich das Haus verließ, hätte ich ebenso gut aus einem Abiballfoto herausspazieren können, aber jetzt sieht mein Gesicht aus, als hätte ich alles weggeschwitzt. Und ich hab nicht mal *getanzt.* Es ist nicht fair.

»Brauchst du Hilfe?«

Ich drehe mich um. Hinter mir steht ein Schwarzes Mädchen, sie ist light-skinned und könnte mixed oder auch nicht mixed sein. Kurze, wilde Locken umrahmen ihren Kopf wie eine Krone, und ihre Wangen sind übersät von Millionen brauner Sommersprossen. In ihren braunen Augen ist etwas Ernstes, als würde sie mich inspizieren, aber auf ihren Lippen liegt ein sanftes Lächeln. Ich glaube nicht, dass ich sie je in der Schule gesehen habe. Ansonsten hätte ich sie auf jeden Fall erkannt.

Und weil ich unter hübschen Mädchen ja *so* wortgewandt bin, würge ich hervor: »Was?«

»Du hast grad dein Gesicht berührt.« Sie tritt auf mich zu, so dicht, dass ich die Wärme ihres Arms an meinem spüre. »Als würde dir dein Make-up Sorgen machen.«

»Oh.« Ich hab das Gefühl, nicht atmen zu können. Ihre Worte haben einen leichten Akzent, aber ich kann nicht ausmachen, woher er kommt. »Äh, ja. Es war – es ist heiß.«

Gott. Je mehr ich rede, desto schlimmer wird's. Aber ich glaube, ich muss weiterreden. Wenn ich aufhöre, geht sie vielleicht, und ich will, dass sie so lange wie möglich bleibt.

»Hier.« Sie greift nach der kleinen pinkfarbenen Tasche, die sie bei sich trägt. »In diesem Stadium ist es am einfachsten, alles abzuwischen.«

Sie zieht ein Päckchen Abschminktücher hervor. Ich stehe da, rühre mich nicht, schaue nur. Ich will irgendwas Witziges oder Flirtiges sagen, aber in meinem Gehirn ist nichts. Ihre Tasche schließt sich klickend.

»Sieht im Grunde nicht schlecht aus«, sagt sie, während ihr Blick über meinen zittrig aufgetragenen Kajal und Lidschatten wandert. Ich bin erstarrt. »Aber trotzdem halte ich Feiern für eine schreckliche Idee, wenn du dir dabei die ganze Zeit einen Kopf um dein Make-up machen musst. Was meinst du?«

»Äh«, sage ich. »Klar?«

Ihre Hand, bedeckt von dem kleinen weißen Tuch, schwebt neben meinem Hals. »Darf ich?«

Ich nicke, wahrscheinlich zu eifrig. Ich weiß nicht mal, wie dieses Mädchen heißt, aber sie ist mir so nah, und ich kann nicht aufhören sie anzuschauen. Sie drückt das Tuch gegen meine Wange und tupft sanft. Ich beobachte, wie sich ihre dunklen Augenbrauen konzentriert zusammenziehen. Ihre Berührung ist warm. Jeder Teil meines Körpers ist warm.

»Da«, sagt sie und schmatzt anerkennend mit den Lippen. »Perfekt.«

Das ist sie absolut. Und sie ist auch das Einzige, an das ich den ganzen restlichen Abend denken kann – während ich mit Naomis Dad zu »Before I Let Go« tanze, während ich mir einen kleinen Champagner stibitze, als die Erwachsenen gerade nicht hinsehen, während ich über die Tanzfläche hinweg verstohlene Blicke auf sie werfe ... Sie tanzt wie eine weiße Frau in einer Werbung für irgendein fragwürdiges Medikament, wirft ihr Haar zurück und ihr Lachen an die Decke. Ich will wissen, warum sie so glücklich ist. Wie lange kennt sie Naomi schon? Hat sie sich auch am Champagner bedient?

Aber als ich den Mut aufgebracht habe, zu ihr rüberzugehen, taucht schließlich doch Naomi auf, verschwitzt und ein bisschen gerötet und grinsend, als hätte sie ein Geheimnis.

»*Da* bist du«, sagt sie. »Ich hab dich überall gesucht.«

Sie greift nach meinen Armen und schwingt sie von einer Seite zur anderen. Irgendwann heute Abend hat sie ein Diadem erlangt, und es ruht auf ihrem Kopf, als hätte es sein ganzes Leben dort verbracht.

»Alter«, sage ich mit einem Lachen in der Stimme, während ich ihre Arme drücke. »Ich war hier. Bist du Cody hinterhergejagt, oder was?«

Ich mach nur Spaß – tatsächlich habe ich Naomi heute nicht mit Cody gesehen. Er ist dieser weiße Geek, auf den Naomi seit einer Ewigkeit einen Crush hat. Sie sind einander ziemlich ähnlich – beide Klassenbeste und bei jeder Schul-AG am Start.

Naomi kichert. Oha, sie hat sich *definitiv* am Champagner bedient.

»*Noch* nicht. Aber der Abend ist trotzdem *perfekt.«* Sie flüstert mir förmlich ins Ohr. »Findest du nicht?«

Meine Brust fühlt sich flatterig an, teils vom Champagner und teils vom Tanzen. Ich fühle mich, als könnte ich die ganze Nacht durchtanzen, ohne darüber nachzudenken, wer mich anschaut. Ich kann mich nicht daran erinnern, wann ich mich das letzte Mal so gefühlt habe. Wir stehen so nah beieinander, dass unsere Wangen gegeneinanderprallen, als ich nicke. Naomi kichert wieder.

»Warte«, sage ich. »Weißt du, was noch perfekt ist?«

Ich drehe mich zu der Stelle um, an der ich die Fremde zuletzt gesehen habe, als sie ihren weißes-Mädchen-Pharma-Werbetanz abzog. Aber sie ist fort. Es kommt mir vor, als hätte die Tanzfläche ein Loch.

»Was ist perfekt?«, fragt Naomi und drückt meinen Arm, um meine Aufmerksamkeit auf sich zu lenken.

Hab ich mir das, was auf der Toilette passiert ist, eingebildet? Hat dieses Mädchen überhaupt existiert? Ist sie wirklich so fantastisch, wie ich dachte, oder bin ich auf dieser Party nur ein bisschen zu angeschickert?

»Ähm«, sage ich und drehe mich wieder zu Naomi.

»Die Playlist.«

»Gott, Mahalia«, Naomi verdreht die Augen. »Halt die Klappe und tanz.«

Dann zieht sie mich mitten auf die Tanzfläche. Selbst als der DJ nachgibt und einen Doja-Cat-Song spielt, als alle Mädchen aus der Schule auf die Tanzfläche strömen und es sich anfühlt, als könnte ich die Nacht durchtanzen, denkt ein kleiner Teil von mir noch immer an die Zartheit der Hand des Mädchens an meiner Wange. Selbst wenn mein Gehirn diesen Augenblick ausgeschmückt und ihn zu etwas ausgearbeitet hat, was er nicht war – die Erinnerung in mir ist warm und weich, genau wie ihre Berührung.

AKTUELLER KONTOSTAND: 225 $

–25 $ für Benzin (und Süßigkeiten)

KAPITEL 3

Die Schule ist so ziemlich der Fluch meiner Existenz, aber ich bin tatsächlich, erstaunlicherweise, gut in Geschichte. Seit der Mittelstufe ist das mein Lieblingsfach. Auch wenn mein Lehrer in diesem Jahr manchmal ganz schön nervig sein kann. Und am Montag nach Naomis Sweet-Sixteen-Wochenende wieder zur Schule zu gehen, fällt mir ziemlich schwer.

Als Mr Willis anfängt, die Arbeitsblätter zurückzugeben, bin ich noch immer ein bisschen high von dem Gefühl, dieses Mädchen gesehen zu haben. Danny, ein nerviger weißer Junge, ist gerade dabei, mit seinen Drumsticks auf die Tischplatte einzuschlagen. Du könntest glatt glauben, er wäre Mitglied einer Marschband oder so was, aber nein. Er hat's offensichtlich erst während der Sommerferien gelernt. Und jetzt tut er nix anderes, als seine bescheuerten Drumsticks gegen seinen Tisch oder den Boden oder die Wand zu schlagen – und wir alle müssen drunter leiden.

»Danny«, sagt Mr Willis. *»Bitte* hören Sie auf, damit ich denken kann.«

Danny hält inne, die Drumsticks schweben über der holzgemusterten Linoleumtischplatte. Mr Willis stößt einen schmerzvollen Seufzer aus und reibt seine Schläfen, bevor sein Blick auf etwas anderes fällt.

»Jacob«, sagt er streng und beäugt einen der Schüler in der ersten Reihe. »Weg mit dem Essen.«

»Aber, Mr W.« Jacob, ein Junge mit blond gefärbten Haaren und koreanischem Background, stöhnt auf. »Es ist doch nur eine Orange und –«

»Sie kennen die Regeln.« Mr Willis teilt weiter die Arbeitsblätter aus. »Über Ihre Projekte haben wir schon geredet, aber für die Leute, die hier nur mangelhaft Notizen machen, fasse ich noch einmal zusammen: Jede Gruppe wird eine Unterrichtsstunde erarbeiten. Sie soll sich um ein Thema drehen, das wir im Unterricht nicht komplett abdecken können – Beispiele können sein, sind aber nicht begrenzt auf: Reagan und Konservatismus, Migration und Immigration und die Herausforderungen des 21. Jahrhunderts. Auch wenn diese Themen wahrscheinlich nicht in den AP-Prüfungen auftauchen werden, ist es wichtig, dass Ihnen die *ganze* US-Geschichte bewusst ist, und nicht nur der Teil, der in einem Test vorkommen kann. Ihre Unterrichtsstunde werden Sie in einem Monat vor der Klasse halten, und das, was Sie gelernt haben, in einem Essay einreichen.«

Er macht eine bedeutungsvolle Pause, aber die geht für die anderen in der Klasse unter. Die Leute schwirren los, so wie es alle tun, wann immer eine Lehrperson ein Gruppenprojekt ankündigt.

»Ich weiß, dass Sie es gewohnt sind, Ihre eigenen Gruppen in der Klasse zu bilden. Aber dieses Mal werde *ich* die Gruppen für Ihr Projekt aussuchen.«

Die gesamte Klasse stöhnt auf. Mr Willis nickt, als hätte er genau das erwartet.

»Ich kann nicht anders als bemerken, dass Sie alle jedes Mal dieselben Partnerinnen oder Partner wählen«, sagt er. »Und das ist nicht der Sinn einer Projektgruppe. Es geht darum, Ihren Horizont zu erweitern. Lernen Sie mal jemand Neuen kennen. Nutzen Sie Ihre Fähigkeiten, um …«

Das ist der Punkt, an dem ich ihn ausblende. Ich bin drauf und dran, spaßeshalber eins der kleinen Kästchen am Rand unserer Arbeitsbücher durchzulesen – so sehr langweilt mich Mr Willis – als die Tür aufspringt. Mein Blick schnellt hoch, und meine Kinnlade klappt nach unten. Da kommt nicht einfach irgendeine Person von der Toilette zurück, und es ist auch keine andere Lehrperson, die fragt, ob sie einen Tacker haben darf. Es ist *sie.* Das Mädchen von Naomis Party.

Ihre Haare sind zu Space Buns hochgesteckt, was ja wohl das Süßeste überhaupt ist, und die Sommersprossen auf ihrem Gesicht kommen mir jetzt sogar noch zahlreicher vor. Sie trägt Birkenstocks – ist sie ein Hippie? Diese Teile hab ich sonst nur an weißen Menschen mit Dreads gesehen, aber ihr *stehen* sie. Als wäre das einfach, wer sie ist – und nicht irgendein Trend, dem sie hinterherläuft.

An die Brust gedrückt hält sie eine Mappe, und auf ihren Lippen liegt ein zaghaftes Lächeln. Sie macht einen Schritt ins Klassenzimmer. Sofort sind alle Blicke auf sie gerichtet.

Bevor irgendwer irgendwas sagen kann, kreischt Danny los: »Babe! I lost you!«

Dann macht er ein kleines Drum-Solo. Das Mädchen errötet und steckt sich eine Haarsträhne hinters Ohr, und der Rest der Klasse bricht in Gelächter aus. Normalerweise würde ich die Augen verdrehen. Aber in diesem Moment? Das Wort *Babe* titscht in meinem Kopf herum. Danny würde sie nicht grundlos *Babe* nennen. Er ist nervig, das schon, aber für *so* creepy halte ich ihn nicht.

Was offensichtlich bedeutet –

»Siobhan«, sagt Mr Willis. »Alle zusammen: Ein herzliches Willkommen für die neue Schülerin, die den ganzen Weg aus Irland zu uns hergefunden hat.«

Er klatscht laut in die Hände, und die Klasse stimmt mit lauwarmem Beifall ein. Meine Hände fühlen sich an wie erstarrt. *Siobhan.* So heißt sie also. Aber als sie auf einem leeren Stuhl neben Danny Platz nimmt und nach seiner Hand greift, fällt es mir schwer, den Zusammenhang nicht zu erkennen. Dann hat dieses Mädchen wohl angefangen, Danny zu daten, bevor sie sich auf unserer Schule angemeldet hat.

Danny? Von allen Leuten ausgerechnet *ihn?*

Es ist ja nicht so, dass irgendwas an ihm *daneben* ist. Er sieht durchschnittlich aus – blonde Haare, blaue Augen, gebräunte Haut von der vielen Sonne. In der Schule trägt er ausnahmslos T-Shirts mit dem Maskottchen (the Panthers) oder sein Trikot, obwohl die Football Saison schon seit Herbst vorbei ist. Er hat haufenweise Freunde, die alle genauso klingen, rumlaufen und aussehen wie er. Und dann ist da dieses ganze Trommelding ...

Sie könnte es eine Million Mal besser treffen.

»Gruppen, Gruppen.« Mr Willis greift nach dem Zettel auf seinem Tisch. »Jack, Isabel und Sean in Gruppe eins. Morgan, Jeremy und Parker in Gruppe zwei. Danny, Siobhan und Mahalia in Gruppe drei.«

Als sich Siobhan zu mir umdreht, kommt es mir vor, als schlüge mein Herz nicht mehr. Eine Sekunde lang ist ihr Lächeln schüchtern, aber dann flackert in ihrem Blick die Erinnerung auf.

»Du bist das«, sagt sie und rückt ihren Tisch zu mir rum. »Von der Party. Bist du eine von Naomis Freundinnen?«

Dannys Blicke schießen zwischen uns hin und her, bevor auch er seinen Tisch herumrückt.

»Welche Party, Babe?«, fragt er Siobhan, obwohl er mich dabei ansieht, mit einer Art linkischem Lächeln. »Dieses Dings, wo du am Wochenende warst?«

Die ganze Klasse ist jetzt dabei, die Tische zu kleinen Dreiecken zurechtzurücken, aber diese beiden ersparen mir die Mühe, indem sie ihre Tische zu mir drehen. Ich wünschte, ich könnte Danny in eine andere Gruppe schieben. Stattdessen klopfe ich mit dem Bleistift gegen die Titelseite unseres Arbeitsblattstapels.

»Es war ein Sweet-Sixteen«, sagt Siobhan und neigt sich dabei so, dass sie Danny quasi auf dem Schoß sitzt. Geistesabwesend spielt sie mit der Goldkette, die Danny um den Hals trägt. »Es war meine erste, aber es hat superviel Spaß gemacht. Und ich habe eine neue Freundin gefunden. Sag mir noch mal, wie du heißt?«

Ich will wegschauen – dieser Anblick, wie die beiden da zusammensitzen, das ist für ein Klassenzimmer ja wohl viel zu intim –, aber ich will auch nicht unsozial sein.

»Mahalia«, sage ich. Wahrscheinlich sollte ich noch mehr sagen, irgendwas Cooles und Lustiges und Gewagtes, aber all meine Worte stecken in meiner Kehle fest. »Ich heiße Mahalia Harris.«

»Schön, dich kennenzulernen, Mahalia Harris.« Sie beugt sich vor und legt ihre Hand auf meine. »Ich bin Siobhan Davidson.«

Ich starre auf ihre Hand. Es schockiert mich, wie zärtlich sich die Berührung anfühlt. Als würden wir uns schon seit Jahren kennen. Normalerweise würde ich das hier vielleicht schräg finden, wie etwas, das auch von meiner Mom hätte kommen können. Ich wäre vielleicht abgeschreckt von der Art, wie sie mich als ihre Freundin bezeichnet, obwohl wir uns gerade mal flüchtig getroffen haben. Aber in diesem Moment bin ich einfach nur dankbar, dass sie mir ihre Aufmerksamkeit schenkt.

»Alle auf Ihre Plätze, bitte«, ruft Mr Willis von seinem Tisch. »Ihre *eigenen* Plätze.«

Siobhan rutscht zurück auf ihren Stuhl, ihre Wangen sind noch immer gerötet, aber Danny legt seine Hand auf ihren Oberschenkel. Sie lächeln einander an, süß und niedlich und eklig.

»Babe«, sagt Danny und klappt mit einem lauten Schlag sein Arbeitsbuch auf. »Soll ich dich heute zu deiner Schicht fahren?«

»Das wäre super«, antwortet sie und krempelt ihre Ärmel hoch. An ihrem rechten Handgelenk baumeln ein paar Armreifen. »Ich dachte gerade –«

Ihr Kiefer klafft auf, und das lauteste Gähnen, das ich je gehört habe, durchbricht das gesamte Geschnatter im Klassenzimmer. Sogar Mr Willis blickt von seinem Tisch auf und zu ihr rüber. Errötend hält Siobhan die Hand vor den Mund.

»Wow«, ich kann mir das Kichern nicht verkneifen. »So langweilig ist Geschichte jetzt auch nicht.«

Siobhan zieht die Unterlippe ein, aber ihr Blick ist verspielt.

Danny kichert – warum kichert der? Wir sind nicht befreundet. Siobhan lächelt, was ein Grübchen auf ihrer Wange zum Vorschein bringt. Fuck. Hatte sie dieses Grübchen schon vorher? Wie dunkel war es auf der Toilette?

»Shiv ist die größte Nachteule«, sagt Danny und schlingt seinen Arm um sie, als säßen sie nicht *direkt* nebeneinander. »Stell dir vor, in welche Sorte Ärger sie so gerät.«

Ich hoffe, er meint jetzt nicht Sex. Gott, wie *eklig*.

»Ernsthaft?« Ich weiß, dass meine Augenbrauen wahrscheinlich gerade meinen Haaransatz berühren, aber ich gebe alles, um einen unbeteiligten Eindruck zu machen. »Also, seit wann bist du hier? Aus Irland, meine ich.«

»Ungefähr seit einem Monat. Ich habe meine Klassenarbeiten online geschrieben.« Siobhan steckt sich eine Haarsträhne hinters Ohr und starrt auf ihr Arbeitsbuch, während sie auf ihrem Sitz rumrutscht. »Also, was denkst du, welches Thema –« Sie gähnt wieder. Diesmal nicht so laut wie beim ersten Mal, dafür zweimal so lange. Ich versuche mit aller Macht, sie nicht anzustarren. Nicht daran zu denken, was auch immer sie und Danny nachts treiben.

Das Ding am Mädchenmögen ist, dass ich kein Creep sein will. In fast allen Filmen und Serien, die ich kenne, mögen Jungs die Mädchen, und fast immer gehen sie voll schräg damit um. Sie stalken die Mädchen oder führen sich auf, als würde ihnen ein Mädchen, mit dem sie einmal gesprochen haben, plötzlich gehören. Sie sind besitzergreifend. Herrisch.

Ich will nichts von diesen Dingen sein. Ich will einfach nur in Siobhans Nähe sitzen. Ich will die Melodie ihrer Stimme hören, ihr Grübchen betrachten, die Sommersprossen auf ihrem Gesicht zählen. Ich will wissen, was ihre Lieblingsserie ist. Ob sie Kaffee oder Tee mag. Was sie am Wochenende, bevor sie hierherkam, gemacht hat. Ich will alles über sie wissen.

Aber am allermeisten will ich, dass sie aufhört, Danny zu daten. Was lächerlich ist – selbst wenn Danny ein nerviger Junge ist, der nichts Wichtiges zu sagen hat, liegt die Entscheidung, ihn zu daten, bei Siobhan. Nicht bei mir. Und trotzdem. Ich werde das Gefühl nicht los, dass sie außerhalb seiner Liga ist. Was ich hasse. Ich klinge wie ein schräger alter weißer Mann, der in seiner Midlife-Crisis einer jungen Frau hinterherjagt, und zwar in einer Romcom, die von einem Mann geschrieben wurde.

Puh.

»Mahalia?«

Ich blicke hoch. Siobhan und Danny starren mich mit spiegelgleichen Gesichtsausdrücken an. Was ich ebenfalls hasse. Sie ist jetzt wie lange hier? Eine Woche? Wie haben sie es in dieser kurzen Zeit auch noch geschafft, ihre Gesichtsausdrücke zu synchronisieren?

»Ich mache einen Gruppenchat«, sagt Siobhan langsam, als hätte ich möglicherweise Verständnisschwierigkeiten. »Kann ich deine Nummer haben?«

Dannys Drumsticks sind zurück. Er trommelt sanft, systematisch wie bei einem Countdown – zu was auch immer.

»Sicher«, sage ich und beuge mich vor. »Gibst du mir dein Handy?«

AKTUELLER KONTOSTAND: 225 $

KAPITEL 4

Nach der Schule bin ich bei Naomi, weil ich immer bei Naomi bin.

Möglicherweise deshalb, weil es bei den Sanders eine Klimaanlage gibt, was sehr hilfreich sein kann, wenn du in South California lebst. Und dann ist da Naomis Familie. Ihre Eltern arbeiten, aber nicht annähernd so viel wie meine Mom. Eins ihrer Elternteile ist immer zum Abendessen da. Das ist so schräg.

Sie wohnen in einem Riesenhaus mit einer Küche, die aussieht, als gehörte sie in den Traumhauskanal HGTV, und jeder hat sein eigenes Zimmer, weil es genügend davon gibt. Naomis älterer Bruder Marcus geht aufs Howard College, und ihr jüngeres Geschwister geht auf diese Schule, in der alle ihre Lehrpersonen beim Vornamen nennen. Wieder: so schräg.

»Hey, Cal«, sage ich und lasse meinen Rucksack neben der Eingangstür fallen. »Alles gut?«

»Bestens«, sagt they, ohne vom Buch aufzuschauen. »Ich bin grad bei meinem 40. Buch in diesem Schuljahr angekommen. Ich werde das Kind mit den meisten Büchern der ganzen Schule sein, und dann krieg ich einen Preis.«

»Wow.«

Es ist Montag, also krieg ich es nicht mal auf die Reihe, diesen Satz richtig zu verarbeiten, vor allem nach einem vollen

Schultag. Ich schaue mich zu Naomi um, aber die ist schon auf dem Weg Richtung Wohnzimmer.

»Ist das inklusive all der *Harry-Potter*-Bücher?«

»Mahalia.« Cal fixiert mich mit einem Blick, als wäre ich ein kleines Kind. »J. K. Rowling ist transphobisch. Wir müssen uns für Transrechte einsetzen.«

»Stimmt.«

Ich drehe dem Küchentisch den Rücken zu. Dass Mom mich nie die *Harry-Potter*-Bücher lesen ließ, lag an der Hexerei. Ich schätze, sie hatte eine weise Voraussicht.

»Probier *Percy Jackson«*, sage ich, schnappe mir eine Orange und steuere Richtung Treppe. »Davon gibt es eine Million Spin-offs, und für mich sind diese Bücher Scheiß. Naomi, ich gehe nach oben.«

Alle Schlafzimmer sind auf der zweiten Etage, aber von hier oben kann man das Erdgeschoss sehen, was für jede Menge Spaß gesorgt hat, als wir jünger waren und die Freunde von Marcus ausspionierten.

Ich will auch so ein Haus, aber ich werde nie eine Ingenieurin oder eine Anwältin werden, wie Mr und Mrs Sanders, also zweifle ich an der Erfüllung dieses Wunsches.

»Bist du in meinem Zimmer?«, ruft Naomi von unten. »Warte, ich hol noch ein paar Snacks. Fang nicht ohne mich an!«

Naomis Zimmer sieht fast noch so aus wie damals, als wir klein waren. Sie hat die Poster von One Direction und den Jonas Brothers abgehängt, aber abgesehen davon hat sie immer noch die lila Wände von früher und das gigantische Bett, das Platz genug für uns beide hat. Ich lass mich auf die Matratze plumpsen und fummle an der Fernbedienung herum. Auf dem Auswahlbildschirm starrt mich *Love, Simon* an. Sekunden später erscheint Naomi mit einer Schale Popcorn und zwei Tüten Capri-Sonne.

»Okay«, sagt sie und macht es sich bequem. »Jetzt kannst du starten.«

Ich drücke auf Play, und Naomi lässt das Popcorn rüberwandern.

Eigentlich sollten wir unsere Hausaufgaben machen, aber es ist April, und wir sind in der elften Klasse. Wir brauchen beide eine Pause. Wir haben *Love, Simon* schon mal gesehen, aber irgendwie ist es der perfekte *Schule-macht-mich-fertig*-Film. Nur, dass mir Siobhan nicht aus dem Kopf geht. Und Mädchen generell. Vor allem dieses Mädchen, die Leah spielt, ist voll süß.

»Erinnerst du dich noch an Bibel-Camp-Isabel?«, frage ich und lehne mich an Naomis Schulter. Sie blickt vom Bildschirm auf, unbeeindruckt.

»Die du geküsst hast?«

»Ja«, sage ich. »Ich frag mich, ob sie queer ist oder nur einen Hass auf Gott hat.«

Als Gott mich noch schwer beschäftigt hat, sind Naomi und ich jeden Sommer ins Bibel-Camp gefahren. Isabel hatte null Interesse am Basteln oder Auswendiglernen von Bibelversen. Aber sie hatte keine Angst, bei Wahrheit oder Pflicht ein Mädchen auf den Mund zu küssen, genau wie ich.

»Warum nicht beides?«, fragt Naomi, ein argwöhnischer Blick in ihrem Gesicht. »Und was sollen all die schrägen Fragen übers Kirchencamp? Sei still und schau den Film.«

Simon ist angezogen wie ein Hippie oder wie Jesus oder so.

»Ich denke einfach über Mädchen nach«, sage ich und lehne mich zurück, damit ich Naomis Gesicht sehen kann. »Und über das erste Mal, als ich eine geküsst habe.«

Ich erinnere mich immer noch daran, obwohl ich damals zehn war. Ihre Lippen waren weich und süß von den Teddy Grahams, die wir genascht hatten. Ich weiß noch, dass es nur ein paar Sekunden dauerte. Danach starrten uns alle mit großen Augen an, als hätten wir gerade die einäugige Schlange geärgert oder so. Im nächsten Jahr kam Isabel nicht ins Bibelcamp. Das Liedersingen und Schleifenbasteln fing an, mich zu langweilen. Mit zwölf gingen Naomi und ich nicht mehr hin.

»Hmmm.« Naomi blickt mich vielsagend an. »Denkst du über Mädchen generell nach oder über *eine* besonderes?«

Siobhan erinnert mich an Isabel, aber ich weiß nicht, warum. Ich kann Isabels Gesicht kaum noch heraufbeschwören. Mir kommen nur sonnenbraune Haut und warme Lippen in den Sinn. Das sind die Dinge, die ich auch mit Siobhan verbinde, auch wenn ich keine Ahnung habe, wie sich ihre Lippen anfühlen. Ich wünschte, ich wüsste es. Aber die Chancen, es herauszufinden, sehen ziemlich schlecht aus.

»Tja, also«, sage ich. »Eigentlich wollte ich mit dir über –«

»Warte«, Naomi hält eine Hand hoch. »Die Stelle mag ich total.«

»Dass sich Menschen, die gay sind, outen müssen, kommt mir ungerecht vor. Warum sollte hetero der Standard sein?«

Ich kann Naomi nicht mal übel nehmen, dass sie mir das Wort abschneidet. Ehrlich gesagt, ist das auch eine meiner Lieblingsstellen im Film. Warum *sollte* hetero der Standard sein? Ich hab meiner Mom nicht erzählt, dass ich Mädchen mag, und irgendwie wünsche ich mir, ich müsste es nicht. Ich wünsche mir, dass niemand mich einfach für hetero hält.

»Er hat recht, weißt du«, sagt Naomi.

Ich verdrehe die Augen und schubse sie gegen die Schulter. Sie lacht. Ich bin ihr so nah, dass ich ihre neuen Ohrringe sehen kann, die einen goldenen Schriftzug ihres Namens haben. Sie hat sie zum Geburtstag bekommen, was ich weiß, weil wir uns beim Lunch darüber unterhalten haben.

»Jetzt mal ernsthaft«, ich lehne mich an das Kopfteil ihres Bettes. »Ich finde einfach, dass ein Coming-out nicht dieses traurige Drama sein sollte. Niemand sollte darüber weinen müssen. Du solltest es einfach machen können, wie immer du willst. Die Leute sollten *glücklich* verkünden können, dass sie queer sind.«

»Ich glaube, wenn die Welt nicht so scheiße wäre, würde es mehr Leute glücklich machen, sich zu outen«, sagt Naomi.

»Du musst ja nicht mal glücklich sein«, sage ich. Es fällt mir schwer zu entscheiden, was ich eigentlich ausdrücken will. »Ich wünschte, du könntest es herausfinden, wann du Lust dazu hast, und es auch nach Lust und Laune teilen. Verstehst du? Aber es gibt so viele Erwartungen und Vermutungen.«

Naomi nickt nachdenklich.

»Die Gesellschaft zwingt dir auf, es zu tun.«

»Genau.«

»Was, wenn ...« Naomi legt den Kopf schief. »Was, wenn du es nach deinen eigenen Regeln machen würdest?«

Wenn ich die Wahl hätte, wäre ich dafür, dass ich mich gar nicht outen müsste. Aber so ist es nun mal nicht. Also ...

»Nach meinen eigenen Regeln ... das wäre irgendwas wie ein großes Fest«, sage ich. »Eine Party.«

Das klingt eigentlich sogar richtig gut. Ich stelle mir meine eigene Coming-out-Party vor, auf der ich im Regenbogenkleid in den Ballsaal komme, während irgendwo eine Regenbogenkonfettikanone losgeht und Tegan und Sara im Hintergrund spielen.

Ich würde im Mittelpunkt stehen. Meine Sexualität feiern,

anstatt sie aufs Abstellgleis zu rangieren, wo ich nur mit Naomi drüber reden kann.

»Warte.« Naomi schießt kerzengerade in die Höhe. »Das ist irgendwie megagenial.«

»Ich könnte sie genau da feiern, wo auch deine Party war«, sage ich und zähle an meinen Fingern ab. »Mit, keine Ahnung, Catering und all dem Zeug, wie eine Sweet-Sixteen-Party, nur, dass es keine ist.«

»Ich kann meine Eltern fragen, wie teuer sie war«, sagt Naomi und drückt auf Pause. »Zum Beispiel genau jetzt.«

Ich sauge die Lippen ein. Mit Mom rede ich ständig über Geld, vor allem, wenn sie mir erklärt, was wir uns alles nicht leisten können. Trotzdem fühlt es sich seltsam an, dass Naomi ihre Eltern fragt. Aber ehe ich etwas sagen kann, hat Naomi ihr Handy schon gezückt, und ihre Finger fliegen über die Tasten.

»Okay«, sagt Naomi. »Dad verrät es mir nicht, weil es ein Geschenk war. Mom sagt, das Restaurant hat hundert Dollar pro Stunde und fünfundsechzig Dollar pro Portion gekostet.«

Meine Augen weiten sich. Das ist ... eine *Menge* Geld.

Der Versuch, einen Plan zu entwerfen, bringt mein Gehirn auf Hochtouren.

Ich könnte einfach nur Naomi und ihre Familie einladen. Mom. Ein paar Leute aus meiner Klasse, mit denen ich ein bisschen mehr zu tun habe als mit den anderen. Vielleicht sogar Siobhan, wenn sie es nicht zu schräg findet. Eine so kleine Party kann nicht allzu viel kosten.

»Du solltest es tun«, entgegnet Naomi und hält mir die Popcornschale hin. »Ernsthaft. Ich helfe dir bei den Vorbereitungen.«

»Wirklich?«

»Na klar«, sagt Naomi. »Ich will auf diese Party gehen!«

Über die Kosten nachzudenken, ist irgendwie grauenerregend, wenn ich ehrlich bin. Aber mit meinem Nebenjob … Vielleicht könnte ich es stemmen? Wenn ich sparen würde?

»Ja«, sage ich. Die Aufregung hüpft in meinem Bauch herum. »Ich auch.«

»Also machst du es?«

»Yeah.« Ich grinse. »Ich mache es.«

Naomi stößt ein *Whoo-hoo* aus und klatscht in die Hände. Ich muss lachen.

Wir werden es wirklich machen. Ich werde wirklich eine Party haben und meine Queerness feiern.

Und ich kann es kaum erwarten.

♩ ♫ ♪

Es stellt sich heraus, dass eine Party sehr viel mehr Arbeit macht, wenn es schon damit losgeht, dass du nicht viel Geld hast.

Sobald ich zu Hause bin, ackere ich mich durch die Kosten und ende auf Anhieb bei einer absurden Summe von 3.713,40 $, um denselben Veranstaltungsort von Naomis Party zu mieten und ihre hausinternen Caterer anzuheuern. Als die Summe auf meinem Rechner erscheint, blinzele ich häufiger, als ich es je für möglich gehalten hätte.

So viel Geld für eine Party? Ich will aufs Ganze gehen, aber selbst wenn das hier einer der besten Tage meines kurzen Lebens werden soll: Ich kann mir nicht mal im Ansatz vorstellen, so viel Geld dafür auszugeben.

Also setze ich mich wieder ans Reißbrett. Als Mom um halb acht zur Tür hereinstolpert, habe ich ein Budget, das vernünftiger klingt:

MAHALIAS COMING-OUT
Anzahl der Gäste: 20?
Dauer der Party: 3 Stunden

IMBISS
Regenbogentorte: 70 $, 25-cm-Torte
Catering: 27 $ pro Person, also 540 $ gesamt

RAUM UND DEKO
Servietten, Teller usw.: 38 $
Raummiete: ca. 500 $
Schokolade als Partygeschenke: 10 $

UNTERHALTUNG
DJ: 250 $

GESAMTSUMME: 1.408 $

Dieses Endergebnis ist noch immer eine Riesensumme, aber nicht mal im Ansatz so hoch wie die erste, die ich ausgerechnet habe. Mit einem zufriedenen Grinsen lasse ich mich auf meinem Küchenstuhl zurückfallen.

»Na, na, na«, sagt Mom und streift ihre Schuhe ab. »Ich hoffe, das Grinsen auf deinem Gesicht heißt, dass deine Hausaufgaben erledigt sind.«

»So ungefähr«, erwidere ich, und es ist nicht gelogen, weil ich bei Naomi tatsächlich einen Teil davon erledigt habe. »Aber es gibt etwas Aufregenderes, das ich dir zeigen will.«

Mit einem »Hmpf«-Ton zieht Mom den gegenüberstehenden Stuhl vor. Anstatt mich zu fragen, was ich ihr zeigen will, sagt sie: »Wie geht's Naomi?«

»Ganz gut«, antworte ich und wedele mit einer Hand. »Genau genommen haben wir über ihre Party gesprochen. Das ist es, was ich –«

Sie seufzt mit geschlossenen Augen und fast so sanft, dass ich es nicht hören kann. Sobald Mom ihre Augen schließt, sieht sie aus wie tot. Es macht mich fertig.

»Mahalia«, sagt sie. »Wir haben über dieses Thema schon –«

»Ich weiß«, unterbreche ich, ehe sie ihre Rede über unsere Armut halten kann, darüber, dass wir uns nichts leisten können und dass wir Essensmarken bekämen, wenn wir nicht einen Hauch zu viel verdienten, um dafür infrage zu kommen.

»Aber wir haben darüber geredet, und ich hab mir gedacht, dass ich eine nachträgliche Party feiern könnte.«

Streng genommen ist das keine Lüge. Eine Coming-out-Party ist eine nachträgliche Party. Und von dem ganzen *Coming-out*-Teil muss Mom ja jetzt noch nichts erfahren. Ich werd's ihr auf der Party erzählen, oder vielleicht wird sie nicht mal verstehen, worum es dort eigentlich geht. Keine Ahnung. Wenn sie mich erst mal lässt, werde ich mir über den anderen Kram später Gedanken machen.

Sie hmpft, aber sagt nichts. Es ist ihre Art mir mitzuteilen, dass sie drüber nachdenkt. Ich bin nicht sicher, ob sie sich Richtung *ja* oder *nein* neigt, aber ich bezahle schließlich dafür, also brauche ich dann wirklich ihre Erlaubnis?

»Woher willst du das Geld nehmen?«

»Ich werde sparen«, sage ich und schiebe ihr mein Budget rüber. »Ich weiß, dass es teuer ist. Bitte flipp nicht aus. Aber schau.«

Ich zeige auf die Kalkulationen am Seitenende. Bei meinem Nebenjob verdiene ich 360 $ in vierzehn Tagen. Wenn ich also das Geld von meinem Konto ausgebe und das Geld spare, dass ich mir erarbeite, könnte ich wahrscheinlich in weniger als zwei Monaten meine Party steigen lassen. Es erscheint alles so möglich.

Mom zieht beim Lesen eine Augenbraue hoch. Ich kann nicht erkennen, ob sie beeindruckt ist oder nicht.

»Hmmm«, sagt sie. »Was, wenn ich dir zu deinen Ersparnissen dasselbe dazugebe?« Ihre Miene ist unleserlich, aber Mom ist nicht der Typ, der sich bei solchen Dingen einen Spaß mit mir erlaubt. Es sei denn, ich hab irgendwas angestellt. Was gerade nicht der Fall ist, nehm ich an.

»Das würdest du echt tun?«

Ich kann die Aufregung nicht aus meiner Stimme filtern. Wenn Mom die Hälfte zahlen würde, könnte ich meine Coming-out-Party in einem Monat feiern.

»Ich kann nichts versprechen«, sagt sie. »Aber ich versuche mein Bestes.«

Ich grinse und stürze mich förmlich auf sie.

»Schon gut, schon gut«, sagt sie und zieht mich in eine Umarmung. »Ich garantiere für nichts, okay? Und stell sicher, dass du genug für Benzin und deine Telefonrechnung übrig lässt.«

Aber ich höre sie gar nicht mehr, nicht wirklich. Ich werde meine unfassbare Party feiern. Wie kann ich da an Rechnungen denken?

»Ich muss Naomi anrufen«, sage ich und greife nach meinem Handy. »Danke, danke, danke!«

Mom grinst mich müde an. Dann rase ich quer über den Flur und wähle Naomis Nummer.

AKTUELLER KONTOSTAND: 200 $

−25 $ für Benzin
Ziel: 704 $

KAPITEL 5

Am Dienstag gibt es ein Problem. Ich sitze mit Danny in einer Gruppe, unsere Arbeitsbücher sind aufgeklappt, und Siobhan ist nicht da.

Zu ihrer Verteidigung sei bemerkt, dass der Unterricht auch erst vor zehn Minuten angefangen hat, aber geklingelt hat es längst. Womit alle ausreichend Zeit hatten, sich in ihre Gruppen aufzuteilen und draufloszuquatschen, als wären wir in der Cafeteria. Alle außer Danny und mir. Es wäre eine peinliche Stille – wenn Danny nicht mit seinen Drumsticks auf den Tisch einschlagen würde, nickend, als wäre er tief in den Groove versunken und gerade als Back-up von Maroon 5 unterwegs oder so was.

»Also«, sage ich laut. »Was hältst du von der Großen Rezession?«

»Zu frisch.« Danny zieht die Nase kraus. »Zählt nicht wirklich als *Geschichte,* weißt du?«

Ich beiße mir auf die Lippe, damit mein Stirnrunzeln nicht zu offensichtlich rüberkommt. Zählt nicht *alles,* was in der Vergangenheit stattgefunden hat, als Geschichte?

»Okay«, sage ich und blättere in meinem Arbeitsbuch zurück. »Das schließt dann auch Obamas Präsidentschaft aus, richtig?«

Danny versetzt dem Tisch einen knallenden Schlag, und ich springe auf.

»Was wäre«, fragt er, »wenn wir was über die Wahl von 2000 machen?«

»Das zählt für dich nicht als zu frisch?«

»Ich meine ...«, sagt Danny und kratzt sich mit einem Stick den Hinterkopf. »Das war vor unserer Geburt.«

Da hat er einen Punkt.

»Okay«, sage ich und mach mir ein paar Notizen. »Also, die Wahl von 2000. Der Streit über die Volksabstimmung, und, oh, weißt du, was cool wäre? Wir können einen Bezug zu der Stunde über die Erschaffung des Wahlkollegiums herstellen und wie es mit Sklaverei zusammenhängt und mit Bush während des Hurrikans Katrina –«

»Whoa, whoa, whoa«, sagt Danny. Sein Getrommel hat aufgehört. »Also, ich weiß nicht. Wir sollten vielleicht nicht politisch werden. Wir können einfach –«

»Na ja«, sage ich. »Aber Geschichte ist politisch.«

Diesen Satz hat Mr Willis in der ersten Unterrichtswoche gesagt.

Ich kann mich noch daran erinnern, weil es mich überrascht hat – keine meiner anderen Lehrpersonen hat zugegeben, dass *irgendeines unserer Fächer* politisch sein könnte.

»Also«, sagt Danny. »Vielleicht lassen wir den Punkt einfach weg.«

»Aber wie?«, frage ich. »Es ist im wahrsten Sinne des Wortes eine Wahl. Selbst wenn du das nicht zum Thema machen willst, verschiedene historische Ereignisse beeinflussen einander, und Bushs Präsidentschaft hatte auf jeden Fall einen Einfluss –«

Die Tür springt auf. Siobhan ist da, in all ihrer chaotischen Haarpracht, mit einem Starbucks-Becher in der Hand und bekleidet mit einem Jumpsuit, der aussieht, als hätte sie ihn vom Schlafzimmerboden aufgegabelt. Das ist völlig wertfrei gemeint, genauso suche ich fast jeden Morgen meine Klamotten aus. Aber ich kann die Begeisterung, dass wir etwas gemeinsam haben, nicht verstecken. Gleich darauf könnte ich mir eine dafür klatschen, dass ich über etwas so Winziges so dermaßen ausflippe.

Siobhan schaut als Erstes zu uns rüber und lässt ein kleines, müdes Lächeln aufblitzen. Ich winke zurück wie ein Freak. Es dauert eine ganze Weile, bis mir klar wird, dass sie eigentlich Danny anschaut, ihren *Freund.*

Ich bin so was von daneben.

Siobhan hat es halb durchs Klassenzimmer geschafft, als Mr Willis sich räuspert. Einige unterbrechen ihre Gespräche und blicken auf.

»Tut mir leid«, sagt sie, wühlt in ihrer Tasche und legt den Vermerkzettel für ihr Zuspätkommen auf sein Pult. »Ich war heute Morgen früh in der Schule, aber die Kaffeeschlange war so lang, und seitdem bin ich einfach schon den ganzen Tag zu spät dran.«

Sie schlürft ein bisschen zu laut. Ich zucke zusammen. Wenn es etwas gibt, dass dieser Mann nicht ausstehen kann, dann sind es Getränke oder Essen im Klassenzimmer, und die Kombi einer verspäteten Siobhan *mit* Starbucks-Becher lässt seine Augen förmlich aus den Höhlen ploppen.

»Ms Davidson«, sagt er mit gepresster Stimme. »Vielleicht ist es Ihnen nicht bewusst, aber wir haben in dieser Klasse ein Trinkverbot.«

Danny legt wieder mit seinen Drumsticks los, schlägt sie schnell gegen den Tisch, fast als wolle er damit ein Insekt töten. Ich trete gegen sein Schienbein.

»Oah«, keucht er. »Was sollte das –«

Ich huste laut und drehe mich zu Mr Willis um, der Siobhan anstarrt, als wäre sie ein Insekt.

»Es ist nur noch ein Schlückchen drin«, sagt sie. »Könnte ich es kurz austrin–«

»Es ist gegen die Regel«, sagt er. »Es bricht sämtliche Schulregeln, die jegliche Nahrungsmittel in Klassenzimmern untersagen.«

»Es ist nur …« Sie schluckt und senkt ihre Stimme. »Ich habe heute Morgen das Frühstück verpasst und –«

»Tut mir leid, Ms Davidson«, sagt Mr Willis und hält ihr den Mülleimer entgegen. »Regeln sind Regeln.«

Diesmal schaut Siobhan tatsächlich in meine Richtung. Im ersten Augenblick denke ich, sie schaut wieder zu Danny, aber dann werden ihre Augen schmal, und mir wird klar, dass sie wirklich mich meint. Aber warum schaut sie mich an? Wenn Mr Willis nicht auf sie hört, dann hört er auch nicht auf mich.

Mit einem Seufzen wirft Siobhan den Becher in den Mülleimer. Für den Rest der Stunde sagt sie kaum ein Wort – und sucht auch keinen Augenkontakt zu mir.

♩♫♪

»Das heißt, sie hat dich angeschaut, als ob sie Hilfe wollte?«

»So hat es sich angefühlt«, sage ich. »Aber ich hab keine Ahnung, was ich hätte tun sollen. Es ist nicht so, dass Mr Willis auf mich hört, weißt du?«

Unbeeindruckt blickt Naomi auf. Ihr Fresh-Abundance-Arbeitskittel ist bügelfrisch und steht ihr sogar richtig gut. Es ist total ungerecht. Sie ist erst vor ein paar Tagen sechzehn geworden und schon jetzt besser darin als ich.

»Vielleicht ging es ja gar nicht darum«, sagt sie. »Vielleicht wollte sie einfach nur ein bisschen Unterstützung.«

»Unterstützung?« Ich stoße einen tiefen Seufzer aus. »Danny war doch da.«

»Das heißt nicht, dass du tatenlos dabeisitzen musstest.« Naomi wirft einen Blick über meine Schulter. »Aber müsstest du jetzt nicht eigentlich an der Kasse sitzen?«

Fresh Abundance ist ein kleiner Biomarkt. Da es keine Kette, sondern ein inhaberinnengeführter Laden ist, haben wir nur vier Kassen. Eigentlich sollten drei von ihnen durch uns besetzt sein. Naomi sitzt an ihrer. Ich bin nicht an meiner. Bill, dieser alte Kerl, der eigentlich in Rente ist, aber hier arbeitet, damit er aus dem Haus kommt, sitzt an seiner Kasse und plaudert fröhlich mit einer anderen alten Person. Ohne Naomi und Bill würde dieser Laden garantiert pleitegehen.

»Sieht aus, als würdet ihr es bestens hinkriegen, du und Bill«, sage ich und winke mit der Hand. »Jedenfalls. Es ist wichtig.«

»Ich habe dir schon gesagt, was du tun sollst«, sagt sie. »Zeig mehr Unterstützung.«

Ich öffne den Mund, um etwas zu erwidern, aber sie schnaubt, als wäre sie schon im Vorfeld genervt von meiner Aussage.

»Wie steht's mit der Party?«, sagt sie. »Wie läuft die Planung?«

Normalerweise wäre ich jetzt genervt von dem Themenwechsel, aber die Party ist das einzig andere Thema, das mich beschäftigt. Ich ziehe einen kleinen Notizblock aus meiner Tasche und blättere ihn wie ein Daumenkino auf. »Ich hab alles Mögliche hier reingeschrieben«, sage ich. »Wir haben ein

Budget. Wir haben Kuchen – Regenbogen natürlich. Meine Mom ist an Bord.«

»Alles ausgezeichnet.« Naomi grinst. »Was für Musik willst du spielen?«

»Pride Music«, sage ich, ehe ich darüber nachdenken kann. Sie wirft mir einen Seitenblick zu. »Puh, okay. Ich überleg einfach mal, welche Pride-Lieder mir einfallen. Vielleicht ›Same Love‹ von –«

»Mahalia, ich schwöre zu *Gott* –«

»Okay, okay«, sage ich. Ich schmeiß mich weg vor Lachen.

»Vielleicht ... warte, warte, warte!« Sie klatscht in die Hände. »Kennst du diesen Song von Diana Ross, den sie in *Manhattan Love Story* gespielt haben? Als J. Lo sich umgestylt hat, bevor sie den reichen weißen Typen bei dieser Nobelparty getroffen hat?«

»Ich hasse dich«, sage ich. »Das ist ›I'm Coming out‹, und es ist der Klassiker überhaupt, und ich bin enttäuscht, dass du ihn nicht kennst.«

»Ich kenne ihn, ich konnte mich nur nicht an den Titel erinnern. Und du bist immer enttäuscht von meinem Musikgeschmack.«

Das stimmt, aber es laut auszusprechen, fühlt sich unverschämt an.

»Und Hayley Kiyoko, schätze ich«, fährt Naomi fort und deutet auf mein Notizbuch. »Obwohl das vielleicht ein bisschen *zu* gay ist.«

»Nee«, sage ich. »Hayley ist niemals zu gay. Aber ich glaube, ich verkünde meine Queerness zu ›I'm Coming out‹. Das wird superdramatisch und stilvoll.«

»Okay«, erwidert Naomi. »Ich will keine Spielverderberin sein, aber weißt du schon, wie du das Ganze bezahlen willst?«

»Hab ich dir doch schon gesagt.« Ärger durchzuckt mich. »Meine Mom ist an Bord. Die Hälfte übernimmt sie.«

»Und für den Rest kommst du auf?«

Ihr ungläubiger Tonfall gefällt mir nicht.

»Ja«, antworte ich und stopfe mein Notizbuch zurück in die Tasche. »Zweihundert hab ich schon gespart. Jetzt fehlen mir nur noch fünfhundert. Das ist gerade mal ein Monatsgehalt.«

»Okay«, sagt Naomi. »Ich mein ja nur – weißt du, ich könnte helfen, stimmt's? Du musst das nicht allein schaffen.«

Gott. Das ist echt noch schlimmer als ihre Wertung. Ich schüttle den Kopf. »Ich nehme kein Geld von dir.«

»Hör auf damit, Mahalia. Ich habe dir schon gesagt, es ist keine große Sache –«

»Eben, das ist das Problem«, unterbreche ich sie und vergrabe die Hände in den Taschen meines Arbeitskittels. »Für dich ist Geld keine große Sache und für mich schon. Okay? Also nehm ich nichts von dir an.«

Sie schweigt.

Dass sie mir im Februar fünfhundert Dollar zu meinem Geburtstag gegeben hat, ist schlimm genug. Ich hab versucht, es ihr zurückzuzahlen, und sie war tatsächlich sauer auf mich. Bis jetzt hat Geld noch nie eine so große Rolle in unserer Freundschaft gespielt. Je älter wir werden, desto schwieriger wird es, das zu vermeiden.

»Ich glaub, ich schaff das, Naomi«, sage ich und starre auf ihre Kasse. »Ernsthaft.«

»Das ist doch gut«, sagt sie nach einer kleinen Weile. »Das ist richtig gut.«

Ich krieg den Mindestlohn. Das meiste geht für Benzin und mein Handy drauf – was Mom nicht bezahlen will – und für meine nicht existenten Collegeersparnisse. Aber für einen Monat könnte ich es möglich machen.

»Ich will das wirklich machen, Naomi«, sage ich mit sanfter Stimme. »Es klingt nach unglaublich viel Spaß.«

Ich hab noch nie von jemandem gehört, der so etwas gemacht hat. Ich könnte mich von diesem ganzen *Coming-out*-Teil befreien. Müsste nicht einer Million Menschen persönlich davon erzählen. Oder noch schlimmer – mit einem kitschigen Foto von mir auf Instagram verkünden, dass ich »out and proud« bin, was dann von all meinen Bekannten ignoriert wird.

»Ich will auch ein richtig großes Kleid«, rutscht es aus mir raus, während ich auf meine Turnschuhe starre. »So ein richtig großes Ballkleid. Ein pinkes.«

»Kein Regenbogenkleid?«

Mein Blick schnellt zu ihr hoch. Sie grinst. Sie macht sich nicht lustig. Gott, ich liebe sie.

»Wir finden eins für dich«, versichert sie mir und drückt meinen Arm. »Hast du schon eine Gästeliste?«

Gerade als ich antworten will, kommt Greta zu uns herübergeschwebt.

»Mädels! Es ist so schön, euch beide zu sehen!«

Jedes Mal, wenn ich meine Chefin sehe, kämpfe ich gegen den Drang an, die Augen zu verdrehen. Sie ist eine dieser weißen Ladies mit »Locs«, was heißt, sie hat ihre Haare mindestens ein Jahr lang nicht gewaschen. Immer wenn ich ihre Haare sehe, verziehe ich das Gesicht.

»Na, wie verwöhnt euch die Sonne heute?«, fragt sie. »Ich finde es toll, sonnige Tage wie diesen als ein Geschenk zu betrachten. Heute ist es für uns alle an der Zeit, dankbar und eins mit der Erde zu sein, findet ihr nicht?«

Aus dem Augenwinkel blicke ich zu Naomi, die dicht neben mir steht. Irgendwie schafft sie es, eine ernste Miene zu bewahren.

»Oh, unbedingt«, sage ich und trete einen Schritt zur Seite. »Ich kann die Sonne tief in meinen Knochen spüren, genau in diesem Augenblick.«

Naomi stößt mir den Ellenbogen in die Rippen, aber Greta nickt feierlich, als hätte ich gerade etwas sehr Wichtiges gesagt.

»Du bist Widder, Naomi, oder?«, fragt Greta. »Ich habe eine Ahnung, dass heute ein großartiger Tag für dich ist, um etwas Neues auszuprobieren. Und Mahalia ...«

Ich runzle die Stirn. Ich arbeite seit zwei Monaten hier und hab es geschafft, das Geheimnis meines Sternzeichens zu bewahren. Auf keinen Fall werde ich das jetzt aufgeben.

»Ihr Geburtstag ist im Februar«, bietet Naomi an und ignoriert meinen starren Blick. »Am fünfzehnten.«

»Ah«, Greta klatscht in die Hände. »Wassermann. Ich glaube, du solltest dich diesen Monat ein bisschen mehr für den Teamgeist öffnen. Du könntest die Hilfe anderer gebrauchen.«

»Ähm.« Ich blinzele. »Okay.«

»Wenn du mir einen Moment Zeit gibst, kann ich in mein Büro gehen und dir einen genaueren –«

»Oh, schau mal«, sage ich und zeige auf einen Typen, der gerade auf meine Kasse zusteuert. »Sieht aus, als müsste ich mich wieder an die Arbeit machen. Bis bald, Greta!«

Naomi wird mich wahrscheinlich dafür umbringen, dass ich sie allein mit Greta zurücklasse. Aber ich pack's einfach nicht. Je länger ich bei unserer Chefin bin, desto größer wird die Chance, dass wir beide wegen mir gefeuert werden. Allerdings ist Naomi eine großartige Angestellte, und alle lieben sie. Die Einzige, die gefeuert werden wird, bin ich – und ich bin diejenige, die diesen Job tatsächlich braucht. Naomi macht ihn nur für ihre Bewerbungsunterlagen fürs College.

Der Mann in meiner Schlange trägt einen Anzug und starrt die ganze Zeit auf sein Handy. Ich erkenne ihn, bevor ich mich an die Kasse setze. Er kommt einmal pro Woche, um protzig aussehendes Zeug wie organischen Grünkohl zu kaufen. Und er sieht ziemlich heiß aus. Er hat blonde Haare und blaue Augen – der totale California-Surfer-Look, aber der Anzug bricht den Vibe.

»Hi! Wie geht's?«, frage ich. »Hast du alles gefunden, was du brauchst?«

Er grunzt. Ich lasse den Kohl in seine Recyclingtasche gleiten und gebe ihm sein Wechselgeld.

»Ich wünsche dir einen *gesunden* Tag«, presse ich zwischen den Zähnen hervor. Er nickt nicht einmal richtig, bevor er die Tasche nimmt und Richtung Ausgang steuert. Mit einem Klingeln schließt sich die Tür hinter ihm. Ich verdrehe die Augen. Bill wirft mir einen Blick zu und zuckt mit den Schultern, als wolle er sagen: »Was soll man da machen?«

»Mahalia, ich *hasse* dich«, zischt Naomi, als sie neben mir auftaucht. »Wenn du mich noch einmal mit ihr allein lässt, sorge ich dafür, dass du in ihrem Büro eingesperrt wirst, wenn sie die Monatshoroskope macht.«

»Komm schon«, sage ich und lehne meinen Arm gegen ihre Schulter. »Du weißt, dass ich in Gelächter ausgebrochen wäre. Du hast das bessere Pokerface.«

»Du wolltest nur Mister Grünkohl sehen.«

»Nicht wirklich«, entgegne ich, und es ist nur halb gelogen. »Du weißt, dass er mich eh nie beachtet. Ich wäre lieber bei dir.«

Sie kneift ihre Augen zusammen. Ich lächele.

Ich kenne Naomi, seit ich zehn bin und wir gerade in die sechste Klasse kamen. Davor hab ich in der Schule nie richtig den Mund aufgekriegt, aber Naomi hatte ihre Tage, und meine Mom hatte mich schon über meine aufgeklärt, also gab ich ihr mein Sweatshirt und erklärte ihr, was sie auf der Toilette tun musste. Seit diesem Tag sind wir Schwestern, und wir sehen auch fast wie welche aus, wegen unserer braunen Haut und Augen. Naomis Augen sind schmaler und ihre Lippen voller. Außerdem trägt sie ihre Haare in Box Braids, im Unterschied zu mir – meine Haare sind noch nie einem Haarband begegnet, dass sie nicht sprengen können.

»Okay«, sage ich. »Aber jetzt mal im Ernst. Was soll ich wegen Danny machen?«

»Ich dachte, wir reden über Mister Grünkohl?«

»Nein, ich brauche dich noch mal als meinen Life-Coach.« Ich schüttle den Kopf. »Was soll ich machen?«

»Du kannst da nichts machen?«, sagt Naomi, als wäre es eine Frage. »Du kannst einen Crush auf sie haben, aber er ist ihr Freund. Sei nicht schräg.«

Ich stöhne auf.

»Komm schon«, erwidert Naomi. »So schlimm ist er nicht.«

»Das sagst du nur, weil du ihn magst.«

»Nicht mehr«, sagt sie und stupst mich gegen die Schulter. »Nicht *so*. Nicht seit Cody. Und alle hatten einen Crush auf ihn. Ich bin nicht die Einzige. Du kannst nicht einfach jeden weißen Typen hassen, weißt du?«

»Ich hasse ihn nicht«, antworte ich, obwohl ich unsicher bin, ob es stimmt oder nicht. »Und wennschon. Wäre es so, dann nicht deshalb. Sondern weil er die Pappfigur jedes angesagten Typen seit Menschengedenken ist. Er hat nur deshalb einen 1,0 Durchschnitt, weil seine Eltern reich genug sind, um sich Nachhilfe leisten zu können. Sie haben ihm ein Auto gekauft. Er kann sich quasi kaufen, was immer er will.«

»Das …« Naomi verzieht das Gesicht. »Meine Eltern würden mir auch Nachhilfe besorgen, wenn ich welche bräuchte. Macht das einen schlechten Menschen aus mir?«

»O Gott«, sage ich und werfe den Kopf zurück. »Natürlich nicht, Naomi. Ich meine nur …«

Ich weiß nicht, was ich meine. Danny lebt im selben Viertel wie Naomi. Sie haben beide Eltern, die jede Menge Geld verdienen. Aber irgendwie schafft Naomi es, nicht annähernd so unerträglich zu sein wie er. Keine Ahnung, warum. Vielleicht, weil sie Schwarz ist. Vielleicht, weil sie interessant und cool und freundlich ist und keine Drumsticks mit ins Klassenzimmer bringt. Vielleicht, weil sie einfach Naomi ist und es keinen besonderen Grund gibt, sondern Millionen Gründe.

»Ich hab einfach was Falsches gesagt.« Ich stoße meine Hüfte gegen ihre. »Komm schon. Sei nicht sauer.«

»Okay«, sagt sie. »Schon klar.«

Ich bin nicht sicher, ob sie überzeugt ist oder nicht.

AKTUELLER KONTOSTAND: 194,25 $

−5,75 $ für Eiskaffee-Latte
Ziel: 704 $

KAPITEL 6

Naomi und ich sind in derselben Englischklasse, aber wir sitzen auf verschiedenen Seiten des Klassenzimmers. Normalerweise verbringen wir die Stunde mit Versuchen, unsere Blicke gegenseitig einzufangen und Grimassen zu schneiden, je nachdem, was unser Lehrer Mr Lewis gerade von sich gibt. Meistens dann, wenn es gerade mal wieder um das Thema Race geht.

Aber am Mittwoch, als sich die weißen Leute aus unserer Klasse eifrig anbieten, laut aus *Huckleberry Finn* vorzulesen, damit sie das N-Wort aussprechen können, starre ich nur auf Danny – der seine Hand höher als alle anderen in die Luft reckt.

»Danny«, sagt Mr Lewis. »Nächste Seite bitte.«

Danny bringt es tatsächlich fertig, sich zu räuspern. Ich tausche einen Blick mit Naomi aus und tu so, als würde ich mir den Finger in den Hals stecken. Dramatisch wirft sie ihren Kopf zurück und presst sich eine Hand aufs Herz, als hätte sie gerade jemand erstochen.

»›Oh, yes, this is a wonderful govment, wonderful‹«, liest Danny mit lauter Stimme und einem übertriebenen Südstaatenakzent. *»›Why, looky here, there was a free nigger there*

from Ohio –‹« Und als er das Wort sagt, klingt es, als könnte er seine Begeisterung kaum verbergen. *»A mulatter, most as white as a white man. He had the whitest shirt on you ever see, too, and …‹«*

Mir ist bewusst, dass ich ihn nicht stärker verurteilen sollte als die anderen. Über die Hälfte der Klasse hat sich schon zum Lesen angeboten, und immer steht diese diebische Freude im Raum, so als würden sie mit irgendwas davonkommen. Aber Danny scheint es mehr zu genießen als alle anderen.

Ich hasse das.

Ich bin nicht der Typ, der sich aufregt, wenn Rapper das N-Wort in ihren Songs benutzen oder wenn es im Fernsehen vorkommt, aber das liegt normalerweise daran, dass es in diesen Fällen Schwarze Menschen sind. Ich hatte schon immer das Gefühl, dass wir alle etwas Unterschiedliches mit dem Wort verbinden, mit der Geschichte, die in ihm steckt, und die Entscheidung, wie man in Zukunft damit umgeht, müssen alle für sich selbst treffen. Es fühlt sich nicht an, als wäre es etwas, das eine Schwarze Person für eine andere entscheiden kann. Aber die Tatsache, dass meine Mutter das Wort nie ausspricht und ich gesehen habe, dass Schwarze Studierende wie Naomis Bruder Marcus Ärger kriegten, weil sie es taten, während Mr Lewis ohne Einwand hinnimmt, dass nicht-Schwarze Schüler:innen aus seiner Klasse das Wort laut vorlesen? Dass er sie nicht mal ausbremst, um mit uns darüber zu sprechen, warum es daneben ist? Wir ordnen das also einfach alles in die Zeit und Geschichte ein? Es dreht mir den Magen um.

»›They call that a govment that can't sell a free nigger till he's been in the State six months. Here's a govment that calls itself –‹«

»Danke, Danny«, sagt Mr Lewis. »Wer will als Nächstes?«

Ich weiß, dass Naomi meinen Blick sucht, aber ich kann meinen nicht von Danny lösen. Von der Art, wie er süffisant lächelt und kichert, wann immer seine Freunde das Wort vorlesen, bis zur letzten Sekunde, als der Gong zur Mittagspause schlägt. Das ist der Typ, mit dem Siobhan zusammen ist? Ich frage mich, was ich gerade fühle. Verurteile ich sie oder bemitleide ich sie?

Unsere Schule hat einen offenen Campus, was für Leute ab der elften Klasse bedeutet, dass sie das Schulgebäude in der Mittagspause auch verlassen können. Das ist wahrscheinlich das einzig Gute an diesem Jahr, in dem wir komplett damit beschäftigt sind, einen halbwegs annehmbaren Durchschnitt zu halten und uns mit den SATs stressen müssen – wenn ich den Fakt außer Acht lasse, dass das eine der größten Belastungen auf meinem Bankkonto ist. Anstatt in irgendeinen Fast-Food-Imbiss oder zum Laden um die Ecke zu fahren, steuere ich den Starbucks-Drive-Thru an.

»Kannst du das glauben?«

»Es sollte mich eigentlich nicht überraschen«, sage ich und ordne mich hinter dem fünften Wagen in der Schlange ein.

»Tut's aber trotzdem. Ich meine, sollen wir uns das echt gefallen lassen?«

»Ich dachte, er würde darüber reden, wie wichtig Sprache ist«, sagt Naomi. »Als Marcus Huck Finn lesen musste, hat seine Lehrerin gesagt, sie will, dass das N-Wort laut ausgesprochen wird, damit alle verstehen, wie hässlich es ist.«

»Buäh.« Ich würge. »Als ob wir das nicht längst wüssten?«

»Exakt.« Naomi lässt ihre Hände gegen ihre Hüften klatschen. »Das Schlimmste daran ist – ich will, dass alle Lehrpersonen mich mögen, weißt du?«

»O ja«, ich fahre ein Stück vor. »Das ist mir sehr bewusst.«

Naomi ist der Typ Schülerin, den jede Lehrperson liebt. Als wir klein waren, nur deshalb, weil sie im Unterricht kaum etwas gesagt hat. Und wenn sie jetzt etwas sagt, dann scheint sie immer ganz genau zu wissen, was sie hören wollen.

»Aber es ist so schräg mit Mr Lewis«, meint sie. »Er macht so was wie heute im Unterricht, und ich will *immer* noch, dass er mich mag, verstehst du? Und ich weiß nicht, wie ich etwas sagen und dabei höflich bleiben soll, also sag ich gar nichts. Das Ganze macht ihn schon ein bisschen hassenswert für mich.«

Irgendwie verstehe ich, was sie meint. Obwohl es mir ziemlich egal ist, ob eine Lehrperson mich mag oder nicht, ist es immer noch extrem anstrengend zu kritisieren, wie jemand über Race spricht – *besonders,* wenn es sich dabei um einen Erwachsenen handelt.

Aber das alles weiß Naomi, also grinse ich sie an und frage: »Nur ein bisschen?«

Sie gibt mir einen Stups mit dem Ellenbogen. Ehe ich mich verteidigen kann, sind wir an der Reihe.

Ich bin kein richtiges Kaffeemädchen. Ich kenn mich mit den vielen Geschmackssorten und Zusätzen nicht aus. Die Getränkekarte ist riesig, aber ich weiß, dass die Leute ihr Getränk bis zum Gehtnichtmehr individualisieren, während mir noch nicht mal klar ist, wo ich anfangen soll. Vielleicht war das hier am Ende doch keine gute Idee.

Aber dann bin ich dran und der Typ am Mikro zwitschert mir zu: »Willkommen bei Starbucks, was kann ich dir bringen?« Und da ist es zu spät, um umzudrehen.

»Ähm«, sage ich. »Habt ihr Kaffee, der irgendwie milchig ist?«

Einen Moment lang ist es still. Naomi schlägt sich gegen die Stirn. Ich hasse mich.

»Meinst du einen regulären Kaffee mit Milch?«, fragt die Person. »Oder vielleicht einen Latte Macchiato?«

»Ein Latte klingt gut«, sage ich. »Einer mit Eis?«

Ich *glaube,* das war es, was Siobhan gestern mit in die Klasse gebracht hat.

»Und welchen hättest du gerne?«, zwitschert die Stimme. »Den Starbucks Reserve? Iced Cinnamon Dolce? Blonde Vanilla? Hazelnut Bianco –?«

»Ähm, ich glaube, den … regulären?« Ich räuspere mich und werfe einen Seitenblick auf Naomi, die nur mit den Schultern zuckt. »Einfach den regulärsten, den ihr habt.«

Wieder ist es still. Ich frage mich, ob diese Person höllisch verwirrt oder nur genervt ist. Ich hatte meinen Anteil an schrägen Typen bei Gretas und jetzt bin ich selbst zu einem geworden. Ich bin ungefähr fünf Sekunden davon entfernt, den Wagen auf den Bordstein und weg vom Drive-Thru zu steuern und für die nächsten fünfzehn Jahre nicht mehr in die Nähe dieses Shopping-Centers zu kommen.

»Okay.« Die Stimme klingt nahezu resigniert. »Das macht 5,75 $.«

»Jesus«, Naomi atmet aus. »Das tat weh. Und das ist alles für Siobhan?«

»Na ja«, sage ich und gebe mein Bestes, um nicht zu defensiv zu klingen. »Schon.«

Als ich Naomi beschrieben habe, wie Siobhan aussieht, hat sie sie sofort erkannt – Naomis Mom und Siobhans Dad haben offensichtlich zusammen im Ausland studiert. Obwohl ich Naomi mit Fragen über sie bombardiert habe, schien Naomi nicht viel zu wissen, was mich zu Dingen wie … *dem hier* treibt, um Siobhan für mich zu gewinnen.

Als ich wieder in der Schule bin, ist die Mittagspause fast

zu Ende, und ich marschiere auf direktem Weg und mit hoffnungsgeschwängerter Brust ins Klassenzimmer von Mr Willis. Der Plan ist, Siobhan vorzeitig abzufangen und ihr den Drink zu geben, bevor der Unterricht beginnt. Ich versuche nicht darüber nachzudenken, was passiert, wenn sie wieder zu spät kommt. Mr Willis zwingt mich womöglich, den Becher wegzuschmeißen, ehe sie ihn überhaupt zu Gesicht bekommt – ab in den Abfluss mit meinen 5,75 $. Aber ich glaube, das ist es wert.

Vielleicht.

Ich schaffe es zum Klassenzimmer und stecke meinen Kopf durch die Tür. Willis sitzt nicht an seinem Pult, was bedeutet, dass er wahrscheinlich vom Lehrpersonenzimmer zurückkommt oder vielleicht von seiner eigenen Mittagspause. Bestens. Mein Blick schnellt zu unseren Tischen rüber. Siobhans Platz ist leer, aber Danny sitzt schon da. Fuck. Mein Herz rutscht mir in die Hose. Ich drehe mich um, um den Kaffee in den Müll zu werfen, als mich jemand anrempelt.

»Huups«, sagt Siobhan. »Tut mir leid.«

Sie lächelt mich an. Für einen langen Moment starre ich sie an wie ein Freak. Heute ist ihr Haar mit einem pinken Schal zurückgebunden. Ich spüre, wie es einen großen Teil in mir förmlich juckt, ihr Haar zu berühren. Gott, was stimmt denn nicht mit mir? Ehe mich der Mut verlässt, schiebe ich den Drink an ihre Brust. Natürlich *berühre* ich ihre Brust dabei nicht. Das wäre ja wohl superschräg.

Siobhan greift nach dem Becher; ihre Hand greift nach meiner. Um ein Haar lasse ich den Becher fallen.

»Für mich?« Ihre Augen flackern, nehmen Kontakt mit meinen auf und für einen Moment fällt es mir schwer zu atmen. »Mahalia, das ist so lieb von dir, aber ich trinke nur Blonde Vanilla Latte.«

Ich blinzele. Mein Mund öffnet sich, aber es kommt nichts heraus.

»Ich mache Spaß.« In ihrem Auge blitzt ein schelmisches Zwinkern auf. »Es war totaler und kompletter Spaß. Das ist eins der liebenswertesten Dinge, die je ein Mensch für mich getan hat, seit ich hierhergezogen bin.«

»Oh, es ist nur ein Kaffee«, sage ich.

Sie nippt an dem Becher und schüttelt den Kopf.

»Es ist nicht nur Kaffee«, erwidert sie. »Ich weiß nicht, ob es am Zeitunterschied liegt, aber seit ich hier bin, habe ich mich noch keinen einzigen Tag richtig wach gefühlt. Und du kannst dir sicher vorstellen, wie sich das auf meine Schlafenszeit auswirkt.«

»Ich bin nachts immer lange wach«, sage ich. »Kann nix dagegen tun. Allerdings bin ich das Leiden gewöhnt.«

Sie schnaubt, dann bietet sie mir den Becher an.

»Willst du einen Schluck probieren?«

Es ist kein großes Ding. Sie hat mir einfach nur einen Schluck von dem Kaffee angeboten, den ich ihr mitgebracht habe. Aber als ich mich runterbeuge und ein Schlückchen trinke, kribbeln meine Lippen, als täte ich gerade etwas Außergewöhnliches. Meine Lippen berühren denselben Strohhalm wie ihre – das scheint uns irgendwie miteinander zu verbinden. Ich schaue zu ihr hoch, den Strohhalm noch zwischen den Lippen, und sie macht nicht den Anschein, als würde sie über mich lachen. Ihr Blick sieht … prüfend aus.

»Alles klar, Klasse.« Mr Willis kommt ins Klassenzimmer geschritten.

Siobhan zieht den Strohhalm weg.

»Siobhan«, warnt Mr Willis und zieht eine Augenbraue hoch. »Sie kennen die –«

»Ich wollte ihn gerade wegwerfen.«

Er blickt zwischen uns beiden hin und her.

»Also«, sagt er. »Auf Ihre Plätze, Ladies.«

Es ärgert mich nicht mal, dass Siobhan den Becher, den ich für sie besorgt hatte, nur halb austrinken konnte. Als wir durchs Klassenzimmer zu unseren Plätzen gehen, greift sie mich am Handgelenk und hält mich fest.

»Hey«, sagt sie zu mir. »Wir sollten am Wochenende was zusammen machen.«

Mir stockt buchstäblich der Atem, als wäre ich in *Twilight* oder so.

»Ja«, stimme ich ihr zu. Meine Stimme ist höllisch schrill. »Klar. Das sollten wir.«

Sie lächelt, auch mit den Augen, um die sich lauter kleine Fältchen bilden, dann setzt sie sich an ihren Platz und gibt Danny ein Begrüßungsküsschen.

Er trommelt wieder mit den Sticks auf dem Tisch, aber im Gegensatz zum genervten Rest der Bevölkerung fährt Siobhan mit ihrer Hand durch sein Haar und sagt: »Wow, du machst ja echt Fortschritte.«

Und sie klingt, als ob sie es tatsächlich *meint.*

Ich kneife die Augen zu. Ich muss mich ernsthaft abregen. So fragwürdig ich ihren Männergeschmack auch finde, dass sie mit jemand anderem zusammen ist, muss ich akzeptieren.

Trotzdem. Ich darf einen Crush auf sie haben. Ich *weiß,* dass Siobhan mich hier nicht um ein Date gebeten hat. Aber warum kriege ich dann das flatterige Gefühl in meiner Magengegend nicht in den Griff?

AKTUELLER KONTOSTAND: 174,25 $

−20 $ für Benzin
Ziel: 704 $

KAPITEL 7

Als ich von der Bushaltestelle nach Hause laufe, sehe ich, dass unser Auto draußen steht. Mom ist also nicht bei der Arbeit. Irgendwie ist das seltsam. Ihre Schichten ändern sich jede Woche, aber ich hab mich so daran gewöhnt, dass sie nicht da ist, wenn ich zu Hause bin.

»Mom«, sage ich beim Reingehen. »Kann ich das Auto haben?«

»Nein.«

»Aber ich will was mit Naomi machen.«

»Tja, ich muss arbeiten.«

Im Grunde war es dumm von mir zu fragen – es ist ja offensichtlich, dass sie ihre Pflegekleidung trägt und schon auf dem Weg nach draußen ist. Aber sie erbarmt sich meiner, und so kann ich sie bei der Arbeit absetzen und danach zu Naomi fahren. Nur leider bereue ich das Ganze, sobald ich am Steuer sitze und sie auf dem Beifahrersitz habe.

»Jesus, Mahalia, pass auf deine Schlenker auf«, sagt Mom und krallt sich mit beiden Händen an ihrer Tasche fest. »Bleib einfach auf dem vorgegebenen Weg.«

»Das ist mir leider nicht möglich.« Ich zucke zusammen, sobald die Antwort meinen Mund verlassen hat. Bei Naomi wär das jetzt ein gutes Wortspiel gewesen, aber das hier ist Mom. »Ich meine, ich bin nicht sicher, wie«, füge ich hastig hinzu. »Wie ich den Wagen geradeaus steuern soll, ist mir schon klar. Nur ich ... bin ... du weißt schon, irgendwie ein bisschen von dem geraden Weg ab–«

»Was?«, fragt Mom unbeirrt. »Schätzchen, nicht aufs Steuer schauen. Halt deinen Blick auf der Straße. Das hilft.«

Ich schätze, die meisten Kinder fühlen sich mit ihren Eltern nicht hundertpro behaglich, aber es gab eine Zeit, in der ich meiner Mutter alles erzählt habe. Dann haben wir einfach zusammen gebetet und uns darüber ausgetauscht, was uns an Gott und der Welt verwirrt hat. Aber das war, bevor ich anfing, Mädchen zu küssen. Und auch wenn ich Mom vor ihrer Schicht abgefangen habe, glaube ich nicht, dass jetzt der Zeitpunkt ist, damit rauszurücken.

Ich strecke die Hand nach dem Radio aus, aber Mom klatscht sie weg.

»Mom, die meisten Kids hören Radio«, insistiere ich.

»Es interessiert mich nicht, was die meisten Kids tun«, sagt sie und klingt fast, als würde sie eine Rede halten. »Du bist mein Kind, oder etwa nicht? Und versuch bitte, die Schlaglöcher zu vermeiden. Du verletzt meine Myome.«

»Geht das überhaupt?«

»Ich glaube schon«, antwortet sie. »Der Arzt sagt, eins von ihnen ist so groß wie ein Fötus in der achtundzwanzigsten Woche.«

Ich verziehe das Gesicht. Das war *zu* viel Information.

»Ach komm schon«, kommentiert sie meinen Gesichtsausdruck. »Freust du dich nicht über unseren Junior? Willst du deinem Babybruder nicht Hallo sagen?« Sie fängt an, sich über den Bauch zu reiben.

»O bitte, Mom«, sage ich. »Das ist *so* schräg.«

Sie kichert, und ich verdrehe die Augen. Ein paar Sekunden später gibt sie nach und schaltet den christlichen Rap ein.

»Ich habe nachgedacht«, beginnt Mom und hebt ihre Stimme, um die Musik zu übertönen. »Wir sollten uns bald mal ein paar Veranstaltungsorte anschauen. Wir müssen eine Anzahlung machen.«

Ein Lächeln zupft an meinen Lippen, und in meine Stimme schleicht sich unweigerlich ein leichtes Quietschen. »Wirklich?«

Mom gehört nicht gerade zu den Elternteilen, die sich aktiv am Leben ihrer Kinder beteiligen, dazu arbeitet sie einfach zu viel. Aber dass wir zwei uns zusammen Veranstaltungsorte anschauen, den Tag damit verbringen, über die Party zu reden – das alles habe ich mir ziemlich genau so vorgestellt, als ich zum ersten Mal von meiner Sweet-Sixteen-Party träumte. Ich grinse sie an.

»Wirklich«, sagt sie und gibt mir ein Zeichen, dass ich anhalten soll. Das Pflegeheim, in dem sie arbeitet, ist auf der rechten Straßenseite. »Ich werde mit Maria den Terminplan checken, und mir einen Nachmittag für uns beide freinehmen, okay?«

»Okay«, sage ich, und meine Stimme ist höher als gewöhnlich. »Ich mache eine Liste.«

Sie lächelt mich einen Augenblick lang an.

»Aber wenn du jetzt einen Unfall baust«, mahnt sie und zeigt mit einem Finger auf mich, »dann wird das Krankenhaus der einzige Ort sein, den wir aufsuchen.«

»War das eine Drohung?« Ich schnappe dramatisch nach Luft.

»Und ob«, sagt sie, aber sie verdreht spielerisch die Augen. »Wir sehen uns heute Abend.«

Beim Anfahren winke ich ihr zu und mache mich wieder auf den Weg zur Schule, um Naomi abzuholen. Ihr Auto ist in der Werkstatt und sie noch beim Schulrat oder Key Club oder bei irgendeiner der anderen Aktivitäten, an denen sie ständig teilnimmt. Ich sollte mich wahrscheinlich auch einer anschließen, selbst wenn es nur für die College-Bewerbungen ist.

Aber als ich Naomi etwas dazu fragen will, hat sie schon ihr Handy gezückt.

»So«, sagt sie. »Ich habe da diese Website gefunden. Die verkaufen echt süße Kleider, und sie sind nicht zu teuer.«

»Okay, warte.« Ich versuche krampfhaft, nicht auf ihren Bildschirm zu starren, während ich den Wagen wieder auf die Straße lenke. »Was meinst du mit *nicht teuer?* Drück dich bitte sehr genau aus, Naomi Lynn Sanders.«

»Ich meine, das sind fast alles Designermarken«, sagt sie und tippt auf ihrem Bildschirm herum. »Aber die Kleider kosten nur vier- oder fünfhundert Dollar. Das ist echt beinahe geschenkt.«

Für Naomi mag sich das vielleicht so anfühlen, aber für mich bedeutet es mehr als einen Gehaltsscheck. Ich schlucke den Gedanken runter. Anschauen kostet schließlich nichts, richtig?

»Okay, wir schauen uns die Kleider an«, entgegne ich. »Aber wenn wir zu Hause sind, will ich dir erst mal diese Platte vorspielen.«

»Hast du nicht einen tragbaren Plattenspieler?«, fragt sie. Wie immer sind die Fenster runtergekurbelt, und ihre Haare wehen in alle Richtungen. »Ich meine, ist das nicht der springende Punkt, dass man ihn überall mit hinnehmen kann?«

»Kann schon sein«, sage ich. »Aber ich habe nicht vor, meine *Platten* überall mit hinzunehmen, falls du das meinst.«

Sie schnaubt, als wir aus dem Auto klettern, und folgt mir in die Wohnung.

Ich habe meine Platten zu einer gigantischen Turmlandschaft gegenüber von meinem Bett aufgestapelt. Mom findet es unordentlich, aber ich habe sie sortiert. Alle Schwarzen Sänger:innen sind auf der linken Seite, alle anderen wandern nach rechts. Von da aus sortiere ich nach Namen. Stevie Wonder hat seinen eigenen Stapel, ebenso Nina Simone, Stevie Nicks und A Tribe Called Quest.

Manche Stapel bestehen nur aus einer oder zwei Platten, wie die von Sade, aber nichtsdestotrotz verdienen sie ihren eigenen Platz.

»Okay«, sage ich und wühle im Stapel der neuen Platten. »Hier ist eine von The Temptations. Ich hoffe, deine Gliedmaßen sind auf die Funk-Attacke vorbereitet.«

Naomi verzieht das Gesicht, als hätte ich gerade einen Furz losgelassen.

»Mahalia«, sagt sie. »Und damit hast du's ruiniert.«

»Hab ich nicht!«

Ich ziehe meinen Plattenspieler hervor. Er ist schon angeschlossen, weil ich ihn gerne allzeit bereit habe, und dann ziehe ich sehr, *sehr* behutsam die Platte aus ihrer Hülle.

»Du bist so dramatisch«, sagt Naomi und wirft sich auf mein Bett. »Das sind nicht mal Vintage-Platten. Du kaufst sie bei Amazon!«

»Halt die Klappe«, erwidere ich ich. »Sie sind extrem empfindlich, und ich will *keine* Fingerabdrücke.«

Sie vergräbt ihren Kopf in meinem Kissen. Ich verstehe nicht, was sie murmelt, aber ich bin sicher, es hat irgendwas damit zu tun, was für ein Freak ich bin. Ich ignoriere sie und lege die Platte auf den Teller.

Am liebsten mag ich es, wenn der Teller anfängt, sich zu drehen. Als Unterrichtsfach interessieren mich Naturwissenschaften nicht besonders, aber mir gefällt die Vorstellung von all der Energie, dem Soul, der Musik und den Lyrics, die eine Platte ausmachen und sie zu dieser dünnen schwarzen Scheibe zusammenpressen.

Es ist alles da. Du kannst es nur nicht sehen.

Ich halte noch einen Augenblick inne, bevor ich die Nadel auf ihre äußerste Kante setze.

Mom findet es schräg, dass ich mir so sehnlich einen Plattenspieler gewünscht habe, aber Dad hat es verstanden. Bevor er seine neue Freundin und die beiden ihre eigenen Kinder hatten, verstand er etwas von Musik, und er verstand mich. Manchmal fühle ich mich seltsam, genau die Musik zu hören, von der ich weiß, dass Dad sie liebt. Keine Ahnung warum. Es ist ja nicht so, als wäre er tot. Er lebt nur in einem anderen Viertel. Trotzdem.

»Warte«, sage ich, als Naomi vom Bett aufspringt, und werde jäh aus meinen Gedanken gerissen. »Naomi, du kannst die Nadel nicht einfach so anheben!«

»Aber wenn ich Teile überspringen will, geht das dann nicht so?«

»Okay«, sage ich und starre sie an. »Aber warum versuchst du den Anfang von ›Papa Was a Rollin' Stone‹ zu überspringen? Ich werde dich enteignen, Naomi!«

»Ernsthaft jetzt?« Naomi verdreht die Augen. »Das hier ist eine zwanzigminütige Einleitung –«

»Es sind vielleicht fünf. Chill mal!«

Naomi stößt einen tiefen Seufzer aus und rollt die Augen bis zur Zimmerdecke hoch. Sie setzt die Nadel wieder ab und der Song beginnt. Duh duh, duh duh, duh duh. Ein regelmäßiges Wummern und der Sound eines Stocks, der auf irgendwas Metallisches schlägt. Eine funkige Gitarre. Automatisch bewegt sich mein Kopf zum Rhythmus.

»Ich kann nicht fassen, dass ich mit dir befreundet bin«, sagt sie, als sie wieder auf dem Bett sitzt und ihre Arme faltet. »Du bist so ein alter weißer Mann.«

Ich trete gegen ihr Bein, als ich zu ihr steige. Eine Weile lang sitzen wir einfach so da: mein Kopf an ihrer Brust und ihr Fuß über meinem. Ich weiß, dass ich die Einzige bin, die sich dieses Album wirklich anhört, vor allem, als sie ihren Laptop hervorholt, aber das ist schon okay. Hauptsache, ich bin nicht allein.

Irgendwann ist die Nadel am Zentrum der Platte angekommen. Anstatt sie umzudrehen, nehme ich sie vom Plattenteller und fange an, Dinge wegzuräumen, während Naomi Lorde aus ihrem Laptop dröhnen lässt. Ich hab nichts gegen Lorde, sie ist ziemlich großartig. Sie wirkt cool und sicher genug, um ihr mein Herz zu schenken. Denn wenn du deine Lieblingssongs auswählst, geht es im Grunde genau darum. Du verschenkst dein Herz an sie, damit die Songs dich kapern können. Du lässt einfach alles zu; die Gedanken an deinen Papa, der sich aus dem Staub gemacht hat (»Papa Was a Rollin' Stone«), deine Hoffnungen für die Zukunft (»A Change Is Gonna Come«) und deine Gedanken an die, die du liebst (wozu buchstäblich eine Million Lieder geschrieben und produziert worden sind). Du brauchst dich nur zurücklehnen und die Musik hören. Aber du musst dich dafür öffnen, vor allem, wenn jemand anders den Song für dich aussucht.

»Ich will Lorde auf meiner Party spielen.«

Naomi nickt und tippt weiter auf ihrem Laptop herum.

»Ich glaub, das ist eine ziemlich gute Wahl. Hast du schon einen Termin festgelegt?«

»Noch nicht sicher, aber ich denke mal, irgendwann im Sommer«, sage ich. »Mom und ich suchen nach einem Tag, an dem wir zusammen Locations scouten gehen.«

»Wie schön.« Sie lächelt mich an. »Wir müssen dir eine Playlist machen. So kannst du dir vielleicht sogar den DJ sparen.«

»Auf jeden Fall«, sage ich und lasse mich auf die Bettkante sinken. »Weißt du, was cool wäre? Wenn ich Siobhan ein Mixtape machen würde.«

Es kommt aus dem Nichts, aber sobald es ausgesprochen ist, klingt die Idee gar nicht mal schlecht.

»Was?«, fragt sie. »So wie in *Vielleicht lieber Morgen,* als Charlie das Mixtape für Sam macht und ständig diesen Depri-Song von den Smiths dazumischt?«

»Ich glaub nicht, dass er den für Sam ausgesucht hat«, sage ich, obwohl ich mich nicht dran erinnern kann. Es ist schon eine Weile her, seit wir den Film zusammen geschaut haben. »Aber ja, genau so. Ich hab das Gefühl, es könnte superromantisch sein.«

Weil Naomi ein guter Mensch ist, verdreht sie nicht die Augen und erinnert mich daran, dass Siobhan einen Freund hat und dass ich versuchen sollte, über sie hinwegzukommen. Sie stützt ihren Kopf auf dem Arm auf.

»Ich meine …«, setzt sie an. »Warum machst du ihr nicht einfach eine Playlist?«

»Bäh!« Stöhnend werfe ich den Kopf zurück. »Das ist nicht *dasselbe.«*

»Na, dann misch halt die Smiths drunter.«

»Ich hasse dich.«

»Nein, tust du nicht.« Sie schnappt sich wieder ihren Laptop. »Ich bin ein Genie.«

♩♫♪

Die Nachricht kommt spätabends, nachdem ich Mom von der Arbeit abgeholt habe.

Eigentlich ist es Zeit zu schlafen. Stattdessen liege ich im Bett und höre ganze Alben auf dem Plattenspieler, an den ich mich ankuschele, als wäre er ein Stofftier.

Heute ist es »The Low End Theory« von A Tribe Called Quest. Ich lasse mich gerade von Phifes Lyrics einlullen, als mein Handy vibriert.

Es ist eine unbekannte Nummer und die Nachricht lautet: **hey Mahalia. Hier ist Siobhan. Hoffe, es ist okay, dass ich dir schreibe. Ich wollte nur sichergehen, dass wir in Verbindung bleiben, weil wir ja am Wochenende was zusammen machen wollten.**

Ich starre so lang auf mein Handy, bis der Bildschirm wieder schwarz wird.

Als Siobhan heute Morgen diesen Vorschlag machte, dachte ich, sie sagt es nur, um nett zu sein. Ich dachte, ich wäre diejenige, die sie wieder auf mich aufmerksam machen müsste, damit tatsächlich was draus wird.

Ich tippe auf mein Handy und starre wieder auf den Bildschirm. Es ist nur eine Nachricht, aber sie weckt extrem viel Hoffnung in mir. Selbst wenn wir uns nicht küssen werden – ich werde sie wiedersehen, und ich werde alles mitnehmen, was ich kriegen kann.

Erster Entwurf einer Playlist für Siobhan

(mit Input von Naomi)

- »Paradise« by Sade

  Halt, ist das zu verführerisch? Keine Ahnung, ob es übergriffig ist, wenn man Sade auf die Playlist für eine Person setzt, die man grad erst kennengelernt hat.

  Sorry, aber wenn du mich fragst, ist Sade eher was für Elterngetanze auf Partys, mehr nicht.

  Sehe ich anders, aber … du liegst auch nicht komplett daneben.

- »If It Isn't Love« by New Edition

- »Pictures of You« by the Cure

  Das ist höllisch New-Wave-mäßig, aber als Europäerin steht sie vielleicht drauf.

  Es ist nicht der romantischste Song aller Zeiten.

  … okay.

- »Don't You (Forget About Me)« by Simple Minds

  Das könnte als ein bisschen zu verzweifelt rüberkommen.

  DAS IST EIN KLASSIKER, also halt die Klappe, Naomi.

  Ich sag's ja nur!!!

- »Electric Relaxation« by A Tribe Called Quest

  Wollte darin nicht der Mann seinen Samen auf ihre Möbel spritzen?

Es war Seaman's Furniture, und es war ein Wortspiel!!!

... Ich würd's trotzdem überdenken.

- »Just Can't Get Enough« by Depeche Mode

??? Wie der von den Black Eyed Peas?

Gott, nein, Naomi. Jetzt müssen wir uns den Song anhören.

- »Walking On the Moon« by The Police

Ich glaube, niemand außer dir mag The Police.

HALT'S MAUL, NAOMI!!!

- »No Diggity« by Blackstreet

Das geht ganz schön zur Sache.

Ist das schlimm?

Nein ... nicht unbedingt.

- »I Wanna Dance with Somebody« by Whitney Houston

- »Stand by Me« by Ben E. King

Das klingt irgendwie nach Hochzeitslied. Kommt die Frage, ob sie an deiner Seite bleibt, nicht ein bisschen zu früh?

ABER ES IST ... superromantisch.

Okay, Mahalia, wenn du das Risiko eingehen willst, mach's halt.

AKTUELLER KONTOSTAND: 541,75 $

+367,50 $ vom Zahltag
Ziel: 704 $

KAPITEL 8

Mein Treffen mit Siobhan ist erst am Samstag, bis dahin muss ich warten. Zwischen meinen Versuchen, für den Matheteil der SATs zu üben und meine Hausaufgaben eine Stunde vor Abgabetermin fertig zu kriegen, flüstere ich mit Naomi über Orte, an denen ich ein Ballkleid finden könnte, und denke darüber nach, was Siobhan und ich zusammen machen werden, worüber wir reden werden, wie wir aufeinander wirken werden. Als es endlich Samstag ist, habe ich nicht den Hauch einer Ahnung, wie ich mich verhalten soll. Vor allem, weil sie einen etwas sonderbaren Ort als Treffpunkt vorgeschlagen hat.

»Darf man einen Hundepark auch besuchen, wenn man keinen Hund hat?«

»Glaub schon?« Naomi steuert auf den Eingang zu. »Aber wenn sich Siobhan hier mit dir treffen will, dann hat sie wohl auch einen Hund.«

Es ist erst 10 Uhr morgens und früher, als ich normalerweise an Wochenenden auf bin, aber hier ist schon eine gute Menge an Hunden – plus Hundebesitzer:innen – versammelt. Es gibt einen kleinen Sandplatz, auf dem Hunde ohne Leine rumlaufen können. Sie bellen und gehen mit hängenden Zungen aufeinander los. Es stinkt nach Hundescheiße. Hoffentlich will Siobhan in einem anderen Teil des Parks abhängen – dahinten ist eine Wiese, und es sieht aus, als gäbe es da vielleicht auch einen Spazierweg. Ich schlucke. Ein *Date* ist das hier offensichtlich nicht.

»Naomi, Hilfe.« Ich reibe meine Handflächen gegen meine Hosenbeine. Sie sind jetzt schon verschwitzt. »Meinst du, ich muss mit diesem Hund gut klarkommen? Eine Verbindung zu diesem Hund aufbauen? Erwartet sie von mir, dass ich eine tiefe Freundschaft mit –«

»Jesus, Mahalia.« Naomi stellt den Hebel auf Parken. »Sei einfach du selbst. Mach dir um den romantischen Teil noch keinen Kopf. Konzentrier dich einfach darauf, dass ihr gute Freundinnen werdet.«

»Okay, aber sich anfreunden ist schräg. Ich weiß nicht, wie man sich mit jemandem anfreundet. Ich habe keine Freund:innen außer dir.«

»Mahalia.« Naomi verdreht die Augen. »Du hast haufenweise Freund:innen.«

»Nenn mir wen.«

»Cal.«

»Dein Geschwister zählt nicht.« Plötzlich ist mir kalt. »Was, wenn sie mich langweilig findet?«

»Du bist nicht langweilig.« Naomi starrt demonstrativ zum Fenster raus. »Nur ein bisschen nervig.«

»Danke.«

»Ernsthaft,« sagt sie und legt mir eine Hand auf die Schulter. »Ich bezweifle, dass sie das hier für so was wie ein Job-Interview hält. Sie wird dich nicht zu deinen außerschulischen Aktivitäten oder deinen Noten befragen. Sei einfach du selbst, und mach deine Homoflachwitze, und alles wird bestens laufen.«

»Homo*flach*witze?« Ich verziehe das Gesicht. »Ich dachte, du liebst sie?«

»Tu ich auch.« Sie drückt meine Schulter. »Und jetzt raus mit dir.«

Ich schicke Siobhan eine Nachricht, um sie wissen zu lassen, dass ich da bin, aber da sehe ich sie schon. Sie ist in diesem eingezäunten Sandplatz, der nach Scheiße riecht, und winkt mir von einer Bank. Ein Teil von mir will weglaufen. Der Geruch nach Hundekacke ist stark und gehörte ganz bestimmt nicht zu meiner Vorstellung, als ich alles über Siobhan herausfinden wollte. Aber vielleicht ist sie einfach so. Möglicherweise gehört sie zu den Menschen, denen der Geruch nach Hundekacke nichts ausmacht. Ich bin noch nicht sicher, ob das ein Ausschlusskriterium ist oder nicht.

Zumindest trägt sie keine offenen Sandalen. Ihr Haar ist zu einem kleinen Pferdeschwanz zurückgebunden und mit einem bunten Bandana geschmückt. Dazu trägt sie Jeans, Blundstone-Stiefel und einen roten Flanellpulli. Meine queeren Sinne explodieren schlagartig. Klar, auch hetero Mädels können Flanell tragen, aber ist das wirklich ein Zufall, dass *Siobhan* bei unserem ersten Treffen Flanell trägt? Sie schickt mir doch ganz offensichtlich ein Zeichen.

Oder ich bin ganz offensichtlich erbärmlich.

»Mahalia!«

Ehe ich dazu komme, Siobhan zu begrüßen, schießt ein gigantischer Hund bellend auf mich zu. Der Angstschrei, den ich ausstoße, lässt mich hundertpro komplett erbärmlich aussehen. Allerdings bleibt mir kaum Zeit, diese Tatsache in Betracht zu ziehen, weil der Hund mich umwirft und ich im Sand lande – in dem Sand, in den all diese Hunde pissen und kacken. Büah!

Der Hund schleckt mir das Gesicht ab, hinterlässt fette Sabberstreifen, und ich bin dem Angriff wehrlos ausgeliefert.

»Stopp, stopp, stopp.« Ich verdecke das Gesicht mit meinen Händen. Aus dem Augenwinkel bemerke ich, dass mich ein paar Leute beobachten, aber sie sind vor allem mit ihrem eigenen Kram beschäftigt. Falls mich einer dieser Hunde in ein lebendes Beißspielzeug verwandeln sollte, wird mich hier jedenfalls niemand retten. Je früher ich das weiß, desto besser, schätze ich.

»Doodle.« Siobhan zieht den Hund von mir weg. »Buddy, *stopp.«*

Sie nennt ihren Hund *Buddy.* Ich liege am Boden, der nach Scheiße riecht, und ich bin mir sicher, dass meine Klamotten voller Sand sind. Aber die Tatsache, dass sie ihren Hund Buddy nennt, ist ja wohl das Süßeste, was ich in meinem Leben je gehört habe.

»Tut mir leid«, sagt Siobhan. »Sie ist noch ziemlich jung.«

Doodle schaut mich aus ihren großen Augen an und hechelt, als wäre ich der beste Mensch auf der ganzen Welt. Ich bin noch nicht sicher, wie ich das mit ihrem *Angriff* vereinbaren soll.

Siobhan hält den Hund am Halsband fest und streckt die freie Hand nach mir aus. Bevor ich mich von ihr hochziehen lasse, wische ich mir den Sand von der Jeans und gebe dann mein Bestes, das Kribbeln zu ignorieren, das ihre Berührung in mir auslöst. Das hier ist *definitiv* kein Date.

»Da«, sagt Siobhan und mustert mich von oben bis unten. »Besser?«

Ich könnte schwören, dass ich ein grauenhafter Anblick bin. Ich trage Jeans und ein Tears-for-Fears-Shirt, aber ich sehe nicht annähernd so gestylt aus wie sie – vor allem nicht nach meinem Sturz. Ich ziehe am Saum meines T-Shirts und verkneife mir den Drang, die Arme vor der Brust zu verschränken.

»Ja«, sage ich. »Glaub schon. Aber möglicherweise muss ich deinen Hund wegen seelischer Belastung anzeigen.«

»Tja, das kann ich dir wohl kaum übel nehmen.« Siobhan lacht und schaut nach unten. »Doodle, meine Süße, ich fürchte, du musst dir einen Job suchen.«

Doodle fängt an, meine Hand abzulecken, und ich ziehe sie weg.

»Ooh, ich glaube, sie mag dich.«

Wie sich herausstellt, liebt sie mich. Wir schaffen es kaum, uns eine Bank zu suchen und uns zu setzen, ohne dass die Hündin mich wieder von Neuem anspringt.

»Das ist nicht fair«, sagt Siobhan, als ich Doodle über das Fell streiche. »Wir haben sie gerade adoptiert, und sie mag jeden anderen lieber als mich. Aber in dich ist sie ja wirklich *verliebt.«*

»Stimmt«, sage ich und kraule Doodles Kopf. »Ich schätze, Trauma verbindet.«

Ich bin nicht der Typ, der Hunde auf den Mund küsst, auf so was fahren weiße Menschen ab. Aber ich lasse mir von Doodle einmal über die Wange lecken – nur *einmal* –, weil ich damit wahrscheinlich einen guten Eindruck mache. Es ist nicht ganz so schlimm wie beim ersten Mal. Siobhans Mundwinkel heben sich. »Du bist witzig«, sagt sie. »Auf eine schräge Art.«

»Hui.« Meine Kehle wird trocken. »Danke?«

»Alles gut«, antwortet sie und stößt mit ihrem Knie gegen meins. »Ich mag schräg.«

In einer der Ecken bespringt ein Riese von Hund einen kleineren, und es erinnert mich an die Kämpfe, die manchmal in der Schulcafeteria ausgetragen werden. Die Besitzer:innen springen von ihren jeweiligen Bänken auf und gehen rüber. Doodle beobachtet, blinzelt und trottet in eine der anderen Ecken.

»Also«, sage ich. »Was machst du sonst, wenn du hierherkommst?«

»Manchmal gehen wir da lang«, Siobhan zeigt auf den Pfad hinter uns. »Da gibt's Bäume, und es ist schön zum Wandern.«

Ich verziehe das Gesicht.

»Was?«, fragt sie. »Gehst du nicht gerne wandern?«

»Nein«, sage ich. »Ehrlich gesagt, vermeide ich alles, was mit körperlicher Aktivität zu tun hat.«

Mit einem kleinen Stirnrunzeln schaut Siobhan zu Doodle rüber.

»Ich mag Wandern«, sagt sie. »Ernsthaft, ich liebe Spaziergänge. Ich mag es, wenn ich mich von dem Wahnsinn dieser Welt loslösen und mich mit irgendwas verbinden kann, das ... wesentlicher ist. Macht das Sinn?«

»Glaub schon«, sage ich. »Wie diese Aussteiger, die dem System entsagen, weil das moderne Leben unerträglich geworden ist.«

Siobhan schmunzelt und schüttelt den Kopf. Einen Augenblick lang befürchte ich, dass ich sie verletzt habe, aber als sie sich wieder zu mir umdreht, liegt ein schiefes Lächeln auf ihren Lippen.

»Exakt. Das ist mein Ziel – berühmt-berüchtigt werden, weil ich versuche dem System zu entsagen. Ich, die ohne ihren morgendlichen White Chocolate Soy Milk Mocha von Starbucks nichts auf die Reihe kriegt. Zweifellos werde ich damit klarkommen, mich komplett vom Vergnügungsnetz unserer modernen Gesellschaft abzukoppeln.«

Dann verdreht sie die Augen und zieht eine Grimasse, während sie auf sich selbst zeigt, als wollte sie sagen: »Klingt dieses Mädchen glaubhaft?«

Ich pruste los. Dass sie mich so zum Lachen bringt, hätte ich nicht erwartet. Mit ihren leuchtenden Klamotten, den Bandanas und Overalls hätte ich gewettet, dass sie alles durch die rosa Brille sieht. Das hier ... dieser Schlagabtausch ... gefällt mir.

»Tja«, sage ich mit geschwellter Brust. »Wir haben alle unsere Macken, wie zum Beispiel –«

»Angst vor Hunden?«

»Entschuldige mal?« Ich hebe beide Hände in die Luft. »Ich habe keine Angst vor Hunden.«

»Mahalia«, sagt Siobhan. In ihrem Mund klingt mein Name wie Musik. »Du sahst aus, als hätte dich mein Hund *zu Tode* erschreckt.«

»Sie ist auf mich zugerast!«, sage ich. *»Gerast mit Vollgas,* ohne Vorwarnung.«

»– mein *Golden Retriever«,* fährt sie grinsend fort. »Genannt *Snickerdoodle.«*

»Einige von uns«, zische ich und versuche mir das Lachen zu verkneifen, »haben leider nicht viel Ahnung von Tieren.«

»Ich weiß, ich weiß«, beschwichtigt mich Siobhan. »Das war mir schon klar, als du deinen Fuß in den Park gesetzt hast.«

Vor fünf Minuten hätte sich das hier wahrscheinlich noch wie ein Schlag ins Gesicht angefühlt, aber jetzt ist es wie ein Insiderwitz. Ich krame in meinem Gehirn nach einer bissigen Retourkutsche, aber Siobhan kommt mir zuvor.

»Danny meinte, es wäre vielleicht schräg, dich hierher einzuladen«, sagt sie und zupft ein bisschen an ihren Haarsträhnen herum. »Aber ich kenne einfach noch nicht viele Orte in San Diego.«

Als sie Danny erwähnt, gebe ich mein Bestes, um nicht zusammenzuzucken. Der Klang seines Namens fühlt sich an, als würden Drumsticks im Offbeat gegen meine Hirnwände schlagen.

»Oh, klar«, sage ich und hoffe, dass ich gechillt klinge. »Wie habt ihr beiden euch überhaupt kennengelernt? Bist du nicht erst kurz vor Schulanfang hierhergezogen?«

Als ich es ausgesprochen habe, erschrecke ich leicht vor meinen eigenen Worten. Siobhan grinst nur und wackelt mit den Augenbrauen. »Fragst du mich grad nach meinen Supertalenten?«

Ich lache, aber ich kann hören, wie verquer es klingt. »Nee, im Ernst.«

»Es ist einfach so passiert.« Sie sieht aus, als fiele es ihr schwer, das Lächeln zu unterdrücken. »Wir sind Anfang März hergezogen, weil meine Mom hier einen Job gefunden hat. Aber ich kannte noch niemanden. Danny war einfach jemand, der mir angeboten hat, mir ein bisschen die Gegend zu zeigen, bevor die Schule losgeht. Wir beide lieben Tiere und dieselbe Musik. Er hat mir von diesem Tierheim erzählt, in dem er ehrenamtlich arbeitet, und ich fing an, ihn zu begleiten. Tja, und dann ...«

Ihre Stimme driftet ab. Ihr Lächeln ist riesig. Ich muss meinen Blick abwenden.

Ich hatte keine Ahnung, dass Danny Tiere mag oder freiwillig in einem Tierheim arbeitet. Außer Football und Trommeln weiß ich im Grunde nichts über ihn. Ein Teil von mir will fragen, ob die »Musik«, über die sie ihre Bindung erstellen, sein Gehämmer ist, aber ich bring's nicht fertig. Siobhan sieht auf eine gute Weise glücklich aus. Ihr Lächeln füllt jeden Winkel ihres Gesichtes aus, und ihre Augen sind total zusammengekniffen. Aber *Gott,* Danny? Ernsthaft?

»Was kann man hier denn noch so machen?« Ich wende mich wieder den Hunden zu. Doodle wälzt sich mit hängender Zunge im Sand herum. »Außer wandern und Hunde ausführen und so.«

Siobhan blinzelt, als wäre sie überrascht, aber sie geht auf meine Frage ein. »Na ja, es *ist* ein Hundepark. Womit Spazierengehen und Wandern zu den Hauptattraktionen gehören.«

»Klar.« Ich hasse mich jetzt schon dafür, dass ich das Thema auf diese Art abgewürgt habe. »Logisch.«

»Aber es gibt echt hübsche Trails hier«, sagt sie beinahe schüchtern. »Hier kann man auch richtig schöne Fotos machen.«

»Du fotografierst gern?«

Keine Ahnung, warum diese Vorstellung mich so packt – die Vision von einer künstlerischen Siobhan, die in einem alten Bus herumreist, ein Bandana im Haar trägt und alles Mögliche fotografiert. Es erscheint mir einfach so ... romantisch. Dann verdränge ich das Gefühl. Wir unterhalten uns, mehr nicht. Wir hängen einfach zusammen ab. Jesus, Mahalia, reiß dich zusammen.

»Manchmal.« Siobhan lächelt leicht. »Nicht als Hobby oder so. Nur für die Erinnerungen.«

»Fällt es dir schwer, dich an Dinge zu erinnern?«, frage ich. »Normalerweise?«

»Ich habe das schlimmste Gedächtnis«, sagt Siobhan. »Zum einen Ohr rein, zum anderen raus. Meine Mum redet ständig über irgendwelches Zeugs, und ich kann mir kaum was davon merken. Erinnerst du dich noch an deine Kindheit?«

»Ja«, sage ich. »Die ist ja noch nicht lange her – und ich habe bis jetzt noch nichts Interessantes gemacht, wie zum Beispiel auf einen anderen Kontinent zu ziehen.«

»Da hast du definitiv recht.« Siobhan stützt ihren Kopf mit beiden Händen und zieht ein Gesicht, als wäre sie eine Schauspielerin, die gerade einen Oscar bekommen hat und Bescheidenheit vortäuscht. »Als eine internationale Frau der Intrigen vergesse ich, dass die meisten Menschen nicht mit meiner weltgewandten Kultiviertheit gesegnet sind.«

Ich pruste los und halte mir die Hand vor den Mund. Siobhan kichert. »Schon okay«, sagt sie. »Ich bin mit Absicht so albern.«

»Oh, gut«, erwidere ich. »Ich dachte, du wärst aus Versehen so albern.«

Ein Hund bellt laut los, und ich schrecke zusammen. Keine Ahnung, ob ich mir das jetzt einbilde, aber Siobhan wirkt, als würde sie sich zu mir beugen. Ihre Schulter stößt gegen meine.

»Weißt du«, sagt sie. »Ich glaub, du bist die einzige Schülerin aus unserer Klasse, die keine Angst vor Mr Willis hat.«

»Bin ich das?«

Mr Willis ist nicht Angst einflößend. Er hat einfach nur nervige Regeln und zwingt uns gern zu Gruppenarbeiten – sein Verhalten ist abtörnend, klar, aber Angst einflößend definitiv nicht.

Siobhan nickt. »Und trotzdem hast du Angst vor Hunden.«

»O mein *Gott.«*

Siobhan lacht und prustet leicht, bevor sie die Hand vor den Mund hält. »Sag jetzt nichts«, befiehlt sie. *»Nichts.«*

»Was?« Ich grinse sie einfach nur an. »Was sollte ich denn sagen?«

Sie schüttelt den Kopf, aber als sie ihre Hand vom Mund nimmt, erscheint dahinter ein Lächeln. Und so fühlt sich das Zusammensein mit ihr gerade für mich an – als würde alles in mir lächeln.

AKTUELLER KONTOSTAND: 541,75 $

Ziel: 704 $

KAPITEL 9

Zur Sorte Mutter und Tochter, die tonnenweise Zeit miteinander verbringen, zählen meine Mom und ich nicht. Wir sagen einander nicht alles, und wir verhalten uns nicht wie die Hauptfiguren aus den *Gilmore Girls.* Es ist nicht wirklich Moms Schuld – sie verbringt die meiste Zeit bei der Arbeit, und ich bin für gewöhnlich in der Schule oder bei Naomi. Selbst wenn wir versuchen uns zu verabreden, zusammen abendzuessen oder einen Film anzuschauen – irgendwas kommt immer dazwischen.

Unsere meiste Zweisamkeit findet in der Kirche statt, wann immer Mom Zeit dafür findet, also ungefähr einmal pro Monat.

An diesem Sonntag kutschiert Mom uns nicht zur Kirche, sondern zu einem Veranstaltungsort und dass ich mir dabei vorkomme wie in einem Paralleluniversum, ist kein Wunder. Als wären wir die Sorte Mutter und Tochter, die ihre Wochenenden gemeinsam verbringen. Als müssten wir nicht alles vom Mund absparen, um die Party zahlen zu können. Als wäre es das Normalste der Welt für uns, einen Ort wie diesen zu besuchen – wie in einer Episode aus *The Real Housewives.*

Der Veranstaltungsort ist riesig, umrankt von wildem Wein

und Louisianamoos. Er sieht aus wie eine italienische Villa oder zumindest so, wie ich sie aus dem Fernsehen oder aus Kinofilmen kenne. Keine Ahnung, warum mich der Anblick so umhaut – schließlich war ich diejenige, die sich diesen Ort ausgesucht hat. Vielleicht kann ich einfach nur nicht fassen, dass Mom uns hierhergefahren hat, ohne zu kommentieren, wie teuer es ist.

Als wir aus dem Auto steigen, ist es offensichtlich, dass dieser Ort auch Mom in seinen Bann zieht. Sie starrt ein bisschen zu lang auf all die Luxusautos auf dem Parkplatz und inspiziert die Architektur, als wäre sie eine Historikerin oder eine Kunstkritikerin.

Beim Eintreten kommt es mir weniger wie ein Restaurant als vielmehr wie ein gigantischer Ballsaal vor. Nicht mal in meiner Vorstellung könnte ich all diesen Platz hier füllen. Ich schlucke um etwas sehr Hartes in meiner Kehle herum.

»Ich hatte keine Ahnung, dass es hier so aussieht«, sage ich. Es ist nur halb gelogen. Auf der Website waren keine Preise angezeigt, also dachte ich mir schon, dass es teuer sein würde, aber mit *so was* hatte ich wirklich nicht gerechnet.

Plötzlich taucht ein weißer Mann vor uns auf. Er trägt einen buschigen Schnurrbart zur Schau – und ein Lächeln, das seine Augenpartie auf die absolut gruseligste Art erreicht. Vor Schreck hätte ich beinahe nach Moms Hand gegriffen.

»Du musst Mahalia sein«, sagt er. Seine Lippen verschwinden fast gänzlich unter seinem Schnurrbart, trotzdem erkenne ich, dass sie zu einem manischen Grinsen verzogen sind. »Und Sie sind sicher Mahalias Mutter. Wir haben Sie bereits erwartet.«

Ich drehe mich zu Mom um und hoffe, dass sie die Angst in meinem Blick erkennt, aber sie lächelt diesen Typen völlig selbstverständlich an. Gott, ich bin hier echt auf mich allein gestellt.

Es stellt sich heraus, dass der Name von dem Gruseltypen Willard ist, ein Name, den ich noch nie im Leben gehört habe – aber er und Mom sind offensichtlich nicht zu bremsen: Sie unterhalten sich über Moms Arbeit und darüber, wie lange Willard schon hier arbeitet (zehn Jahre, hullala) und darüber, wie lange unsere Autofahrt hierher gewesen ist und über eine Million anderer Dinge, die ich ausblende, bis wir im Speisesaal ankommen.

Dem Speisesaal. Mir wäre nie in den Sinn gekommen, dass es überhaupt einen separaten Speisesaal gibt. Unmöglich kann ich mir auch nur irgendetwas von all dem hier leisten. Aber Mom scheint diese Tatsache nicht mal zu registrieren. Sie lächelt weiter, auch als Willard uns die Stühle an dem schicken, runden Tisch mit goldener Tafeldecke zurechtrückt, und verschwindet, wahrscheinlich zurück in die Kapsel, aus der er geschlüpft ist.

»Mom«, zische ich, sobald er außer Sicht ist. »Was machst du da?«

»Was meinst du?« Sie öffnet eine der in roten Stoff gebundenen Broschüren, die vor uns liegen. »Ich unterhalte mich.«

Ich bin drauf und dran, ihr ins Gedächtnis zu rufen, dass wir uns das hier nicht leisten können, als mir klar wird: Sie weiß es. Seit ich denken kann, ist immer Mom diejenige gewesen, die sich um Geld sorgte, während mir eine Zeit lang noch nicht mal bewusst war, wie hart sie arbeiten muss, um unsere Miete zu bezahlen. Aber aus welchem Grund würde sie hierbleiben wollen? Es fühlt sich beinahe gemein an, dass sie mich hier rumsitzen lässt und so tut, als wäre all das für mich drin, wo wir doch beide wissen, dass es nicht so ist.

Als ich das rote Buch öffne, wird's noch schlimmer – die erste Seite ist eine lange Liste von Dienstleistungen, den dieser Ort für Partys anbietet – eine Fotografin (995 $), eine Fotokabine (695 $) oder vielleicht einen Zuckerwatte-Wagen mit Service-Personal (350 $)? Alles Mögliche, das für eine Super-Sweet-Sixteen-Party wie geschaffen scheint. Alles Mögliche, das ich – zugegeben – liebend gerne hätte.

»Die wollen uns nur ausbluten lassen, richtig?«, murmelt Mom beim Umblättern. »Stell dir vor, wir würden das Geld für all das auftreiben.«

Mir wird schwer ums Herz, und ich weiß nicht mal, warum. »Tja«, sage ich und versuche, den bissigen Unterton aus meiner Stimme zu filtern. »Ich hab dir gesagt, wir können gehen.«

»Warum sollten wir das tun?«, fragt Mom. »Mahalia, wann werden wir jemals wieder eine solche Gelegenheit haben?«

Ehe ich etwas erwidern kann, taucht Willard wieder auf, mit einem Tablett voller Speisen – herzhafte Quiches, gekrönt von frisch geernteten Pfifferlingen und Kräutern, verschiedene Weichkäsesorten besprenkelt mit Honig von regionalen Imkern, Skirt Steak auf einem Bett aus pürierten Pastinaken und grünem Blattsalat. Es sieht nicht aus wie das Menü für einen Sweet-Sixteen, geschweige denn für eine Coming-out-Party. Es sieht nach der Sorte Speisen aus, die Menschen für eine Hochzeit wählen. Schwungvoll setzt Willard das Tablett zwischen uns ab. »Probieren Sie unsere Hauptgerichte, ganz wie es Ihnen beliebt«, sagt er. »Im Anschluss können wir die Kosten besprechen.«

Mom greift nach ihrer Gabel und haut rein, sie stößt mich sogar mit ihrer Schulter an, wackelt mit den Augenbrauen und zieht alberne Grimassen. Ich weiß, das soll ein großer

Spaß für uns beide sein. Wir sind an einem schicken Ort, den wir uns wahrscheinlich nie im Leben leisten können. Jetzt verstehe ich, warum Mom hierbleiben wollte – aber aus irgendeinem Grund ist mir zum Weinen zumute.

»Nun denn, Lady Crumbleton«, spricht Mom in einem *unterirdisch* schlechten englischen Akzent. »Diese Quiche ist schlichtweg *göttlich.* Ich muss mich nach Ihrem Küchenchef erkundigen – oder Ihrer Küchenchefin? 's ist *so* mühselig, in diesen Zeiten an gutes Dienstpersonal zu kommen.« Anmutig kostet sie ein Häppchen von ihrem Steak und bedenkt es mit einem kleinen, anerkennenden Nicken.

»Mom«, sage ich. »Wir sind an einem öffentlichen Ort.«

»Und dieses Steak, Lady Crumbleton!« Mom zieht ihre Augenbrauen bis zum Haaransatz hoch. »Etwas Köstlicheres habe ich mein Leben lang nicht zu mir genommen. Mein armes, ungebildetes Gesinde brächte nicht etwas auch nur halb so Exzellentes zustande.«

Jetzt kann ich mir ein Kichern nicht mehr verkneifen.

»Mom«, sage ich. »Dein armes *ungebildetes* Gesinde? Wo bitte hast du das denn her?«

Mom stößt einen leicht verschnupften Atemzug aus und spreizt den kleinen Finger, als tränke sie Tee.

»Wahrlich«, sagt sie. »Wie schwierig kann es sein, eine Küchenmagd zu finden, die Grips genug besitzt, um ein Rezept zu lesen?«

Prustend verdrehe ich die Augen, aber Mom grinst nur und schiebt mir meinen Teller zu.

»Komm schon«, wispert sie und unterbricht ihr Rollenspiel. »Spiel mit. Nur für einen Moment.«

Ich starre auf die Bandbreite auf meinem Teller. Es ist wahrscheinlich das exklusivste Essen, das ich in meinem ganzen

Leben gesehen habe – abgesehen von den Partys, zu denen mich Naomis Eltern manchmal einladen. Selbst wenn es mich traurig stimmt, Mom hat ja recht. Wann werden wir je wieder eine solche Gelegenheit bekommen? Ich nehme die Stoffserviette und drapiere sie auf meinem Schoß. Dann hebe ich mein Glas mit Wasser und spreize den kleinen Finger.

»Countess Frogsworth –«

»Frogsworth?«

»Mom«, zische ich. »Du hast *meinen* Namen ausgesucht.«

»Schon gut, schon gut«, sagt sie. »Countess Frogsworth soll es sein.«

Wir stoßen mit unseren Gläsern an, und ich kann nicht anders, ich muss lächeln, nur ein winziges bisschen.

AKTUELLER KONTOSTAND: 521,75 $

–20 $ für Benzin
Ziel: 704 $

KAPITEL 10

Anstatt meine Mittagspause zu genießen, hänge ich am Montag in der Schulbücherei fest und arbeite an diesem bescheuerten Geschichtsprojekt. Als Siobhan vorschlug, nach der Schule gemeinsam zu lernen, sagte ich ihr, dass ich arbeiten muss – was stimmte –, aber es befreite mich nicht wie erhofft von diesem kleinen Treffen.

Jetzt hocke ich an einem der Holztische in der hintersten Ecke. Getrennt vom Rest der Welt und gegenüber von Danny und Siobhan. Es wäre nicht so ätzend, wenn nur Siobhan hier wäre. Leider werfen sie und Danny sich die ganze Zeit diese schrägen Wackelblicke zu. Kurz ziehe ich in Erwägung, mich aus dem Fenster zu stürzen, doch dann schnappe ich mir entschlossen meine Bücher, und zum Glück werden die beiden durch das Geräusch unterbrochen. Siobhan dreht sich zu mir um.

»Gott sei Dank bist du hier«, sagt sie, als ich eins der Bücher öffne.

»Ohne dich kämen Danny und ich nicht klar.«

Wärme schießt mir in die Wangen, als hätte sie mich gerade für meinen Charme oder meinen Verstand gelobt, selbst wenn sie in Wahrheit sicher einfach nur verzweifelt ist. Wäre ich auch, wenn ich allein mit ihrem Freund an einem Projekt arbeiten würde.

»Du kommst garantiert klar«, erwidere ich. »Stimmt es nicht, dass Leute aus Europa gebildeter sind?«

»Stimmt ganz genau«, sagt sie, ohne zu zögern. »Aber ich habe mir nie die Mühe gemacht, irgendetwas über die Vereinigten Staaten von Amerika zu lernen, rein aus Prinzip natürlich.«

»Natürlich«, wiederhole ich und grinse leicht. »Na dann lass mich dich über einen unserer größten Fehltritte als Nation aufklären. Einen Fehltritt, den Länder wie Irland sicherlich niemals begangen haben.«

»Auf gar keinen Fall«, sagt Siobhan. »Irland würde sich niemals, ähm, einen Wahlskandal leisten, oder?«

»Nicht wie wir Bäuer:innen hier.«

»Mahalia«, Siobhan prustet los. »Ich glaube, du verwechselt die Iren und die Briten. Wir sind definitiv auch ein Bäuer:innenvolk. Wir sind nur etwas edlere Bäuer:innen, wenn du es so nennen willst.«

Danny räuspert sich und schuckelt Siobhan ein bisschen auf seinem Schoß herum.

Es war so leicht, seine Anwesenheit zu vergessen. Siobhan hat sich einen leuchtend bunten Schal um ihr Haar gebunden und trägt ein bauernhemdartiges Oberteil, das ein bisschen mehr von ihrer Brust preisgibt als gewöhnlich. Mein flüchtiger Blick dauert höchstens ein paar Extrasekunden, ich bin kein Creep – versprochen –, aber als ich meinen Blick abwende, könnte ich schwören, dass Danny mich beobachtet hat. Jetzt schlingt er beide Arme um Siobhan und drückt sie ein wenig. Aus jeder Hand sticht einer seiner Drumsticks hervor. Ich *fasse* es nicht, dass er sie mitgebracht hat.

»Hey, Leute«, sagt er. »Wollen wir mal starten, ehe, ihr wisst schon, die Mittagspause vorbei ist?«

Siobhan lacht, aber als ich mein Notizbuch aufklappe, fühle ich, wie meine Wangen brennen.

»Also«, beginne ich und räuspere mich. »Die Wahl von 2000. Ich hab gedacht, wir könnten die Präsentation in drei Teile gliedern – die Gore-Perspektive, die Bush-Perspektive und die Auswirkungen.«

»Warte kurz«, sagt Danny. »Was meinst du mit ›Perspektiven‹?«

Ich unterdrücke einen Seufzer.

»Ich meine, ihre Sichtweise der Geschichte«, sage ich und schiele auf meine Notizen. »Oder wie ihre Anwälte ihre Position vor dem Obersten Gerichtshof verargumentiert haben.«

»Das klingt irgendwie ein bisschen streitlustig.«

Jesus. Dieses Mal gebe ich mir keine Mühe, mein Stöhnen zu verbergen.

»Danny«, sage ich, so sanft ich kann. »Das war eine Wahl. Unsere Präsentation wird politisch sein.«

»Das Ding ist ...« Danny kratzt sich mit dem Drumstick am Hinterkopf. »Das muss es nicht. Das ist nur, was du daraus machen willst. Und ich glaube nicht, dass wir unsere persönliche Meinung in dieses Projekt einbringen sollen – geht es in Geschichte nicht genau darum, objektiv zu sein?«

Ist das jetzt echt sein Ernst? Er wirft mir einen Blick zu. Und dieser Blick sagt: ernsthaft.

Im ersten Highschool-Jahr hätten wir den Lehrpersonen vielleicht noch geglaubt, als sie meinten, wir könnten objektiv bleiben, wenn wir über all dieses Zeug reden – *vielleicht.* Aber um festzustellen, dass an Geschichte rein gar nichts unparteiisch ist, brauchst du nur für ein paar Minuten die

Nachrichten zu schauen oder dich durch die Titelseite der *Los Angeles Times* zu klicken. Ich werfe einen Seitenblick auf Siobhan, aber ihr Gesichtsausdruck ist unergründlich. Meine Brust füllt sich mit heißer Luft.

»Tja, tut mir leid, aber es geht nicht darum, was *du* denkst«, höre ich mich selbst sagen. »Es geht buchstäblich darum, wie die Dinge laufen, also kannst du vielleicht –«

»Ich denke, wir könnten uns einigen«, schaltet Siobhan sich ein. »Wir können darüber sprechen, warum sich Amerikaner:innen im Durchschnitt entweder auf die Seite von Al Gore oder auf die von Bush geschlagen haben, ohne selbst Partei zu ergreifen. Einverstanden?«

Sie schaut Danny an und schneidet eine Grimasse.

»Na gut«, sagt Danny. Er schlägt mit einem einsamen Drumstick gegen den Tisch, ehe die Bibliothekarin ihn von ihrem Tisch aus anstarrt und einen Finger an die Lippen legt.

Zufrieden dreht sich Siobhan zu mir, ihr Gesichtsausdruck ist jetzt ernst, eine Augenbraue ist in die Höhe gezogen. Mein Blick schießt nach unten, ehe ich es verhindern kann. Ich schmolle förmlich, ehe ich meine Mimik unter Kontrolle kriege.

Vielleicht sind es die Drumsticks. Vielleicht ist es der Arm, der sich so besitzergreifend um Siobhans Taille schlingt. Vielleicht ist es die breitbeinige Art, wie er dasitzt, als ob ihm sogar dieser Ort gehören würde. Oder vielleicht ist es die Art, wie er mich eben angeschaut hat, als ob er gespürt hätte, was ich dachte – oder genau genommen, dass ich *nichts* dachte –, als ich seine Freundin angeschaut habe.

Die Art, wie Siobhan mich gerade ansieht, gefällt mir auch nicht. Als wäre ich schwierig.

Ich schwöre, es ist keine Absicht.

Danny hat seine politische Einstellung nicht direkt im Unterricht durchblicken lassen oder so. Ich kriege einfach nur den Vibe, dass wir hier nicht auf einer Wellenlänge sind. Ich frage mich, was Siobhan denkt.

»Schaut mal«, sagt sie. »Ich würde liebend gerne unsere ganze Präsentation dafür nutzen, darüber zu reden, warum George Bush das Allerletzte ist. Ehrlich gesagt wäre das der absolute Höhepunkt meines Tages.«

Danny schaut sie aus den Augenwinkeln an, aber ihr Blick bleibt auf mich geheftet.

»Aber, ernsthaft?« Sie legt ihren Kopf schräg. »Vor allem will ich das hier hinter mich bringen – nehmt's mir nicht übel, ihr Süßen. Ich will einfach nur fertig werden und etwas unternehmen, das wirklich Spaß macht.«

Danny grinst und schmatzt ihr auf die Wange. Sie schenkt ihm ein Lächeln, ein flüchtiges, ehe sie wieder zu mir schaut.

»Okay, Mahalia? Lass uns das einfach hinter uns bringen.«

Ich fühle einen sanften Tritt unter dem Tisch.

»Und dann«, sagt sie, »kannst du jeden Politiker bashen, den du hasst, und ich werde dir meine volle, andächtige Aufmerksamkeit schenken. Ich werde mir sogar Notizen machen.«

Irgendetwas an der Art, wie sie *volle Aufmerksamkeit* sagt, ist irgendwie echt attraktiv. Mir wird schwindelig – bei der Vorstellung, wie Siobhan mich anschaut, lächelt, während ich etwas Witziges sage und sie mit einer bissigen Reaktion kontert – wie armselig ist das bitte? Turnt mich die Vorstellung, dass Siobhan meine Witze mag, ernsthaft an? Ich klinge so dermaßen wie ein Hetero-Typ.

Für den Augenblick fällt mir jedenfalls nichts Witziges ein, also nicke ich einfach und sage: »Okay.«

Siobhan lehnt sich zurück und grinst wie die Katze, die den Kanarienvogel verspeist hat – oder wie auch immer diese Redewendung lautet. Und während sie ihr Arbeitsheft öffnet, könnte ich schwören, dass Danny mir einen bösen Blick zuwirft.

»Okay«, wiederhole ich, während sich Schweißtropfen auf meinen Augenbrauen bilden. »Ich bin Al Gore.«

Allerdings sage ich es ungefähr zehnmal so laut, wie ich es vorhatte, nämlich so: »ICH BIN AL GORE!!!« Und dann fliegen sämtliche Köpfe in der Bibliothek in meine Richtung, als wäre ich komplett durchgeknallt. Die Bibliothekarin begnügt sich jetzt nicht mehr mit ihrem an die Lippen gehaltenen Finger, sie *pscht* mich mit ernster Miene. Einige Kids starren mich an und kichern. Danny schnaubt.

Innerlich sterbe ich ein wenig, aber dann reibt Siobhan ihre Knöchel gegen meine und sagt: »Gute Wahl.«

Ich sterbe immer noch, aber aus einem völlig anderen Grund.

Ich bin dabei, mich haltlos in Siobhan zu verlieben.

AKTUELLER KONTOSTAND: 491,75 $

–30 $ für ein neues Handy-Ladekabel
Ziel: 704 $

KAPITEL 11

Dienstag ist einer der seltenen Tage, an denen ich das Auto für mich allein haben kann. Als Mom heute Morgen von ihrer Freundin Maria zur Arbeit gefahren wurde, fand ich es zwar ein bisschen seltsam, aber sie hat es schon mal so gemacht, und einem geschenkten Gaul schau ich auf keinen Fall ins Maul. So kann ich mich jetzt selbst zur Schule fahren, mir beim Laden um die Ecke mein Lunch und meine heiß geliebten Kettle-cooked-Chips besorgen und muss nach Schulschluss nicht warten, bis Naomi mich heimfährt. Perfekter geht ein Schultag nicht.

Und mein Tag wird sogar noch besser, als es zur letzten Stunde klingelt und ich beim Rausgehen mit Siobhan zusammenstoße. Gott sei Dank hat sie keinen Bücherstapel im Arm oder einen Kaffee oder irgendetwas anderes in der Hand, das jetzt dramatisch zu Boden gehen könnte. Sie stößt nur ein »Uuups« aus, ehe sie zu mir hochschaut und mich anlächelt.

»Mahalia«, sagt sie. »Bleibst du noch zur Vorbereitung für die SATs?«

Ich schneide eine Grimmasse, und sie lacht. »Nein«, antworte ich. »Ich versuch grad mit allen Mitteln so zu tun, als ob ich die SATs gar nicht machen muss. Läuft ziemlich gut.«

Das ist nur die halbe Wahrheit. Die ganze Wahrheit ist, dass Mom und ich uns die Gebühren für die Vorbereitung, die mit einem Hunderter pro Nase angeblich wie geschenkt sein soll, nicht leisten konnten. Für den Matheteil schaue ich mir vor allem die Videos der Khan Academy an und gebe, wann immer ich kann, mein Bestes, um die Denksportaufgaben zu schaffen.

Inhaltlich hab ich mich sogar verbessert, nicht aber im Timing. Um es in die Top Ten der Test-Absolvent:innen zu schaffen, braucht man eine Punktzahl von 1.350 – die laut unseres Betreuers den Freifahrtschein für ein Stipendium bedeuten würde. Aber ich bin nicht sicher, wie hoch meine Chancen für bessere Leistungen stehen. Wie nützlich sind diese Übungstests *wirklich?*

»Ich bleibe auch nicht«, sagt Siobhan. »Obwohl ich früher oder später ja doch studieren werde. Mein Dad fand, es wäre eine gute Idee, den Test im Mai zu machen, dann hätte ich schon Übung.«

Der Maitest ist der in zwei Wochen. Sieht aus, als hätten wir beide nicht die Chance, uns keinen Kopf drüber zu machen.

»Eklig.« Ich ziehe die Nase kraus. »Ich meine, ich kapier's ja. Ich hab letztes Jahr den PSAT gemacht und 1.260 Punkte geschafft, was echt nicht übel ist. Aber keine Ahnung, wie oft wir uns noch in einem kargen Zimmer unter tonnenweise Druck diesen Übungstests aussetzen müssen?«

»Exakt«, sagt sie kopfschüttelnd. »Ich weiß nicht mal, ob ich überhaupt aufs College will. Vielleicht will ich nach der Schule einfach reisen. Aber davon will mein Dad nichts hören – er sagt, ich muss mir trotzdem Türen offenhalten, um auf etwas zurückgreifen zu können.«

Mir ist bewusst, dass ich sie anstarre, als wäre sie eine

Comicfigur, aber ich kann mir nicht mal im Ansatz vorstellen, nicht aufs College zu gehen. Meine Eltern haben beide nicht studiert. Dad scheint ziemlich gut klarzukommen, aber ich sehe, wie hart Mom kämpft, wie krass sie sich krumm machen muss, damit wir wenigstens halbwegs klarkommen. Das College soll verhindern, dass es so weit kommt – zumindest behaupten das alle. Es fühlt sich an wie eine Verpflichtung.

»Hast du keine Angst?«, platze ich raus.

»Angst?«

»Keine Ahnung«, sage ich. »Angst davor, sagen wir, keinen Job zu kriegen? Angst vor Schulden?«

»Ich bin sicher, auch wenn ich aufs College gehe, werde ich Schulden haben«, meint sie und hebt einen Mundwinkel. »Aber ich weiß nicht, ich bin noch nicht mal achtzehn. Ich habe mir noch keinen kompletten Plan zurechtgelegt.«

Ich blinzele sie nur an.

»Du findest mich unvernünftig«, sagt sie.

»Nein«, sage ich. »Ich bin nur ... irgendwie neidisch.«

Sie stößt mit ihrer Schulter gegen meine, und ich versuche die Wärme, die ihre Berührung hinterlässt, zu ignorieren.

»Musst du nicht«, erwidert sie. »Komm doch einfach mit mir. Wir könnten Menschen in anderen Ländern Englisch beibringen. Oder vielleicht irgendwo einen Freiwilligendienst machen. Wir könnten auf die höchsten Berggipfel dieser Welt klettern.«

Ich versuche mir Siobhan und mich in Europa vorzustellen. Wie wir in abgerockten Motels übernachten – oder in Jugendherbergen, wie auch immer sie es nennen – und wie wir all die Museen besuchen. Wie wir uns ein Stück Kuchen, eine Pastete oder sonst ein Gebäck teilen, weil wir uns nix anderes leisten können. Wie wir im Zug über den ganzen Kontinent reisen. Länder besuchen, die Schwarze Menschen in meiner Vorstellung nie bereisen, wie Japan zum Beispiel oder Korea. Wie wir nach zehn Minuten Wandern plötzlich feststellen, dass wir umdrehen und zurück ins klimatisierte Zimmer gehen müssen. Es klingt ...

Ich schüttle den Kopf. »Es klingt wie ein Traum.«

Ihr Lächeln schrumpft. Habe ich was Falsches gesagt?

Auf dem Parkplatz parken gerade die Schulbusse zusammen mit einigen Autos aus. Alle machen sich auf den Heimweg. Ehe ich mich verabschieden kann, fragt Siobhan: »Wartest du auch auf eine Mitfahrgelegenheit?«

Ich schüttle wieder den Kopf, ziehe die Schlüssel aus meiner Tasche und wackle damit durch die Luft.

»Nee«, sage ich. »Ich überlege nur, wie ich meine Collegepläne über den Haufen werfen und stattdessen mit dir eine Tour durch Europa starten kann.«

»Ganz einfach.« Sie grinst. »Verzichte auf den SAT.«

Ich wünschte. Stattdessen schaue ich zwischen Siobhan und dem sich rasant leerenden Parkplatz hin und her. Ich hab ganz hinten geparkt. Unser Auto ist ein blauer Kleinwagen, Baujahr 2004. Nicht gerade die angesagteste Mitfahrgelegenheit.

»Ich könnte dich einfach fahren«, biete ich ihr an. »Wenn du ohne Auto hier bist.«

»Oh!« Siobhan blickt sich um, als könnte ein Auto aus dem Nichts auftauchen. »Also eigentlich wollte mich Danny abholen, wenn er mit der Probe fertig ist ...«

»Dann ist ja alles gut«, sage ich. »Ich wollte dich nur nicht –«

»Nein«, sagt sie und zieht ihr Handy raus. »Lass mich eben –«

»Bist du sicher? Weil –«

»Ist echt kein Ding –«

Einen Augenblick lang halten wir inne. Meine Wangen fühlen sich warm an. Dann brechen wir in Gelächter aus.

»Die Probe dauert noch mindestens eine Stunde«, stellt Siobhan fest und schiebt ihr Handy wieder zurück in die Tasche. »Es wäre super, wenn du mich nach Hause fährst – aber nur, wenn's dir nichts ausmacht.«

»Kein Problem«, sage ich. »Ernsthaft. Sag mir einfach, wohin.«

Wohin entpuppt sich als ein schnuckeliger Bungalow am Meer. Unter den beiden Vorderfenstern sind Blumenkästen angebracht, das Gras ist grün, und die Sonne scheint, und der Wind lässt alles nach Frühling duften, sogar im Auto. Siobhan gehen zu sehen, macht mich fast traurig.

»Tausend Dank«, sagt sie und schnallt sich ab. »Nach der Attacke meines Hundes und dieser Heimfahrt schulde ich dir ganz schön was.«

»Du schuldest mir gar nichts«, sage ich. »Außer einer Auslandsreise.«

»Stimmt.« Sie nickt, total ernst, nur ihre Augen spielen nicht mit. »Natürlich. Sobald ich drinnen bin, fange ich an, die Route zu planen.«

»Vergiss die Museen nicht.«

»Wie könnte ich«, sagt sie. »Was hältst du von Tee?«

»Ähm«, ich blinzele und stolpere über das, was hier zwischen uns abgeht. »Ich bin gewillt, ihn zu probieren?«

Sie lacht, es ist ein echtes Lachen. Dann, blitzartig, beugt sie sich vor und küsst mich auf die Wange. Ich stehe unter Schock, im wahrsten Sinne des Wortes. Ungelogen. Ich kann kein einziges Körperteil bewegen, selbst dann nicht, als sie ihren Rucksack schnappt und aus der Tür klettert.

»Wir sehen uns in Geschichte«, sagt sie. »Fang schon mal an, für die Anzahlung zu sparen –«

»Die Anzahlung?«

»Für ein paar Wanderstiefel«, antwortet sie und streckt die Zunge raus. »Ich habe gehört, die sind ganz schön teuer.«

Dann dreht sie sich um und geht auf ihre Haustür zu. Vielleicht starre ich ihr hinterher, vielleicht auch nicht. Als sie sich noch mal zu mir umdreht und mich angrinst, fühlt es sich an, als teilten wir ein Geheimnis – als wüsste sie, dass ich ihr hinterherschaue. Oder bilde ich mir das alles nur ein? Ich habe keinen Schimmer. Ich weiß nicht mal, wie ich mich nach dem Ganzen hier auf den Heimweg mache.

♩♫♪

Mein Plan ist es, mich auf direktem Weg in mein Zimmer zu begeben, Naomi anzurufen und auszuflippen. Aber dieser Plan löst sich in Luft auf, als ich sehe, dass Mom zu Hause ist. Sie liegt auf dem Sofa, die Füße auf dem Couchtisch, und löst ihren Zopf. Leise schließe ich die Tür, aber sie sagt kein Wort, selbst dann nicht, als ich meinen Rucksack neben die Turnschuhe fallen lasse.

Irgendwas stimmt nicht. Eigentlich muss sie heute bis 20 Uhr arbeiten. Was macht sie schon zu Hause?

»Heeey«, sage ich, und gehe auf sie zu, als wäre sie ein sehr kleines Tier.

»Wie war's bei der Arbeit?«

Sie setzt sich auf, langsam, als hätte sie Schmerzen.

»Setz dich, Mahalia«, sagt sie und klopft auf den Platz neben sich auf dem Sofa. »Ich habe etwas mit dir zu besprechen.«

O Shit. So ernst also. Ich setze mich neben sie und studiere ihren Gesichtsausdruck. Könnte es sein, dass sie sauer auf mich ist? Wenn Mom wütend ist, gibt es Gebrüll und Gefuchtel und ein Gestarre, dass mich hoffen lässt, dass Gott existiert.

Aber Mom starrt gerade nicht. Mom sieht einfach ... erschöpft aus. Ich kann mich nicht daran erinnern, wann sie mich zum letzten Mal so angesehen hat. Vielleicht als Dad nicht bei meiner Choraufführung erschienen ist? Aber das liegt Jahre zurück. Damals war ich dreizehn. Seitdem habe ich Dad nie wieder zu irgendwas eingeladen.

»Was ist los?«, frage ich und rutsche ein bisschen dichter an sie heran. »Ist irgendwas Schlimmes passiert?«

»Tja«, sagt sie. »Du weißt doch von meinen Myomen.«

»Klar.« Ich starre auf ihren Bauch. Die Vorstellung, dass sich da irgendetwas in ihr befindet, ein Haufen Zellen, erschreckt mich zutiefst. »Was ist los?«

»Und erinnerst du dich an Junior?«

Fast hätte ich die Augen verdreht. Wie könnte ich Moms empfindsamstes Myom vergessen?

»Ja klar«, antworte ich. »Hat dein Arzt etwas dagegen gefunden, oder so?«

»Tja, also, schon«, sagt sie. »Er hat einen Ultraschall gemacht. Es wird von selbst nicht kleiner, und es ist gefährlich für mich.«

Ich denke an all die Augenblicke, in denen sie sich damit abgequält hat, eine bequeme Position auf dem Sofa zu finden, oder mich um Kühlpacks gebeten oder nach dem Heizkissen gefragt hat. Es hat mich nie großartig erschreckt. Ich hatte einfach vermutet, das wäre für eine Person mit Myomen normal. Jetzt komme ich mir dumm vor. Ich wünschte, ich könnte die Zeit zurückspulen und Mom mehr Aufmerksamkeit schenken. Klar kann sie nerven, aber ich wüsste nicht, was ich ohne sie tun würde. Ich kann nicht ohne sie sein.

Meine Kehle ist staubtrocken. »Stirbst du?«

»Wie bitte?« Sie lässt ein bellendes Lachen los, das sie jäh unterbricht, als sie meinen Gesichtsausdruck bemerkt. Ich meine es todernst.

»O Baby.« Sie greift nach meinen beiden Händen und umschließt sie mit ihren. Ihre sind faltig und spröde, wahrscheinlich von der Arbeit, aber sie sind warm. »Ich gehe nirgendwo hin, bis Jesus meine Zeit für gekommen hält, und Er weiß, wie sehr du mich brauchst.«

»Oh.« Ich schlucke. »Stimmt. Das ergibt Sinn.«

»Was ich vor mir *habe,* ist eine ziemlich heftige Operation«, sagt sie. »Ich habe versucht, sie so lange wie möglich hinauszuzögern, aber ... mein Arzt meint, ich kann es nicht länger aufschieben. Also werde ich mich einer Hysterektomie unterziehen, und zwar am kommenden Montag.«

Montag. Das ist in einer Woche. Danach wird Mom keine Gebärmutter mehr haben.

Jesus.

Andererseits ist es nicht so, dass sie ihre Gebärmutter noch braucht. Mom hatte seit sechzehn Jahren kein Kind mehr. Als ich klein war und sie nach einem Geschwister fragte, sagte sie immer, ein Kind sei mehr als genug für sie, und ich solle meinen Vater um Geschwister bitten, wenn ich ihn besuche. Jetzt hab ich zwei kleine Geschwister und sehe sie quasi gar nicht. Was traurig ist, wenn man drüber nachdenkt.

Aber trotzdem. Es ist ein Teil ihres Körpers. Ein großer Teil, stimmt's? Ich weiß nicht, wie das funktionieren soll. Werden sie es einfach aus ihr rausreißen? Allein der Gedanke lässt mich schaudern.

»Ich werde deine Hilfe brauchen«, sagt sie. »Es ist eine ziemlich große Operation. Ein paar Leute aus der Kirche werden vorbeischauen, aber für eine Weile wirst du mir hier jede Menge Last abnehmen müssen. Verstehst du das? Es tut mir leid, dich so in Anspruch zu nehmen, aber ich habe sonst nicht wirklich jemanden.«

Sie wechselt wieder ihre Sitzposition und krümmt sich, und ich verdränge alle Gedanken in den hintersten Winkel meines Hirns. Ich lege eine Hand auf ihren Fuß und reibe ihn.

»Mach dir keine Sorgen, Mom«, sage ich. »Egal, was du brauchst, ich werde mich darum kümmern.«

Sie wird rechtzeitig zur Party wieder gesund sein. Ich weiß es.

AKTUELLER KONTOSTAND: 435,18 $

–56,57 $ für Party-Zubehör
Ziel: 704 $

KAPITEL 12

»Ich *heb gleich ab.*«

»Jesus.« Naomi schüttelt den Kopf. »Ich glaub, so glücklich habe ich dich noch nie gesehen.«

Normalerweise bin ich nicht die Sorte Mädchen, die sich für Klamotten begeistert, hauptsächlich, weil ich mir kaum welche leisten kann, also halte ich gar nicht erst Ausschau danach. Aber mit deiner besten Freundin in so einem extravaganten Kleidergeschäft zu sein, ist schon ziemlich special.

Wenn ich an Naomis Party zurückdenke, fällt mir das Tanzen ein, die Musik, das Essen – aber vor allem erinnere ich mich an ihr Kleid. Keine Ahnung, ob ich mir *so etwas* leisten kann. Jetzt, wo wir den DJ gestrichen haben, sind 250 $ übrig, und einen Versuch muss ich mir einfach gönnen. Außerdem ist es eine gute Ablenkung von der Bombe, die Mom gestern hat fallen lassen.

Naomi und ich haben den Nachmittag frei, also sind wir zu Dress Me Up gefahren. Das ist eine kleine Boutique, die ungefähr zwanzig Minuten von Naomis Haus entfernt ist. Die Wände sind aus Backstein, die bunten Teppiche auf den Böden sehen aus, als gehörten sie in ein Museum – oder in einen Palast. Die Boutique ist designt wie einer dieser Showrooms aus *Project Runway* oder so; mit großen, goldgerahmten Spiegeln, die in der Raummitte stehen und von reihenweise Kleider- und Accessoires-Ständern umgeben sind.

Wenn ich ehrlich bin, ist es hier ein bisschen wie im Paradies. Ich mache eine kleine magische Drehung – und stolpere über meine eigenen Füße. Naomi kann mich gerade noch am Arm festhalten.

»Hoffentlich hat das niemand gesehen«, wispert sie, und ihr Blick huscht zu den Verkäuferinnen, die beim Eingang stehen. Sie sind von Kopf bis Fuß in schlichtes Schwarz gekleidet und sehen aus wie Models, was sie wahrscheinlich auch sind.

Richtig nice finde ich, dass hier offensichtlich sämtliche Hautfarben vertreten sind – in einer Ecke kichert ein Grüppchen ostasiatisch aussehender Frauen über ein Kleid, zwei Frauen mit gebräunter Haut, die ich als Latinas lese, liebkosen ein blaues Glitzerkleid vor dem Spiegel, und eine Schwarze Frau bewundert ihr Spiegelbild. Wenn ich auch nur ein bisschen was von Mode verstehen würde, käme ich wahrscheinlich um die SATs herum und könnte einfach hier arbeiten. Tja … wenn.

Naomi zieht ein cremefarbenes Kleid heraus. Es ist eigentlich ganz hübsch, aber die aufgestickten Blumen, die das gesamte Oberteil bedecken, machen mich fertig. So was würde vielleicht meine Großmutter tragen. Ich schüttle den Kopf.

»Ich brauche etwas mit *Flair«,* sage ich. »Etwas Queeres.«

»Tja«, Naomi runzelt die Stirn. »Ich bin nicht sicher, wie ein queeres Kleid aussieht … mit aufgedruckter Vulva?«

Ich ramme ihr den Ellenbogen in die Seite. Aber ehrlich gesagt, weiß ich selbst nicht genau, was ich meine. Ich will ein Kleid, das zu einem Sweet-Sixteen passen würde – ich schätze, das würde auch als queeres Kleid durchgehen, weil es von einer queeren Person getragen wird.

Vor einem wunderschönen blauen Kleid bleibe ich stehen. Dem Etikett nach ist es ein *Duchesse-Kleid.* Ich ziehe es von der Stange und halte es mir vor den Bauch.

Es ist mir zu lang; mehr als nur ein bisschen Saum ringelt sich am Boden. Naomi zuckt zusammen.

»Was?«

»Es ist trägerlos«, sagt sie. »Bist du sicher, dass du dir das antun willst?«

Ich schürze die Lippen. Genug Busen, um es oben zu halten, hab ich definitiv, aber vielleicht gibt's bei mir auch ein bisschen *zu viel* Busen für dieses Kleid. Naomi denkt wahrscheinlich gerade an den Tag, an dem ich einen trägerlosen BH anhatte und nonstop damit beschäftigt war, ihn zurechtzurücken. Ich werfe einen Blick auf das Preisschild, und mir fallen fast die Augen aus dem Kopf. 417$ für ein *Kleid?* Ich hänge den Bügel wieder an die Stange, als hätte ich mich daran verbrannt.

»Keine Sorge«, sagt Naomi und geht auf einen anderen Ständer zu. »So was braucht Zeit. Weißt du noch, als wir mein Kleid ausgesucht haben?«

Es ist schwer zu vergessen. Naomis Mutter, Großmutter und Tante waren alle mit von der Partie, wir verbrachten mehrere Stunden im Kleiderladen und sahen Naomi dabei zu, wie sie verschiedene Ballkleider und Schmuck anprobierte. Als ich Mom später davon erzählte, schnaubte sie und ließ einen Kommentar darüber los, dass ein Sweet-Sixteen »keine verdammte Hochzeit« sei. Die Erinnerung bringt mich immer noch zum Schmunzeln – und lässt mich an Lady Crumbleton denken.

»Oh«, sagt Naomi und zieht ein anderes Kleid hervor. »Was hältst du von dem hier?«

Ganz ehrlich: Das Kleid ist ein Traum, ein pinkes Ballkleid mit einer hauchdünnen Schicht aus aufwendig aufgesticktem

Schleierkraut. Das Etikett hat einen Haufen Begriffe, die ich nicht kenne – *herzförmiger Ausschnitt, A-Linien-Faltenrock, Sweep-Train* und *Tüllüberzug* –, aber sie machen das Kleid nur noch prinzessinnenhafter. Es ist Liebe auf den ersten Blick.

Ich halte es vor meinen Körper, aber noch ehe ich Naomis Gesicht sehe, wird mir klar, dass es hier ein Problem gibt. Hastig schiebt sie die Kleiderbügel zur Seite.

»Warte kurz«, sagt sie. »Vielleicht gibt's das noch in einer anderen Größe.«

Aber die gibt es nicht. Wir durchsuchen die ganze Stange, dann fragen wir eine der Verkäuferinnen am Eingang, aber es gibt kein einziges Kleid in meiner Größe. Die elegante, dünne Frau mustert mich von oben bis unten.

»Vielleicht«, sagt sie, »versucht ihr's mal bei Lane Bryant.«

»Das ist jetzt nicht sehr hilfreich.« Naomis Augen werden schmal. »Ist Ihre Chefin hier?«

Normalerweise würde mich Naomis Nummer zum Lachen bringen – Naomi und ihre Mutter sind sehr gut darin, eine auf Karen zu machen. Aber in diesem Augenblick will ich eigentlich nur raus hier. Wenn es ein perfektes Kleid für mich gibt, dann bestimmt nicht in diesem Laden.

♩ ♫ ♪

Naomi vermutet, dass mich ein Ausflug zu Target aufheitern wird. Und sie hat recht. Auf der Fahrt dorthin bin ich noch ziemlich niedergeschmettert, aber sobald wir einen Fuß in den Laden setzen, erwachen meine Konsumgeister zum Leben, und ich stürze förmlich auf die Partyabteilung zu.

»Die hier?« Ich ziehe einen Stapel pinkfarbener Einladungskarten aus dem Regal. »Was meinst du?«

Naomi zieht die Nase kraus. Ich nicke und schleudere den Stapel wieder weg. Die Gänge sind vollgestopft mit Konfetti und Girlanden und Ballons, aber an die Deko denke ich gar nicht unbedingt.

»Oh«, sage ich und greife nach einem anderen Stapel. »Was ist damit?« Auf dem pastellfarbenen Papier mischen sich Pink, Lila, Blau und Gelb ineinander. *Du bist eingeladen,* prangt in goldener Kursivschrift auf dem Untergrund. Um die Buchstaben herum sprenkeln sich Sterne.

»Definitiv besser«, sagt Naomi. »Ich würde für alle Fälle ein paar Ersatzkarten kaufen.«

»Cool.« Ich schnappe mir mindestens fünf Stapel. »Weißt du, wann ich sie am besten verschicke?«

»Na ja.« Naomi kratzt sich am Nacken. »Meine Mom sagt, für einen Sweet-Sixteen verteilt man die Einladungskarten persönlich. Aber ob das jetzt wirklich so wichtig ist?«

Jetzt, wo sie davon spricht, fällt mir wieder ein, wie Naomi während der Lunchpause durch die Cafeteria und vor dem Klingeln der Schulglocke durch die Klassenzimmer gelaufen ist, um ihren Gästen diskret die Einladungskarten zuzustecken. Die Leute haben den ganzen Tag darüber geflüstert. Aber meine Party schlägt ja längst nicht so ein – es werden hauptsächlich Naomi, ihre Familie und ein paar Leute aus meinem Jahrgang da sein, mit denen ich mich ab und zu mal unterhalte.

»Weißt du noch, wie nervös es mich gemacht hat, Cody seine Einladungskarte zu geben?« Naomi lacht verkrampft. »Klingt jetzt vielleicht kitschig, aber ich habe drüber nachgedacht, ob ich so was noch mal mache. Also auf einen Notizzettel schreiben, wie ich mich fühle und ihm den dann geben.«

Einen Notizzettel? In welchem Jahrhundert befinden wir uns?

»Ich weiß nicht.« Ich zucke mit den Achseln und drücke die Stapel an meine Brust. »Klingt nach viel Arbeit.«

»Ja«, sagt Naomi und nickt etwas zu heftig. »Hast ja recht.«

Wir gehen den Gang entlang, mustern Mini-Sets für Seifenblasen, Saugnapfgläser, Schnauzer zum Ankleben. Nichts davon passt zu meiner Party, und ich bin nicht mal sicher, wonach ich genau suche. Ich weiß nur, dass mir nichts von alldem hier gefällt. Als ich Naomi fragte, ob sie mit mir shoppen geht, dachte ich, sie wäre randvoll mit Vorschlägen, welche Dinge ich für die Party brauche und welche ich lieber liegen lasse. Aber sie ist seltsam still. Ich halte vor ein paar bunten Schärpen, die für Geburtstags- oder Bachelorpartys gedacht sind, und drehe mich zu Naomi um. »Meinst du, ich soll diese Kerzen besorgen, die du auch hattest?«

Alle, die zu Naomis Party gekommen sind, gingen mit einer kleinen rosa Kerze nach Hause. Jede Kerze war mit einer Krone und *Naomis Sweet-Sixteen* geschmückt und roch beim Anzünden nach Erdbeeren.

»Ich weiß nicht«, sagt Naomi und schaut auf ein Paket mit Lichterketten. »Die Idee kam eigentlich von meiner Mom. Ich kann sie aber fragen, wo sie die Kerzen hat machen lassen.«

Also irgendwas stimmt definitiv nicht mit ihr. Ich will gerade etwas sagen, als ich sie entdecke – verpackte Mini-Notizbücher, von deren Vorderseite mich ein Einhorn unter einem *SPARKLE-WHEREVER-YOU-GO*-Schriftzug in Regenbogenfarben anstrahlt. Es ist eins der queersten Dinge, die ich je gesehen habe.

»Fuck, Naomi«, sage ich und halte eine Packung hoch. »Sind die nicht absolut perfekt?«

Ihr Mund verzieht sich zu einem breiten Grinsen. »Die sind ziemlich genial.«

Ich bin schon dabei, so viele Packungen, wie ich tragen kann, zusammenzuraffen, als Naomi mit gerunzelter Stirn aufschaut.

»Warte«, sagt sie. »Wie viele brauchst du denn überhaupt?«

Gute Frage. Ich fange an, ein Paar zurückzulegen.

»Keine Ahnung«, antworte ich. »Mein Budget umfasst 20 Leute, aber vielleicht …«

Ich breche ab, als Naomi nach meinem Stapel greift und die Packungen zurück ins Regal stopft.

»Und wie viel verlangen sie vom Veranstaltungsort für die Anzahlung?«

Da der Veranstaltungsort, an dem Mom und ich waren, nicht infrage kam, bin ich schließlich über eine App, die verschiedene Räumlichkeiten für Meetings und Partys und so was vermietet, fündig geworden. Es sind nur 525 $ für drei Stunden, der Raum sieht wie ein gigantisches Warenlager aus, aus dem sich mit guter Deko bestimmt was machen lässt. Nervig ist nur, dass die Bezahlung superweit im Voraus erfolgen muss – schon Ende Mai, obwohl die Party erst im Juli steigen soll.

»Es ist nicht wirklich eine Anzahlung. Ich muss die ganze Rechnung zahlen«, sage ich. »Hier, nimm die.«

Gehorsam breitet sie die Arme aus, aber ihre Stirn liegt noch immer in Falten, selbst als ich ein pinkfarbenes Diadem vom Regal pflücke und ihr auf den Kopf setze.

So läuft das nicht! Sie soll gefälligst Spaß haben.

»Was?«, frage ich schließlich. »Findest du das Diadem zu teuer?«

»Na ja«, sagt sie. »Wie lange wirst du sparen müssen?«

Also langsam werd ich wütend. »Wenn du's genau wissen willst: Ich kann zahlen, sobald ich das nächste Mal mein Gehalt bekomme.«

Sie neigt den Kopf. »Aber was ist mit deinen anderen Unkosten? Benzin und Essen und so? Dein Handy?«

»Das geht schon alles klar«, sage ich und steuere auf den nächsten Gang zu. »Ich muss erst Ende Mai bezahlen, das ist also noch ein ganzer Monat.«

In diesem Gang gibt es Tischdeko, Piñatas und Kerzen. Es gibt große bunte Zahlen und Geburtstagskerzen, aber auch verschiedene Buchstaben und Formen, zum Beispiel ein Einhorn als Tortenaufsatz und eine Packung mit pinkfarbenen Glitzerherzen.

»Siehst du irgendwelche Regenbogen?«, frage ich. »Oder irgendwas anderes Queeres?«

»Hmmmm …« Naomi scannt den Gang. »Magische Prinzessinnen-Tortenaufleger?«

»Das klingt nach einer gigantischen Anspielung.«

Ich gehe auf sie zu, aber sie sind ziemlich gewöhnlich: blasse Farben, ausdruckslose kleine Puppengesichter. Nicht genügend Flair.

»Wie wär's mit den Flamingos?«, frage ich und zieh einen vom Haken. »Falscher Vibe?«

»Ich find ihn gut«, sagt Naomi und greift sich noch eine Packung. »Und dann besorgst du einfach ein paar Buchstabenkerzen.«

Der Weg zur Kasse mit vollgepackten Händen ist ein echter Balanceakt. Über den bis zu meinem Kinn reichenden Stapel hinweg schneide ich Naomi eine lustige Grimasse nach der anderen. Sie lacht nicht, aber sie verdreht immerhin kopfschüttelnd die Augen.

»Vielleicht«, sagt Naomi, »wäre ein Süßigkeitenwagen eine gute Idee.«

»Vielleicht«, antworte ich. »Aber wo bleibt da der Spaß?«

AKTUELLER KONTOSTAND: 375,18 $

–40 $ für Benzin
–20 $ für Pizza
Ziel: 704 $

KAPITEL 13

Nach ihrer OP muss Mom noch für zwei Tage im Krankenhaus bleiben.

Als ich Greta erzähle, was los ist, bekomme ich zwei Tage frei – und für Mom gibt sie mir ein paar Heilkristalle mit. Am ersten Tag gehe ich auch nicht zur Schule, sondern ins Krankenhaus, und rede mit Mom darüber, ob sie die Soap im Fernsehen, den sie mit der anderen Patientin im Zimmer teilt, anschauen oder nicht anschauen soll. Aber sie schläft ohnehin immer wieder ein, weil die Medikamente sie schläfrig machen. Es ist ziemlich langweilig.

»Ich kann ja auf einen Besuch vorbeikommen, wenn du willst«, sagt Naomi, als ich ihr beim Lunch davon erzähle.

Ich weiß nicht, ob die Idee so gut ist. Mom ist ziemlich neben der Spur. Keine Ahnung, welche Sorte Medikamente ihr die Krankenpfleger:innen geben. Solange sie die einnimmt, wird sie nicht Auto fahren können, und die Ärztin sagte, das könnte noch zwei Wochen dauern. Angeblich holt morgen irgendjemand aus der Kirche sie ab und bringt sie nach Hause. Vielleicht will Mom nicht, dass Naomi sie alle paar Minuten wegdösen sieht.

Aber schließlich gehört Naomi quasi zur Familie, und es wäre schön, mich weniger allein zu fühlen. Nach unserer Target-Tour letzte Woche hat sich alles irgendwie seltsam angefühlt. Aber wenn Naomi das noch immer so empfinden sollte, lässt sie es sich nicht ansehen.

»Okay«, sage ich und klaue ihr ein Stück vom Sandwich. »Let's go.«

Naomi muss später noch zur Arbeit, also fahre ich mit meinem Auto zum Krankenhaus und Naomi folgt mir mit ihrem. Irgendwie wünsch ich mir, ich hätte heute nicht das Auto dabei, dann hätten wir jetzt zusammenfahren können. Es kommt mir vor, als wäre ich überall allein, zu Hause, im Krankenhaus, abends im Bett vor dem Einschlafen. Nicht mal an Siobhan hab ich so viel gedacht wie sonst. Wir sind mit unserer Recherche für das Projekt in Geschichte durch, also schaue ich ihr nach wie vor dabei zu, wie sie mit Danny rumkichert, und am Ende der Stunde hasse ich mich dann.

Auf der Station, auf der sich die Patient:innen von den Operationen erholen, liegt der Raum für das Pflegepersonal direkt am Eingang. Ich wünschte, Mom würde in einem Krankenhaus wie diesem arbeiten, denke ich, als wir Naomis Besucherinnenausweis abholen. Hier ist alles hell und sonnig. Hinter den Tischen sind Fotos von verkleideten Pflegepersonen, vielleicht von einer Kostümparty.

»Okay, Ladies, jetzt könnt ihr los.« Die Krankenpflegerin am Tresen reicht Naomi den Ausweis. »Ich wünsch euch einen schönen Tag.«

»Gleichfalls«, erwidert Naomi mit ihrer hübschen Stimme und ihrem strahlenden Lächeln.

Moms Zimmer ist in der Mitte des Flurs. Aus der offenen Tür dringt eine Stimme, und im ersten Augenblick denke ich, sie kommt von der anderen Patientin, aber ihr Bett ist leer. Als ich meinen Kopf drehe, sehe ich meinen Vater. Er sitzt auf dem Stuhl neben Moms Bett.

»Na, da schau her«, sagt er und dreht sich zu uns um. »Wenn das nicht die Queen ist.«

Ich erstarre.

Zum letzten Mal hab ich Dad an meinem Geburtstag im Februar gesehen. Moms und meine Tradition ist es, bei Winnie's, dem besten Soul-Food-Restaurant ever, essen zu gehen, und anschließend haben wir uns eine ganze Torte gegönnt. Als wir nach Hause kamen, stand Dad vor der Tür. Er gab mir eine Karte und einen Kuss und versuchte mit uns abzuhängen, aber es war zu verkrampft. Ist es immer.

Am schlimmsten finde ich, dass ich ihm wie aus dem Gesicht geschnitten bin. Alle sagen das, aber es ist ein bisschen gruselig, dich in jemandem zu spiegeln, dem du dich völlig fremd fühlst. Wir haben die gleichen schmalen Augen, die Knopfnase und die vollen Lippen. Nur lächeln kann mein Dad besser als ich. Es war sein Lächeln, das bei Mom – und ich schätze, auch bei seiner Freundin Jada – für weiche Knie gesorgt hat.

Ich sollte es im Spiegel üben, vielleicht kann ich das Familienlächeln nutzen, um Siobhan rumzukriegen.

Auf Dads Knien ruhen seine Hände. Er lehnt sich ein Stück nach vorn, und jetzt deutet sich ein Lächeln an, als warte er darauf, dass ich zu ihm renne und ihm ein Küsschen auf die Wange gebe oder so was in der Art. Stattdessen bleibe ich im Türrahmen stehen und funkle ihn an.

»Naomi.« Moms Stimme durchschneidet die Stille. »Wie schön, dich zu sehen, Süße. Musst du heute denn nicht arbeiten?«

Ich schaue zu Mom. Sie sitzt aufrecht im Bett, zum ersten Mal seit der Operation wirkt sie so klar. Ihre Arme hat sie, trotz der daran befestigten Infusionen, vor der Brust verschränkt. Sie sieht fast aus, als hielte sie Hof oder so. Ich frage mich, was sie wohl gerade mit meinem Vater zu besprechen hatte.

»Doch, schon«, sagt Naomi. »Ich wollte nur kurz vorbeikommen und sehen, ob es Ihnen gut geht. Meine Eltern lassen ausrichten, sie sind jederzeit da, wenn Sie irgendetwas brauchen.«

Und das ist wahr. Als sie von der Operation erfuhren, boten sie mir sogar an, bei ihnen zu bleiben, solange Mom im Krankenhaus ist. Als ich ablehnte, war ich von mir selbst überrascht. Ein seltsamer Teil von mir hat wohl gedacht, wenn Mom sie nicht selbst darum bittet, will sie mich auch nicht bei ihnen lassen. Und ein anderer, beschützender Teil wollte so viel Zeit wie möglich im Krankenhaus verbringen. Ich bin sicher, Mr und Mrs Sanders hätten mir keine Steine in den Weg gelegt, Mom besuchen zu gehen, aber ich hätte mich fehl am Platz gefühlt, sie alle zusammen essen zu sehen, herumalbern zu sehen, einfach nur *zusammen* zu sehen. Mit mir allein zu sein, fühlt sich einsam an, aber zumindest erinnert es mich nicht die ganze Zeit daran, was mir fehlt.

»Das ist so lieb von dir«, sagt Mom und lächelt Naomi an. »Bitte richte ihnen meinen Dank aus. Und kommt doch bitte rein, ihr beiden, und steht nicht wie Fremde in der Tür herum.«

Naomi setzt sich als Erste in Bewegung, ich bleibe ein paar Schritte hinter ihr. Ich weiß nicht mal, wo wir überhaupt hinsollen, meinen Stuhl hat Dad in Beschlag genommen.

»Alle Achtung, Naomi«, sagt er. »Wie groß du geworden

bist. Als ich dich das letzte Mal gesehen habe, gingst du mir ungefähr bis hier.«

Er hält seine Hand an die Hüfte. Naomi lacht, aber ich bin wahrscheinlich die Einzige im Raum, die merkt, wie künstlich es klingt. Ich kann nicht aufhören, Dad anzustarren.

»Was willst du hier?«, platze ich raus.

»Mahalia«, sagt Mom, aber verärgert klingt sie dabei nicht.

»Ist schon gut«, sagt Dad und winkt mit der Hand ab. »Deine Mutter hat mir von der Operation erzählt. Ich weiß, dass du gestern schon allein zu Hause warst, aber ich will euch ein bisschen mehr unter die Arme greifen, und wir haben uns gerade ein paar Möglichkeiten überlegt.«

»Oh.«

Ich schaue zwischen den beiden hin und her. Moms Gesicht ist unleserlich, also weiß ich nicht, was *mehr unter die Arme greifen* bedeuten soll. Unterhalt zahlt er bereits. Laut Mom ist es nicht viel, aber er hält sich an das, was die Richterin festgelegt hat. Jeden Monat legt Mom es für die Miete zurück. Meint er also so was? Will er uns mehr Geld geben?

»Und hör mal«, Dad lehnt sich wieder vor. »Ich habe gedacht, du könntest bei Jada, mir und den Kindern bleiben. Dann bist du nicht allein.«

»Ich war schon allein«, erinnere ich ihn. »Gestern Abend.«

Seine Mundwinkel sacken ein Stück nach unten.

»Ja, ich hab die Tage ein bisschen durcheinandergebracht«, meint er und kratzt sich am Hinterkopf. »Aber du könntest trotzdem heute Abend bei uns übernachten. Ich weiß, dass du nicht oft bei uns zu Hause warst, aber –«

»Das passt schon«, sage ich und verschränke die Arme. »Mom kommt morgen nach Hause, und ich hab schon öfter allein geschlafen, wenn sie Nachtdienst hatte. Mir geht's gut.«

Dad schaut zu Mom. Sie zuckt nur leicht mit den Schultern.

»Ähm.« Naomi räuspert sich. »Tut mir leid, dass ich euch unterbreche, aber ich muss mich langsam auf den Weg zur Arbeit machen.«

»O ja«, sage ich. »Ich bring dich raus.«

»Bist du sicher?«, fragt Dad. »Ich könnte dich zur Arbeit –«

»Danke, Mr Hynes«, sagt Naomi und zieht am Riemen ihres Rucksacks. »Ich bin mit dem Auto da.«

Ich lege den Arm um ihre Hüfte und drücke sie an mich. Ich liebe sie.

»Also dann«, sagt Dad und schaut zwischen uns beiden hin und her. »Komm zurück, wenn du dich verabschiedet hast, Hallie. Ich will mit dir darüber sprechen, wie ich helfen kann, bis sich deine Mutter erholt hat.«

Ich nicke, als wir uns im Rückwärtsschritt aus dem Zimmer bewegen, und mach mir nicht die Mühe, ihm zu sagen, dass er der Einzige ist, der mich noch bei diesem alten Spitznamen nennt. Naomi wartet, bis wir in der Eingangshalle sind, ehe sie etwas sagt.

»Das war ganz schön schräg, oder?«

»Gott, und wie.« Ich schüttele den Kopf. »Und ich werd mir gleich noch mehr davon abholen müssen.«

»Puh.« Naomi legt mir eine Hand auf die Schulter. »Gott schütze dich.«

Es ist bescheuert, aber als sie weg ist, bleibe ich eine geschlagene Viertelstunde lang im Auto sitzen, nur um nicht in diesem Zimmer sein zu müssen. Meine Eltern zusammen zu sehen, ist schon schräg genug, aber mit Mom hier im Krankenhaus ist es echt komplett absurd. Wie in einem Paralleluniversum, in dem sie sich nie getrennt haben. Wie sähe mein Leben dann aus? Das kann ich mir nicht mal vorstellen.

Um mich psychisch fit zu machen, drehe ich Bowie auf, aber es klappt nicht so wie sonst. Ich weiß, wie kindisch es ist, meinem Dad auf diese Art aus dem Weg zu gehen. Gestern hat Mom fast die ganze Zeit geschlafen, und heute ist mein erster richtiger Tag mit ihr, also wäre es ja wohl das Mindeste, ihn nicht zu verschwenden. Mit einem Seufzen zwinge ich mich, den Rückweg ins Krankenhaus anzutreten.

Aber als ich in Moms Zimmer komme, ist von Dad keine Spur mehr zu sehen.

»Ähm«, sage ich und starre auf seinen leeren Stuhl. Der, den er mir geklaut hat.

»Wo ist Dad?«

Mom beißt sich auf die Lippen, so schnell, dass ich nicht mal sicher bin, ob ich es mir nicht eingebildet habe.

»Ein Notfall«, sagt sie. »Reign hat sich aus dem Kindergarten krankgemeldet.«

Meine Halbschwester Reign ist erst drei. Sie ist klein. Ich sollte nicht sauer auf eine Dreijährige sein. Ich bin nicht sauer auf eine Dreijährige. Aber ich bin leicht angepisst von meinem Dad, obwohl ich diejenige war, die ihm vorhin aus dem Weg gegangen ist. Wollte er uns nicht eben noch helfen? Und dann verschwindet er, ehe ich zurückkomme?

»Sei nicht traurig«, sagt Mom. »Du weißt, dass er Verantwortung zu tragen hat ...«

In diesem Moment will ich sie am liebsten anschnauzen. Wenn er sich für seine jüngeren Kinder verantwortlich fühlt, dann hat er sich auch für mich verantwortlich zu fühlen. Vor allem jetzt, wo Mom im Krankenhaus ist. Aber so was hier passiert schließlich nicht zum ersten Mal. Und zum letzten Mal sicher auch nicht. Ich zwinge mich zu einem tiefen Atemzug.

»Ich weiß«, presse ich zwischen zusammengebissenen Zähnen hervor.

Mom klopft auf den freien Platz neben sich. Ich werfe einen raschen Blick zur Tür, aber keine Pflegeperson ist in Sicht, also kuschele ich mich auf dem Krankenhausbett an Mom heran. Sie lässt ihre Hand auf meinem Kopf ruhen.

»Tut mir leid, Baby«, flüstert sie.

Ich lege meinen Kopf in ihre Halsbeuge und atme tief ein.

Mom ist immer für mich da gewesen, und sie wird es immer sein. Das ist das Einzige, um das ich mir niemals Sorgen machen muss.

AKTUELLER KONTOSTAND: 305,18 $

–20 $ für Benzin
–50 $ für Moms Medikamente
Ziel: 704 $

KAPITEL 14

»Tut mir leid, Sir«, sage ich, obwohl es mir in Wahrheit kein Stück leidtut. »Aber ich habe es fünfmal versucht. Ich glaube, etwas stimmt nicht mit Ihrer Karte.«

»Versuch's noch einmal«, fordert der Mann und fährt sich mit den Fingern durch die Haare. »Es muss klappen. Ich habe heute Morgen noch mit der Bank gesprochen.«

Ich unterdrücke einen Seufzer. Es ist Donnerstag, und ich bin wieder bei der Arbeit. Ich brauche die Stunden, um meine schwindenden Ersparnisse für die Party wieder aufzustocken, aber am liebsten wäre ich definitiv noch zu Hause. Ich ziehe die Karte zum sechsten Mal durch und wieder informiert mich der Bildschirm darüber, dass sie nicht akzeptiert wird. Ich gebe sie dem Mann zurück und versuche die Lebensmittel im Wert von fünfzig Dollar, die ich bereits alle eingepackt habe, zu ignorieren.

»Tut mir leid«, sage ich wieder. »Haben Sie noch eine andere Karte?«

»Verdammt noch mal«, fährt er mich so laut an, dass ich hochschrecke. »Nein, ich habe *keine* andere Karte. Diese muss funktionieren.«

Ich werde den Job kündigen, sobald die Party vorbei ist.

»Alles in Ordnung bei euch?«, fragt Bill und kommt zu uns rüber. Gott sei Dank.

»Leider funktioniert seine Karte nicht«, antworte ich und reiche sie Bill. »Ich hab's jetzt sechs Mal probiert.«

»O nein.« Stirnrunzelnd blickt Bill auf die Karte. Dann, mit einem Lächeln, schaut er wieder zu dem Mann auf. »Mal schauen, wie ich Ihnen helfen kann.«

Ich schleiche mich weg, ehe er mir eine andere Aufgabe geben kann. Die anderen Kassen sind schon von Naomi und einer Kollegin besetzt, ein weiterer Kollege kümmert sich um das Bio-Obst. Damit bleibt für mich nur noch meine Lieblingsbeschäftigung übrig: herumstehen und so aussehen, als würde ich etwas Wichtiges tun. In anderen Worten: Waren sortieren – und zwar in der Ladenecke, in der am wenigsten los ist, gleich neben einem »Achtung Rutschgefahr«-Schildaufsteller.

»Ahh!«

Eben war die Frau noch auf den Beinen, mit ihrem Blick aufs Handy gerichtet, im nächsten Augenblick rutscht sie in der Pfütze aus, landet auf dem Hintern und reißt im Fallen eine Fontäne aus Äpfeln, Birnen und Orangen mit sich. Ich will mir die Hand vor den Mund halten, aber es ist zu spät. Das bellende Lachen ist schon aus mir rausgebrochen. Die Frau starrt mich mit aufgerissenen Augen und hochrotem Kopf an. Ich bin unsicher, ob sie drauf und dran ist, mich anzuschreien oder nicht.

»Mahalia.«

Shit. Ich drehe mich zu Greta um, die missbilligend den Kopf schüttelt. Sie geht auf die Kundin zu und fasst sie bei der Schulter, um ihr beim Aufstehen behilflich zu sein.

»Es tut mir so leid«, murmelt sie leise, als würde sie ein ängstliches Tier beruhigen. »Kommen Sie, ich helfe Ihnen.«

Gemeinsam stehen die beiden wieder auf, und ich ernte noch einen düsteren Blick von Greta.

»Entschuldigung«, sage ich. Meine Mundwinkel zucken. Gott, ich bin ein schrecklicher Mensch. »Es tut mir wirklich leid, dass Sie gefallen sind. Und dass ich lachen musste.«

»Mahalia«, sagt Greta. »Ich möchte dich in meinem Büro sprechen.«

Shit.

Das letzte Mal als Greta mich in ihr Büro rief, hatte ich während der Arbeit telefoniert, das war noch ganz am Anfang, kurz nachdem sie mich eingestellt hatte. Nach einem endlosen Vortrag über die Gefahren der 5G-Frequenzen hab ich diesen Fehler nie wieder gemacht.

Das Büro ist im hinteren Teil des Ladens und riecht nach Patschuliöl und Chiasamen. An den Wänden sind Landschaftsbilder und Traumfänger, die Greta warum auch immer in diesem Raum aufgehängt hat. Und hier glüht so viel Räucherwerk, dass es ziemlich sicher eine Brandgefahr darstellt.

Ein, zwei Minuten vergehen, bis Greta auftaucht. Ich schlucke.

»Mahalia«, sagt sie. »Ich denke, du weißt, warum du hier bist.«

Ich winde mich auf meinem Stuhl.

»Anstatt eine Kundin auszulachen, hättest du sie vielleicht auf das Warnschild aufmerksam machen können, ehe so etwas Unglückliches überhaupt passieren musste. Hättest du dir das an Stacys Stelle nicht auch von einer anderen Person gewünscht?«

Stacy? Offensichtlich sind sie in den letzten fünf Minuten beste Freundinnen geworden. Greta hat diese schräge Wirkung auf andere Menschen. Jedenfalls auf weiße Menschen.

»Das kann ich verstehen«, sage ich und versuche so ernsthaft wie möglich zu klingen. »Tut mir leid. Mein Verhalten war gedankenlos. Ich wollte nicht unhöflich zu einer Kundin sein.«

Greta starrt mich eine ganze Weile lang an. Ihrem Blick standzuhalten, ist ziemlich ungemütlich – ihre grünen Augen erinnern mich aus irgendeinem Grund an Weed, als ob sie eine Menge davon rauchen würde.

»Mir ist klar, dass du gerade ziemlich viel durchmachst«, sagt sie schließlich. »Mit der Operation deiner Mutter und allem. Aber in den letzten Wochen hat dein Arbeitsverhalten sichtlich nachgelassen, was mich ehrlich gesagt ganz und gar nicht begeistert.«

Fuck. Ich durchforste mein Gedächtnis, wie ich mich beim letzten Mal in Gretas Nähe aufgeführt habe, aber mir fällt nichts ein.

Vielleicht hat sie bemerkt, wie viel Zeit ich an Naomis Kasse verbringe und mit ihr über Mädchen rede, anstatt zu arbeiten. Vielleicht ist ihr aufgefallen, wie oft ich Bill um Hilfe bitte. Oder vielleicht hat sie gesehen, wie ich rumstand, ohne irgendwas zu machen, ehe diese Frau – *Stacy* – ausgerutscht ist.

Aber was auch immer es war, spielt jetzt wohl keine Rolle mehr. Meine Kehle fühlt sich trocken an.

»Greta«, sage ich. »Es tut mir so leid. Es stimmt, ich hatte eine harte Zeit. Aber ich werde mich bessern.«

»Das weiß ich«, erwidert sie. »Weil du nach dieser Abmahnung erst mal eine Bewährungszeit bekommst.«

Mir sinkt das Herz bis in die Magengrube. Shit.

»Für die nächsten Wochen werde ich deine Arbeitsstunden

kürzen.« Sie rafft ein paar Blätter auf dem Tisch zusammen. »Du kannst bei Bill mitlaufen.«

»Das kannst du nicht machen«, platze ich raus. »Ich brauche die Schichten.«

Greta blickt auf und hebt eine Augenbraue. Zum ersten Mal seit Langem sieht sie nicht aus wie ein alberner Hippie, über den ich mich in fast jeder Schicht lustig mache. Sie ist meine Chefin – meine Chefin, die mich feuern wird, wenn ich mich nicht zusammenreiße.

»Ich glaube, es wird dir guttun, Mahalia.« Sie legt mir eine Hand auf die Schulter. »Und in der Zwischenzeit empfehle ich dir, mal ein bisschen in dich zu gehen. Jemand anders liegt am Boden, und dein erster Instinkt ist, darüber zu lachen. Das finde ich alarmierend.«

Ein Teil von mir will sie anschreien. Macht sie nicht grad dasselbe mit mir?

»Sicher. Ich werde auf jeden Fall noch mal drüber nachdenken«, sage ich. »Aber bist du sicher, dass es keine Möglichkeit gibt –«

»Ab morgen folgst du Bill«, sagt sie und dreht sich wieder zu ihrem Tisch. »Ich werde dein Gehalt kürzen müssen. Aber die Schicht von heute kannst du zu Ende machen.«

Mit einem Seufzer verlasse ich das Büro. In meinen Augen brennen die Tränen. Mein Gott. Warum ist alles so verdammt schwer? Ich schleppe mich zurück zu meiner Kasse. Wo nicht mal Kundschaft ansteht. War ja klar.

»Hey«, sagt Naomi. »Was ist los?«

»Ich hab eine Abmahnung und eine Bewährungszeit bekommen.«

»Ernsthaft?« Sie blinzelt und ihre Augen weiten sich. *»Greta* hat dir eine *Bewährungszeit* gegeben?«

Ich erzähl ihr, was passiert ist, auch wenn ich beim bloßen Gedanken daran wieder losheulen will. Gretas Missbilligung meiner Arbeitshaltung ist keine Träne wert. Der Verlust meiner zusätzlichen Schicht dagegen schon.

»Fuck, Mahalia«, sagt Naomi und schüttelt den Kopf. »Das tut mir voll leid.«

»Lässt sich ja nicht ändern«, erwidere ich, obwohl ich innerlich grolle.

Naomis Blick schnellt hin und her, als würde uns jemand nachspionieren, dann zückt sie ihr Handy und betrachtet ihr Gesicht in der Kamera. Ich starre auf das Kassenband. Irgendwie will ich Mom schreiben, was grad passiert ist, gleichzeitig will ich sie nicht enttäuschen, und genau genommen will ich auch keinen Vortrag. Ich sehe sie zu Hause auf der Couch liegen, Tyler-Perry-Filme schauen und schon halb darüber eindösen, um mir dann völlig außer sich zurückzuschreiben, nachdem sie erfahren hat, was für eine schlechte Arbeitnehmerin ich bin.

Ich seufze wieder. Laut. Naomi schürzt die Lippen und saugt die Luft durch ihre Zähne.

»Kannst du mir sagen, ob meine Augenbrauen gut aussehen?«

»Was?«

»Meine Augenbrauen«, wiederholt sie. »Muss ich sie zupfen lassen?«

»Ähm«, sage ich. »Sie sehen aus wie Augenbrauen. Soll ich mich jetzt dadurch besser fühlen?«

Naomi schaut mich an, als hätte ich sie gerade gefragt, wer unser Präsident ist.

»Was?«

»Ich habe morgen Key Club«, antwortet sie langsam.

»Okay?«

»Cody ist im Key Club«, sagt Naomi. »Ich will einfach gut aussehen.«

Oh.

Wenn ich dichter bei ihr stünde, würde ich sie jetzt gegen die Schulter schubsen oder so, aber ich hab ernsthaft Angst, meinen Posten zu verlassen. Also schüttele ich stattdessen den Kopf.

»Naomi«, sage ich. »Mit deinem Aussehen ist alles in Ordnung.«

»In Ordnung?« Sie lacht ein bisschen. »Nur in Ordnung?«

Ehe ich etwas erwidern kann, kommt jemand auf uns zu, und Naomi knipst ihr Kund:innenlächeln an. Ich blinzele.

Das ist ja wohl nicht – Siobhan?

Es fühlt sich an, als hätte ich sie monatelang nicht gesehen, obwohl wir uns doch jeden Tag in der Klasse begegnen. Und das letzte Mal, das wir was zusammen gemacht haben, nur zu zweit, liegt erst zwei Wochen zurück, als wir im Hundepark waren. Es fühlt sich so viel länger an.

Moms Kirchenfreundinnen haben ihr geholfen, sich wieder zu Hause einzurichten, sie haben uns massenweise Essen dagelassen, aber kümmern muss ich mich trotzdem alleine um Mom – ihre Kissen aufschütteln, ihr die Medikamente geben, ihr Essen aufwärmen. Ohne meine Freistunde und die Mittagspause wüsste ich nicht, wie ich meine Hausaufgaben schaffen würde.

Fast erwarte ich, dass Siobhan sauer ist, weil ich sie im Stich gelassen habe, aber sie lächelt mich an, als wäre sie schüchtern.

»Hey«, sage ich. Meine Stimme bricht weg. »Wie geht's dir?«

»Super«, sagt sie. Sie trägt einen Overall und sieht ziemlich süß aus. »Tut mir leid, aber ich muss eigentlich nichts kaufen.«

»Kein Problem«, sagt Naomi und erwidert ihren Blick. Bill und Greta sind außer Sichtweite. »Solange du hier nicht rumlungerst, gibt es sicher kein Problem. Wie geht's dir? Wie hast du dich eingewöhnt?«

»Auf jeden Fall ist es hier viel wärmer«, antwortet sie und schaut zwischen uns beiden hin und her. Ihr Blick ruht ein klein wenig auf meinem Gesicht. »Und die Akzente sind natürlich anders.«

Sie ist nicht so wie sonst. Sie ist zurückhaltender. Liegt das vielleicht an Naomi?

»Na klar«, sage ich und lache verkrampft. »Dein Akzent ist so cool. Er ist wie – halt, warte mal.«

»Wie was?« Siobhan neigt den Kopf. »Jetzt muss ich es wissen.«

Selbst Naomi schaut mich jetzt mit einem Fragezeichen auf der Stirn an.

»Ich wollte sagen wie Shrek«, gestehe ich. »Aber ich weiß –«

Siobhan bricht in kreischendes Gelächter aus. Naomi kichert auch, aber definitiv nicht so laut. Ein paar Leute im Laden drehen sich sogar zu uns um.

»Der Gedanke macht null Sinn«, sage ich. »Ich hätte es nicht sagen sollen.«

»Das ist so nett von dir«, erwidert Siobhan und hält sich den Bauch. »Meinen reizenden Akzent mit dem melodischen, beruhigenden Tonfall von *Shrek* zu vergleichen.«

»Hör mal.« Ich hebe beide Hände. »Zufälligerweise bin ich ein Riesenfan von Shrek, also betrachte es als Kompliment.«

»Eins musst du wissen.« Siobhans Gesicht ist rot vor Lachen. »Shrek hat in Wirklichkeit einen *schottischen* Akzent. Ich bin irisch. Hast du das vergessen?«

»Gibt's da einen Unterschied?«

»Mahalia.« Siobhans Stimme wird bedrohlich leise. »Nun bin ich gesetzlich verpflichtet, dich zu einem Duell herauszufordern.«

»Ups«, sage ich. »Meinst du, du kannst dich in Birkenstocks duellieren, oder müssen wir ein paar Turnschuhe für dich auftreiben?«

Siobhan grinst. Ich glaube, sie will grad was erwidern, als Naomi hustet. Meine Wangen brennen. Ich wünschte, ich könnte ihr meinen Ellenbogen in die Seite rammen oder ihr auf den Fuß treten.

»Wie auch immer«, sagt Siobhan und macht eine verlegene Geste. »Ich war grad in der Gegend und dachte, ich schnei mal rein und schaue, ob ihr zwei mich mal besuchen wollt und wir vielleicht zusammen lernen? Irgendwann mal nach der Arbeit? Nächste Woche ist der SAT, und ich dachte, ich könnte ein bisschen Übung gebrauchen. Ich weiß, es ist –«

»Ja«, sage ich. »Wir kommen voll gerne.«

Naomi dreht sich zu mir um. Ich bemerke ihren Blick, aber ich erwidere ihn nicht. Ich schaue zu Siobhan, die zurücklächelt, als wäre es das Beste, was sie den ganzen Tag gehört hat. Und das ist alles, was ich brauche.

AKTUELLER KONTOSTAND: 602,68 $

+367,50 $ Gehalt
−70 $ für die Handyrechnung
Ziel: 704 $

KAPITEL 15

Es ist Freitag, und wir stehen vor Siobhans Haus, vermeintlich um gemeinsam zu lernen. Keine Ahnung, warum ich hier gerade so am Durchdrehen bin. Schließlich war ich schon mal vor ihrem Haus. Nur war ich noch nie *bei* ihr zu Hause. Und ich war auch schon eine ganze Weile lang nicht mehr allein mit Siobhan zusammen. Was, wenn es mir die Sprache verschlagen hat?

Ehe ich irgendwas sagen kann, drückt meine beste Freundin auch schon auf den Klingelknopf. Das war's dann wohl mit Abhauen.

»Naomi –«, setze ich an.

Ein lautes Bellen unterbricht mich. Die Tür schwingt auf und Naomi wird von Doodle in Angriff genommen – was wörtlich gemeint ist. Die Zunge hängt ihr aus dem Maul und hinterlässt eine Schleimspur auf Naomis Wange. Sie versucht mit der einen Hand nach ihren Tatzen zu greifen und ihr mit der anderen über den Kopf zu streichen.

»Oh, hi«, gurrt sie. »Wie geht's dir?«

»Also echt, Doodle«, sage ich. »Ich dachte, wir zwei hätten etwas miteinander.«

Siobhan erscheint im Türrahmen, die Wangen gerötet, auf den Lippen ein Lächeln.

»Hey«, begrüßt sie uns. »Sorry für Doodle. Sie kann, na ja, ziemlich aufgeregt sein.«

Was eine Untertreibung ist.

Doodle folgt mir ins Wohnzimmer, wo wir drei uns aufs Sofa setzen. Dass Doodle zu groß ist, um auf meinem Schoß zu sitzen, scheint ihr nicht bewusst zu sein, denn sie versucht es trotzdem, weshalb das bei Target heruntergesetzte SAT-Arbeitsbuch in meiner Tasche bleiben muss. Dafür ist kein Platz mehr da. Und wennschon.

»Wo sind deine Eltern?«, frage ich und versuche Doodle zurechtzurücken. »Überwachen Sie uns aus der Ferne?«

»Unglücklicherweise nicht.« Siobhan grinst. »Sie kommen erst später nach Hause.«

Da ich an das ständige Dasein von Naomis Eltern so gewohnt bin, ist mir nicht mal in den Sinn gekommen, dass Siobhans Eltern möglichweise einen Haufen Zeit bei der Arbeit verbringen, so wie meine Mom ja auch. Aber zumindest ist das hier ein schöner Ort, um allein zu sein. Das Sofa ist weich und bequem. Der Fernseher verbirgt sich in einem Holzschrank. Auf dem Fußboden liegt ein bunter Teppich. Im Zimmer duftet es nach Vanillekerzen. Es ist einfach supergemütlich hier.

»Okay«, sagt Naomi. »Wollen wir mit den Lückentexten anfangen? Mahalia ist im Gegensatz zu mir sehr gut darin.«

»O ja«, stimmt Siobhan zu. »Grammatik ist auch nicht meine Stärke.«

»Mir fällt es einfach leicht.« Ich zucke mit den Achseln. »Ich muss nicht viel drüber nachdenken, ich probier einfach was richtig und was nicht richtig klingt.«

»Du musst keine Regeln lernen?« Siobhan zieht die Augenbrauen hoch. »Ich breche mir voll einen ab, um das richtig hinzukriegen.«

»Es ist einfach nur, als würdest du etwas Korrektur lesen«, sage ich. »Musstest du schon mal mit jemandem aus der Klasse einen Aufsatz tauschen? Im Grunde ist es nichts anderes.«

»Hör sie dir an.« Naomi verdreht die Augen. »Sie klingt, als wäre nichts leichter als das.«

»Vielleicht können wir mit Mathe anfangen?«, frage ich und blättere zum hinteren Teil meines Arbeitsbuches. »Da bin ich komplett verloren.«

»Ich fürchte, Mathe zählt ebenfalls nicht zu meinen größten Stärken«, sagt Siobhan.

Die ausgedruckten Übungstests liegen auf ihrem Schoß und sie hält sie für uns hoch. Sie sind übersät mit durchgestrichenen Antworten und aufgekritzelten Notizen.

»Endlich eine, die mich versteht«, sage ich und stoße mit meiner Schulter gegen Naomis. »Für sie ist dieser ganze Kram ein Kinderspiel. Benutzt nicht mal einen Taschenrechner.«

»Das einzig Schwierige ist, die ganzen Formeln auswendig zu lernen«, sagt Naomi kopfschüttelnd. »Kommt schon, ich zeig euch, wie's geht.«

Sie beugt sich über ihren Rucksack, um nach den Arbeitsblättern zu kramen. Ich drehe mich zu Doodle und gebe ihr ein Küsschen auf den Kopf. Was soll ich sagen? Sie ist mir ans Herz gewachsen.

»Mach mich ruhig eifersüchtig«, murmelt Siobhan.

Ruckartig hebe ich den Kopf. Als sich unsere Augen treffen, schaut sie schnell weg, und auf ihrem Gesicht liegt ein schüchternes Lächeln.

Ist das Flirten? Ich bin ziemlich sicher. Aber sie sollte nicht mit mir flirten, sie hat einen Freund. O Gott. Bibel-Camp-Isabel war hundertfach unkomplizierter als das hier.

Ich dachte immer, Jungs dramatisieren, wenn sie darüber reden, wie verwirrend Mädchen sein können. Mädchen im Allgemeinen sind nicht verwirrend. Du brauchst nur mit ihnen zu reden, und dir wird ziemlich schnell klar, wie sie ticken. Aber Siobhan ist die verwirrendste Person, der ich je begegnet bin.

»Okay«, sagt Naomi. »Also, lineare Ungleichungen?«

Naomi geht verschiedene Algebra-Aufgaben mit uns durch. Eigentlich bin ich in Mathe gar nicht mal so schlecht. Ich bin nur nicht so schnell wie Naomi. Als sie im praktischen Teil unsere Zeit stoppt, brauche ich allein für eine Aufgabe eine Ewigkeit, und für den Rest bleibt keine Zeit mehr. Aber beim zweiten Versuch bin ich so außer mir, dass ich die Aufgaben überspringe und wahllos irgendwelche Antworten ankreuze.

»Es ist *unmöglich«,* stöhne ich und werfe mich dramatisch auf der Couch nach hinten. »Ich werde durchfallen.«

»Ich glaube nicht, dass du durchfallen *kannst«,* sagt Siobhan. »So viel ist sicher, oder?«

Ich beiße mir auf die Lippen und versuche mein Lächeln zu verbergen.

»Dann lass es mich anders ausdrücken«, sage ich. »Ich bezweifle, dass meine Punktzahl hoch genug für ein Stipendium sein wird.«

»Ich habe dir doch gesagt, dass du früh genug für die Matheaufgaben lernen musst«, sagt Naomi und blättert durch meine Übungsfragen. »Eine Woche vorher mit Üben anzufangen, ist nicht wirklich hilfreich.«

Mir schießt die Hitze ins Gesicht.

»Ich *habe* gelernt«, erwidere ich. »Nur, dass es mir nicht so einfach in den Schoß fällt.«

»Ich glaube, ein Test auf Zeit fällt niemandem so leicht«, sagt Naomi. Dann blickt sie zu mir hoch und scheint zu merken, was sie da gerade gesagt hat. »Keine Sorge. Wenn wir zum Textteil kommen, werde ich wahrscheinlich sowieso alles erraten müssen.«

Ich weiß, dass sie das nur sagt, um mir ein besseres Gefühl zu geben. Naomis Eltern haben ihr die SAT-Nachhilfekurse aufgedrückt – und das hier ist ihr erster Versuch.

»Du kannst es doch jederzeit wiederholen«, bietet Siobhan an. »Falls ich doch den Weg zum College einschlage, werde ich die Tests wahrscheinlich fünfmal machen müssen, oder so lange, bis ich mich nicht länger dafür anmelden darf.«

»Tja, also, ich weiß nicht, wie oft ich fünfundfünfzig Dollar für einen Test raushauen kann.«

»Oh, das stimmt auch wieder.« Siobhans Augenbrauen treffen sich in ihrer Stirnmitte. »Aber sie haben doch diese Erlasse –«

Ich schüttle den Kopf. Da will ich gar nicht erst drüber reden, wie sie dir nur dann einen Erlass geben, wenn du den Lunch in der Schule umsonst bekommst, oder dass ich dafür nicht infrage komme, weil das Gehalt meiner Mom gerade mal fünfhundert Dollar über der Einkommensgrenze liegt. Hätte ich doch gar nicht erst mit dem Thema Geld angefangen. Ich will nicht, dass Siobhan irgendwas davon mitkriegt. Ich schäme mich einfach.

Doodle kommt wieder angerannt und stupst meine Hand an. Ich lege sie auf ihren Kopf.

»Vielleicht«, fügt Naomi nach einer kleinen Weile hinzu,

»kannst du einen Teil von deinem Partygeld für einen SAT-Kurs zurücklegen.«

»Partygeld?« Siobhan schaut zu mir rüber. »Was ist der Anlass?«

Ich könnte Naomi erwürgen. Warum muss sie das jetzt ansprechen – direkt vor Siobhan? Keine Ahnung, warum ich so unsicher bin. Vielleicht, weil ich nicht weiß, ob Siobhan queer ist oder nicht. Wenn sie es nicht ist, wird sie es schräg finden, dass ich so was mache? Dieses Risiko will ich nicht eingehen. Ich will dieses vage Gefühl, das ich in ihrer Anwesenheit habe, behalten.

»Ach, das ist nur so was wie ein nachträglicher Sweet-Sixteen«, sage ich. »Und ja, wenn Geld übrig bleibt, nehme ich es vielleicht wirklich für den Kurs.«

»Oder ...« – Naomi reibt sich den Hinterkopf – »du verschiebst deine Party.«

Ich funkle sie an. Diese Party war *ihre* Idee. Was soll dieser plötzliche Meinungswechsel?

»Warum?« Ich lege den Kopf schief. »Ich habe Zeit. Die Party ist im Juli, und den SAT kann ich im Herbst machen. Dafür brauche ich die Party nicht aufzugeben.«

»Ja, ich weiß«, sagt Naomi. »Aber mit deiner Mom und allem ...«

»Naomi.« Ich klappe mein Buch zu. »Ich will da jetzt echt nicht drüber reden.«

»Ähm«, sagt Siobhan. »Vielleicht ist es Zeit für eine Pause.«

Ich starre weiter zu Naomi, die mir nicht mal mehr in die Augen sehen kann. Ich will sie fragen, was ihr Problem ist. Sie hat ja wirklich *reichlich* viele Vorschläge, wie ich mein Geld ausgeben soll, während sie sich im Gegensatz zu mir keine Sorgen um all diese Dinge machen muss.

Und ich würde ihr all das auch sagen, wenn wir nicht bei Siobhan wären. Es kommt mir fast so vor, als würde sie es absichtlich in Siobhans Anwesenheit anbringen, damit ich nichts dagegen sagen kann.

Das finde ich ziemlich beschissen von ihr.

»Eigentlich«, Naomi schielt auf ihr Handy, »sollte ich mich auf den Weg machen. Ich muss pünktlich beim Abendessen sein.«

»Oh«, sage ich. Ihre Familie hat jeden Abend Punkt sechs dieses Dinnerding. Es ist ohne Spaß ein *Riesending.* »Daran hab ich gar nicht gedacht.«

»Kommst du mit?«

Ich zögere. Ein Teil von mir will sie auf dem Heimweg zusammenfalten, aber danach will ich nicht beim Abendessen sitzen und so tun, als wäre alles in bester Ordnung. Ich will nicht daran erinnert werden, was Naomi alles hat. Und ich will mich nicht wie ein eifersüchtiges Arschloch fühlen, auch wenn ich weiß, dass ich genau das bin.

Dann ist da die Tatsache, dass ich bei *Siobhan* bin. Wie oft werde ich dazu noch die Gelegenheit haben – mit ihr allein bei ihr zu Hause zu sein?

»Ähm«, sage ich. »Ich denk, ich kann allein nach Hause fahren.«

»Bist du sicher?« Naomis Augenbrauen schießen hoch. »Wo willst du denn essen?«

»Es gibt Lebensmittel in diesem Haus«, antwortet Siobhan mit einem Lachen in der Stimme. »Meine Eltern werden wahrscheinlich nicht vor halb acht zu Hause sein. Sie arbeiten beide spät. Aber wenn du es so lange aushältst, kannst du gerne mit uns essen, und vielleicht kann dich einer von ihnen nach Hause bringen.«

Wenn ich hierbleibe, werde ich mit ihren Eltern reden müssen. Eltern sind furchterregend. Naomis Eltern mögen mich natürlich, aber ich kenne sie auch schon seit einer Ewigkeit. Ich hab keine Ahnung, wie ich neue Eltern bezaubern soll.

Ich räuspere mich.

»Kannst du nicht Autofahren?«

»Nein«, sagt Siobhan. »In Dublin war ich noch nicht alt genug. Aber meine Eltern können fahren.«

»Tja, dann«, sagt Naomi und packt ihre Tasche, »werde ich mich wohl mal auf den Weg machen. Allein. Ganz allein.«

Fast will ich mich entschuldigen und sie begleiten. Fast. Aber meine Geldsorgen hätte sie niemals vor Siobhan ansprechen sollen.

»Bei dir zu Hause wohnen vier andere Menschen«, sage ich und stupse sie an. »Siobhan wird schon dafür sorgen, dass ich sicher nach Hause komme.«

Naomi starrt verbissen auf ihren Rucksack.

»Mach dir keine Sorgen«, sagt Siobhan und schlingt einen Arm um meine Schulter. Meine Haut prickelt bei der Berührung. »Ich passe gut auf Mahalia auf.«

Jesus. Ich könnte sterben. Ich muss lernen, nicht jedes Mal durchzudrehen, wenn sie etwas komplett Natürliches macht, wie meinen Namen auszusprechen, aber möglicherweise wird das eine Lebensaufgabe für mich.

»Gut«, sagt Naomi und schwingt den Rucksack über ihre Schultern. »Bis dann also.«

»Ich bring dich raus«, sagt Siobhan und steht auf.

Wahrscheinlich sollte ich dasselbe tun und meine beste Freundin zur Tür begleiten, aber ich bin zu sehr mit Durchdrehen beschäftigt, denn der Fakt ist: Ich werde mit Siobhan allein sein. Doodle stellt die Ohren auf, läuft zur Tür und gibt Naomi ein Abschiedsküsschen.

»Verräterin«, murmele ich.

»Okay.« Siobhan kommt zurück ins Wohnzimmer gerauscht und lässt sich auf die Couch plumpsen.

»Schade, dass sie gehen musste, aber ehrlich gesagt, bin ich sehr dankbar für die Pause. Meine Aufmerksamkeit für die SATs hat ihre Grenzen.«

»Aber unsere *Zukunft«,* erwidere ich. *»College.* All das, was so schrecklich wichtig ist ... weißt du, dass mir bei dem Gedanken daran die Kotze hochkommt?«

Sie prustet ein bisschen.

»Mir geht's ganz genauso. Mein Kopf tut weh. Lass uns über was anderes reden. Egal, was.«

Doodle springt zwischen uns auf die Couch. Siobhan krault ihren Kopf. Das alles fühlt sich so normal an, dass es mir ins Herz sticht, auf eine so seltsame Weise, wie ich es noch nie gefühlt habe.

»Wie läuft's mit Danny?«

Wenn ich beiläufig klinge, merkt Siobhan nichts. Sie verzieht das Gesicht, als würde sie nachdenken, und die Sommersprossen verschwinden in den kleinen Fältchen unter ihren Augen.

»Gut«, antwortet sie und wirft ihren Kopf zur Seite. Ein Teil ihrer Haare breitet sich über dem Sofa aus. »Ich bin tatsächlich richtig froh, dass ich ihn habe, weißt du? Er kennt alle möglichen Leute und hat mir geholfen, mich in seiner Runde vorzustellen. Ich fühl mich nicht mehr wie ein bunter Hund.«

»Ja«, sage ich. »Das klingt wirklich gut.«

Für mich klingt es ehrlich gesagt mehr wie ein beruflicher Deal, aber ich hüte mich davor, das auszusprechen. Vielleicht fühlt sich das hier aus genau diesem Grund auch nicht wie reine Freundschaft an.

Säße mir jetzt Naomi gegenüber, würde ich ihr raten, Danny fallen zu lassen, weil er höllisch nervt. Und ich würde ihr ebenfalls stecken, dass sie nicht wirklich so klingt, als wäre sie in ihn verliebt. Ich weiß, wie sich ein Crush anfühlt. Ich leide gerade unter einem.

»Und ich finde unser Projekt läuft echt gut«, sagt Siobhan. »Ich habe mir die Google Slides angeschaut, die du schon zusammengestellt hast. Sie sehen echt fantastisch aus.«

Das bezweifle ich – ich habe einfach nur unsere einzelnen Arbeitsergebnisse zusammengefügt und ein paar Bilder addiert.

»Wahrscheinlich werden es alle so machen«, erwidere ich und reibe mir den Nacken. »Also echt kein Ding.«

»Mich zumindest hast du beeindruckt.« Sie stupst mit ihrem Fuß gegen meinen. »Wollen wir irgendwas auf YouTube anschauen?«

Ich folge ihr den Flur entlang und versuche meine Gefühle tief nach unten zu drängen, damit sie nicht alle aus mir heraus- und auf Siobhan einstürmen.

AKTUELLER KONTOSTAND: 602,68 $

Ziel: 704 $

KAPITEL 16

»Oh, *krass.*«

Ich wirbele in Siobhans Zimmer umher. Aus den Lautsprechern ihres Laptops dröhnt »Dreams« von Fleetwood Mac. Es fühlt sich an, als wäre ich mit dem Universum verschmolzen. Greta wäre stolz auf mich.

»Wow«, sagt Siobhan. »Magst du dieses alte Zeug? Auf so was steht meine Mum.«

»Das ist ein Klassiker«, antworte ich und schwenke meine Arme, als wäre ich ein Tintenfisch.

»Aus *welchem* Zeitalter?«

»Aus einem besseren Zeitalter.« Das Lächeln auf meinen Lippen zuckt haltlos. »Aus einer Zeit vor meiner Erinnerung.«

Siobhan wirft den Kopf in den Nacken. Sie lacht. Ihr Lachen ist nicht sanft und sonnig wie sonst alles an ihr. Es ist ein schrilles Gegacker – als käme es von einer irischen Hexe oder so. Nicht, dass ich sie als irische Hexe bezeichne. Es haut mich fast um, aber dann muss ich mitlachen.

»Komm schon«, sage ich und ziehe sie vom Sofa hoch. »Lass dich drauf ein, dreh dich in die Erde rein.«

»Mahalia, *geht's* noch?«

Ich wirbele sie herum, und sie lacht und lacht und lacht. Mir ist schwindelig.

Doodles Bellen zerreißt den Augenblick. Sie kommt aus dem Nichts und rennt zur Tür. Ein Schlüssel schraubt sich ins Türschloss, das Drehgeräusch ist fast so laut wie der Song. Eine Sekunde später schieben sich zwei Menschen in den Raum. Ich höre auf, Siobhan herumzuwirbeln.

Der Mann hat lange Dreads, die oben auf seinem Kopf zu einem Dutt gedreht sind. Er sieht jünger aus als Naomis Dad, aber älter als meine Mutter. Bei Schwarzen Menschen lässt sich das Alter immer schwer schätzen.

Er begrüßt mich mit einem Grinsen.

»Tjajaja«, sagt er und dreht sich zu uns um. »Sieht aus, als hätten wir eine ziemlich fetzige Tanzparty verpasst, was, Katie?«

»Fetzig?«, wiederholt Siobhan. »Dad, hör bitte auf, dein Alter preiszugeben.«

Sie wippt ein bisschen auf ihren Füßen herum und lehnt sich an mich. Ich versuche mir nicht anmerken zu lassen, wie überglücklich ich bin.

»Ah«, sagt die Frau. »Du musst Mahalia sein.«

Da ist der Akzent. Er lässt sie jünger klingen, als sie ist. Ihre kurzen Haare sind an den Seiten und in der Nackenpartie bis auf ein paar Zentimeter abrasiert, wie bei einem Pixie-Cut. Und genau wie Siobhan hat sie Sommersprossen.

»Ja«, sage ich und räuspere mich. »Das bin ich.«

Ihr Dad kommt auf mich zu und streckt seine Hand aus.

»Mahalia«, wiederholt er und probiert den Namen aus. »Wie die Queen.«

»Ja«, sage ich und schüttle ihm die Hand. »Das checken die wenigsten.«

Fast immer sind es Schwarze Menschen, vor allem *ältere* Schwarze Menschen, denen klar wird, dass ich nach einer

Gospelsängerin benannt wurde (*der* Gospelsängerin, ernsthaft, der Besten aller Zeiten). Siobhan neben mir lächelt.

»Wie schön, dich kennenzulernen, Mahalia«, sagt ihre Mutter und zieht mich in eine Umarmung. Sie riecht wie frisch gemähtes Gras. »Nenn mich Katie, ja? Und der Schafskopf neben mir ist mein Mann, Terence.«

Sie macht einen Schritt zurück, mustert mich und grinst über das ganze Gesicht. »Ich habe schon so viel von dir gehört«, sagt sie und drückt meine Schultern. »Seit Erin habe ich Siobhan nicht mehr so über jemanden sprechen gehört.«

»Mum«, zischt Siobhan. »Ernsthaft?«

Meine queeren Sinne regen sich.

»Erin?«, wiederhole ich. »Wer ist das?«

»Niemand«, antwortet Siobhan.

»Sie war unsere Nachbarin in Dublin«, sagt Katie im selben Augenblick. »Siobhan war total verknallt in sie.«

»Mum«, faucht Siobhan. Ihr Gesicht ist ganz rot.

»Stimmt doch«, sagt Katie. »Wo ist denn das Problem?«

Terence klatscht in die Hände.

»Was haltet ihr davon, dass wir uns was zu essen grillen?«, fragt er und zeigt nach draußen. »Kebab?«

Siobhan antwortet nicht, sie ist zu sehr damit beschäftigt, ihre Mutter anzustarren. Ich will am liebsten auf und ab hüpfen. Klar kann es sein, dass ihre Mom nur rumwitzeln oder sich über sie lustig machen wollte. Aber es scheint nicht so. Es klingt, als wäre Siobhan tatsächlich queer.

»Yeah«, sage ich viel zu laut. »Ich liebe Fleischspieße.«

»Unser Kebab ist ohne Fleisch«, sagt Siobhan. »Wir sind ein vegetarischer Haushalt.«

Ich schaue zu ihr rüber, aber sie weicht meinem Blick aus. Vielleicht schämt sie sich. Ich will ihre Hand drücken, um sie wissen zu lassen, dass es dafür keinen Grund gibt. »Mir ist jede Kebab-Form recht«, erwidere ich.

Terrence lächelt mich strahlend an. »Kommt ihr mit nach draußen, Mädels?«

Auch als wir rausgehen, schaut Siobhan mich nicht an. Während des Dinners huscht ihr Blick ein paar Mal zu mir rüber, aber jedes Mal, wenn ich sie dabei erwische, schaut sie schnell wieder weg.

Siobhan *spricht* über mich. Sie hatte einen Crush auf ein Mädchen namens Erin. Das muss etwas bedeuten. Die Frage ist, ob es etwas Gutes oder etwas Schlechtes ist.

♩♫♪

Ich sitze auf der Rückbank dieses kleinen, blitzblanken Autos, neben Siobhan, die offensichtlich jeglichen Blickkontakt mit mir vermeidet. Am Steuer sitzt ihre Mom und hört nicht auf, mich auszufragen. Schlimmer kommen könnte es jetzt nur noch, wenn ich vorne sitzen müsste.

»Also, Mahalia«, Siobhans Mom biegt in die nächste Straße ein. Gott sei Dank sind wir fast bei mir zu Hause. Ich wollte noch nie so schnell aus einem Auto springen. »Was willst du werden, wenn du groß bist?«

»Äh«, sage ich. »Ich weiß es noch nicht genau.«

Ich hasse es, diese Frage von Erwachsenen gestellt zu bekommen. Sie wollen, dass wir Kinder und Erwachsene gleichzeitig sind. Sie wollen, dass wir gut in der Schule sind und alles Mögliche außerhalb der Schule machen, damit wir aufs College können, selbst wenn wir dagegen sind. Wir sollen Teil ihrer Welt werden, in der sie nichts anderes tun, als sich über ihre Jobs und Schulden und Steuern zu beschweren.

»Oh, das kann nicht sein«, sagt Siobhans Mom und wedelt mit der Hand in der Luft herum. »Du bist in der Elften, oder? Irgendeine Vorstellung musst du doch haben. An welchen Colleges bewirbst du dich denn im Herbst?«

Ich huste ein bisschen zu laut.

»Äh«, sage ich. »Tja. Also. College. Gute Frage.«

»Mum«, schaltet Siobhan sich ein. »Das ist doch kein Jobinterview.«

»Alles gut«, sage ich. »Also, ich *hoffe,* dass ich Kommunikation an der UC San Diego studieren kann. Ich würde echt gern beim Radio arbeiteten, und es ist nicht weit von zu Hause und ...«

Es ist nicht das erste Mal, dass ich irgendwem davon erzähle, aber es fühlt sich jedes Mal seltsam an. Als würde es erst richtig real, wenn ich es laut ausspreche. Als könnte ich es dadurch erst wirklich in den Sand setzen. UC San Diego ist nicht so wettbewerbsfähig wie die anderen UCs, aber es ist immer noch ein Riesending. Meine Noten sind gut, ich hab einen Job, was beweist, dass ich verantwortungsbewusst bin, oder was auch immer. Aber ich gehöre nicht zu den Bewerber:innen, die eine Million Aktivitäten vorweisen können. Und wenn ich es nicht langsam auf die Reihe kriege, mit einem guten SAT zu punkten, dann ...

»Wie aufregend!«, sagt Katie. »Es ist so fantastisch, eine junge Person zu sehen, die schon weiß, was sie will. Manche von uns brauchen dafür ein bisschen länger, habe ich recht, Siobhan?«

Ich versuche Siobhans Gesichtsausdruck zu erkennen, aber es ist so dunkel, dass ich ihr Gesicht kaum sehen kann. Dann schaut sie hoch, und unsere Blicke treffen sich im Spiegel. Ich bin wie gebannt, wegschauen ist unmöglich. Was bedeutet das? Es fühlt sich intim an, obwohl wir kein Wort sprechen.

»Es war so schön, dass du mit uns gegessen hast, Mahalia«, sagt Katie, als der Wagen vor meiner Haustür zum Stehen kommt. »Ich hoffe, wir sehen dich bald wieder.«

Siobhan schaut weg, und die Abwesenheit ihres Blickes trifft mich unmittelbar, als hätte sie gerade meine Hand losgelassen.

»Danke für die Einladung«, sage ich und schnalle mich ab. »Tschüss.«

Ich gehe und drehe mich erst ein paar Sekunden später um. Das Auto steht noch, der Motor läuft. Wenn sie unseren Flachbaukomplex miserabel, armselig oder hässlich finden, lassen sie es sich nicht anmerken. Ich beobachte nur, wie Siobhan auf den Beifahrersitz wechselt. Sie reden. Ich frage mich, worüber.

MAI

AKTUELLER KONTOSTAND: 463,68 $

–20 $ für Benzin
–119 $ für die Autoversicherung
Ziel: 704 $

KAPITEL 17

Ich hab mich für den 4. Mai zum SAT angemeldet, aber als ich morgens aufwache, fühlt es sich an, als bekäme ich nicht richtig Luft. Ich hab andere Leute in der Schule schon von Panikattacken reden hören und bin nicht sicher, ob das hier als eine zählt. Kriegt man die einfach aus dem Nichts heraus? Ist meine womöglich SAT-bedingt? Wie auch immer, allein die Tatsache, dass ich wegen so was durchdrehe – einem lächerlichen Test, der über meine gesamte Zukunft entscheidet –, macht mich eigentlich echt wütend. Für einen Augenblick erwäge ich ernsthaft, mich einfach wieder umzudrehen und weiterzuschlafen, nur um das System zu sprengen.

Aber dann fällt mir ein, dass mich dieser Test mehr als fünfzig Dollar gekostet hat.

Und dass er eben, na ja, meine Eintrittskarte fürs College ist. Also quäle ich mich aus dem Bett.

Als ich aus der Dusche komme, rechne ich nicht damit, dass Mom wach ist – wenn sie nicht arbeitet, gibt es keinen Grund für sie, vor neun Uhr aufzustehen –, und auf keinen Fall hätte ich damit gerechnet, sie mit einem French Toast am Küchentresen vorzufinden.

»Mom«, sage ich, als ich meinen Rucksack aus dem Weg schiebe. »Das wäre echt nicht nötig gewesen.«

Ich komme wegen dieses Tests eh schon zu spät zur Schule, also kann ich mich auch zum Essen hinsetzen, bevor ich gehe.

Mom hier so vor mir stehen zu sehen, im Bademantel und mit abstehenden Haaren, bringt mich fast zum Weinen. Ich schlinge meine Arme um ihren Hals, und sie zieht mich an sich.

»Ich will dir nur Glück wünschen für den Test«, sagt sie. »Du wirst es super machen.«

Keine Ahnung, ob sie das wirklich glaubt, aber ich nehme es an. Sie setzt sich mit mir an den Tresen, und wir teilen uns den French Toast – sie tränkt ihren Bacon in Honig wie eine Ungläubige, und ich esse die Kruste, die sie nicht anrührt. Als ich mein Handy checke, ploppen jede Menge Nachrichten von Naomi auf, die mir Glück wünscht und mir verspricht, dass wir was Schönes unternehmen werden, sobald wir in ein paar Stunden endlich befreit sind. Aber von Siobhan gibt es keine Nachricht. Was echt schräg ist. Ich hab ihr geschrieben, nachdem sie und ihre Mom mich letzte Woche zu Hause abgesetzt haben, und danach auch noch ein paar Mal. Und sie hat keine meiner Nachrichten beantwortet.

»Ich hoffe, du und Naomi habt was Schönes für heute geplant?«, fragt Mom. Ihre Gabel macht ein kreischendes Geräusch, als das Metall gegen den Teller schrammt. »Nach so einem großen Test wäre mir jedenfalls nicht mehr nach Schule.«

»Wie jetzt?« Ich grinse sie an und vergesse mein Handy für einen Augenblick. »Soll das eine Erlaubnis zum Schwänzen sein?«

Mom nimmt einen langen Schluck aus ihrer Tasse und hebt

eine Augenbraue. »Weißt du«, sagt sie, »wir haben den SAT damals an einem Samstag gemacht.«

Ich höre ihr nur mit halbem Ohr zu. Grad schreibt Naomi wieder: **schon was gehört?** Ich kann mich nicht entscheiden, ob ich ihr antworten oder einfach warten soll, bis wir uns in der Schule sehen, um ihr zu erzählen, dass Siobhan mir noch immer nicht geantwortet hat. Es macht dieses Übelkeitsgefühl in meinem Magen, als würde ich nach einer Überdosis Popcorn und Soda in eine Achterbahn steigen, nur noch schlimmer.

Ich öffne noch mal meine Nachrichten an Siobhan. Ich glaube nicht, dass das, was ich ihr geschrieben habe, zu schräg war – einfach nur **danke fürs Nachhausefahren** und **hey, wie geht's dir** und **bist du bereit für den Test?**. Was ihr Schweigen bedeuten soll, ist schwer zu sagen. Wenn wir uns im Geschichtsunterricht sehen, grüßt sie mich nach wie vor, aber an unserem Projekt haben wir getrennt weitergearbeitet, und etwas sagt mir, dass ihr das sehr gelegen kommt.

Was habe ich falsch gemacht?

♩♫♪

Der Test ist exakt so, wie ich befürchtet habe: lang und deprimierend und stressig. Als ich beim Matheteil ankomme, gebe ich mein Bestes, um mich an all die einstudierten Formeln zu erinnern, aber in einer überfüllten Aula, in der uns die Uhr laut tickend an den drohenden Untergang erinnert, ist das echt hart. Als uns der Aufsichtsbeamte das Zeichen gibt, die Stifte niederzulegen, bin ich ziemlich sicher, dass meine Fehlerquote in Mathe astronomisch ist.

Die anderen Leute, die mit mir aus der Aula strömen, scheinen ähnlich benommen zu sein wie ich. Die Flure sind noch voll von anderen Schüler:innen, was bedeutet, dass gerade irgendeine Fünfminutenpause ist, aber das ist mir so was von egal. Ehe ich mich's versehe, laufe ich schon Richtung Ausgang, auf hoffentlich Nimmerwiedersehen.

Bis mich jemand am Arm zieht. Für eine rasche, lächerliche Sekunde bilde ich mir ein, es könnte Siobhan sein, die versucht hat, mich einzuholen und mir zu sagen, sie hätte ihr Handy verloren oder es wäre kaputtgegangen und sie wäre bis jetzt noch nicht dazu gekommen, mir zu antworten, was ihr furchtbar leidtäte. Aber es nicht Siobhan – es ist Naomi.

»Hey«, begrüßt sie mich. »Cody schmeißt bei sich zu Hause eine Afterparty, bist du dabei?«

»Afterparty?« Ich versuche überrascht zu klingen, aber meine Stimme ist so flach, als hätte mich gerade jemand gefoltert. »Ich hätte nicht gedacht, dass irgendwer so was tatsächlich macht.«

»Na und?« Naomi zuckt mit den Schultern. »Ich denke, wir können alle eine kleine Party gebrauchen.«

»Und du könntest ein bisschen Cody gebrauchen.«

Naomi lächelt. Ich blicke mich noch mal im Flur um. Es ist ziemlich offensichtlich, wer hier gerade einen SAT gemacht hat und wer für einen ganz normalen Schultag hier ist.

»Okay, ja«, sage ich. »Vielleicht. Ich will nur nicht –«

»Ich bezweifle, dass du-weißt-schon-wer da sein wird«, erwidert sie und zieht mich Richtung Tür. »Sie arbeitet ständig ehrenamtlich in diesem Tierheim. Ist wahrscheinlich zu beschäftigt für eine Party.«

»Eigentlich wäre es schön«, sage ich. »Wenn sie auf der Party wäre.«

»Warum?« Naomi dreht sich mit hochgezogenen Augenbrauen zu mir. »Sie hat auf keine deiner Nachrichten geantwortet.«

»Na ja, stimmt«, sage ich. Wow, wenn Naomi es so sagt, sticht es doch ganz schön. »Aber vielleicht hatte sie einfach keine Zeit. Oder ihr Handy ist kaputt.«

Naomis mitleidiger Blick macht mich noch fertiger als der gesamte Matheteil von eben. Seufzend zieht sie ihr Handy raus. Wir sind auf dem Weg zum Parkplatz.

»Plus«, sage ich, als wäre es ein Nachtrag, »wir haben am Freitag unsere Präsentation in Geschichte. Also müssen wir uns eigentlich absprechen. Wir haben es nur noch nicht gemacht.«

Naomi atmet scharf durch die Zähne ein und reibt sich mit der flachen Hand über die Stirn. Ich sehe förmlich, dass ihr gerade alles Mögliche auf der Zunge liegt – aber stattdessen schaut sie mich nur an und fragt: »Bist du sicher, dass an dem Abend nichts vorgefallen ist?«

»Nein, ich hab dir doch erzählt, dass wir nur zusammen gegessen haben«, sage ich, »und ihre Mom hat dieses Mädchen namens Erin erwähnt.«

»Ihre Freundin aus Irland, richtig?«

»Das weiß ich ehrlich gesagt nicht.« Ich zucke mit den Schultern. »Ihre Mom meinte, Siobhan hätte einen Crush auf sie gehabt. Das habe ich dir erzählt, weiß du noch?«

»Ja, aber so was machen Moms doch ständig«, erwidert Naomi achselzuckend. Wir stehen vor ihrem Auto und sie kramt in ihrer Tasche nach den Schlüsseln. »So wie du damals dachtest, meine Mom wäre lesbisch, nur weil sie ihren Buchclub immer ihre *Girlfriends* nannte?«

»Also, na ja«, antworte ich. »Aber das mit Siobhan hat sich anders angefühlt.«

Naomi wirft mir einen skeptischen Blick zu und zieht ihre Schlüssel hervor.

»Selbst wenn sie einen Crush auf ein Mädchen gehabt *hätte.* Jetzt hat sie einen Freund.«

»Ich weiß.«

»Und sie scheint ihn wirklich zu mögen.«

»Ich *weiß.*«

Naomi beißt sich auf die Lippe.

»Tja«, sagt sie. »Wenigstens liebe ich dich.«

Ich zeige ihr den Mittelfinger, und sie grinst.

Dann steigen wir ins Auto.

AKTUELLER KONTOSTAND: 463,68 $

Ziel: 704 $

KAPITEL 18

Letzten Herbst, als ich mit Naomi zu einer Homecoming-Party gegangen bin, war ich so betrunken, dass ich auf der Toilette festhing und Naomi meine Mom anrufen und ihr was von einer spontanen Pyjamaparty vorlügen musste.

Ich habe nicht vor, diese Erfahrung zu wiederholen. Vor allem, weil ich noch immer ein bisschen hirntot von diesem SAT bin, aber auch, weil ich eine Mission habe: Ich werde herausfinden, warum Siobhan nicht auf meine Nachrichten geantwortet hat. Auf der Fahrt zu Cody hört Naomi mir zu, aber als wir in seiner gigantischen Villa angekommen sind, greift sie mich am Arm und zieht mich in eine Ecke.

»M«, zischt sie und wirft einem vorbeigehenden Pärchen ein verkrampftes Lächeln zu. »Echt jetzt: Chill mal.«

Der rote Plastikbecher in meiner Hand ist mit Sprudelwasser gefüllt, aber jetzt wünschte ich, ich hätte ihn halb voll mit Wodka gemixt. Die Sonne geht gerade unter, der Raum ist in leuchtendes Orange getaucht und ich versuche, meine Gesichtszüge unter Kontrolle zu bringen, damit ich nicht so bemitleidenswert aussehe, wie ich mich fühle. Wenn Naomi das so sagt, bin ich *richtig* schlimm drauf.

»Mein Gott«, sage ich. »Bin ich so schlimm?«

Irgendwer brüllt: »FICK DAS COLLEGE BOARD!«, und im

Wohnzimmer explodiert das Gelächter. Naomi grinst, und ihre Schulter reibt gegen meine.

»Ich versteh dich ja«, sagt sie. »Du bist wirklich in sie verliebt. Aber lass ihr einfach ... ein bisschen Raum? Unterhalt dich mit anderen Leuten? Vielleicht gibt es einen Grund, warum sie dir nicht antwortet.«

Ich öffne den Mund, um etwas zu erwidern, aber dann entdecke ich Siobhan und Danny. Sie sind auf der anderen Seite des Raums. Ich habe sie nicht mal reinkommen sehen. Sie stehen in einer Gruppe mit anderen Leuten. Danny hat seinen Arm um Siobhans Schultern geschlungen und offensichtlich lacht die Gruppe über irgendwas, das er gerade von sich gegeben hat. Für eine Blitzsekunde treffen sich Siobhans und meine Blicke. Ich kann ihren Ausdruck nicht lesen. Schämt sie sich? Oder bilde ich mir das nur ein?

Aber im nächsten Moment dreht sie sich wieder zu Danny und lacht, und der Augenblick ist zerstört.

Danach fällt es mir ziemlich schwer, die Party überhaupt noch zu genießen. Das Ding ist, dass Naomi mit fast allen hier befreundet ist – auch wenn sie mit ihnen nicht auf die Weise abhängt wie mit mir, fällt es ihr superleicht, die Runde zu machen. Sie kennt alle beim Namen und weiß genau, was sie sagen muss, um sie zum Lachen zu bringen.

Ich fühle mich bei so was ziemlich unbeholfen. Während die anderen lauthals über Witze lachen und sich dabei förmlich wegschmeißen oder in der Mitte des Raums krampfhaft versuchen, zum Rhythmus zu tanzen, drücke ich mich in der Ecke rum.

Jedes Mal, wenn mein Blick auf Siobhan fällt – beim Tanzen in einer Gruppe von Mädchen, von denen ich weiß, dass sie aus dem Cheerleading Team sind, oder beim Bier-Pong spielen mit Danny und seinen Freunden – zwinge ich mich wegzuschauen. Ich will kein Creep sein.

Aber es ist schwer für mich. Wirklich. Jetzt verstehe ich *beinahe,* warum Edward Cullen so krass daneben ist. Nicht diesen ganzen »Ich werde dir befehlen, was du zu tun hast und dich zu Selbstmordgedanken treiben«-Teil –, aber dass er alles über Bella wissen und die ganze Zeit in ihrer Nähe sein will? Ist mir komplett klar. Nur, dass ich kein Edward Cullen sein will. Und wenn das bedeutet, dass ich versuchen muss, überhaupt nicht mehr zu Siobhan zu schauen, dann sollte ich genau das tun. Schätze ich mal.

Obwohl, wenn ich ehrlich bin – sie sieht in ihrem gelben Hosenanzug voll süß aus. Wie gesagt, ich bin nur ehrlich.

Als ich wieder in der Küche lande, um meinen Becher neu aufzufüllen, bleibt Naomi endlich auch mal auf einem Fleck stehen und mixt sich einen Drink. Als sie mich sieht, zuckt sie zusammen und zerquetscht dabei fast den Becher in ihrer Hand.

»Hey«, sagt sie atemlos. »Ich habe schon überall nach dir gesucht.«

Ich ziehe eine Augenbraue hoch und nippe langsam an meinem Becher.

»Ich war die ganze Zeit hier.« Mir ist bewusst, wie verbittert das klingt, und ich räuspere mich. »Hast du dich amüsiert?«

Naomi nickt, aus ihrem Pferdeschwanz lösen sich ein paar ihrer Locken.

»Voll«, sagt sie. »Ich glaube, ich muss ein bisschen Dampf ablassen.«

Sie nimmt ein paar Becher und schmeißt sie in einen der Abfalleimer. Ich starre sie an und versuche mein Lächeln zu verbergen.

»Alter«, sage ich. »Warum räumst du auf einer fremden Party auf?«

»Ich will nur helfen«, sagt sie und fegt ein paar Krümel vom Tresen. »Partys können chaotisch sein.«

»Ich kann nicht fassen, dass du einem *Jungen* hinterherräumst.« In gespieltem Ekel schüttle ich den Kopf. »Wo steckt Cody überhaupt?«

»Da drüben«, Naomi nickt Richtung Tür. »Quatscht mit seinen Freunden oder so.«

»Und du bist in der Küche?«

Naomi beißt sich auf die Lippe.

»Alter«, sage ich. »Sprich ihn einfach an.«

Naomi und Cody sind sich sehr ähnlich – beide haben gute Noten, große Häuser und kennen offensichtlich Gott und die Welt. Was ich bis jetzt aber nie begriffen habe: Warum fragt sie ihn nicht einfach nach einem Date? Aber jetzt, wo ich mit meinen Siobhan-Gefühlen zu tun hab, wird es mir klar. Dieser Scheiß ist furchterregend.

»Er ist ja schon mit anderen beschäftigt«, sagt Naomi. »Mir geht's gut.«

»Okay, aber du brauchst auch mal eine Pause«, sage ich sanft und ziehe ihr die Mülltüte aus der Hand. »Geh tanzen oder starre Cody von der anderen Seite des Raums an oder so.«

Naomi zieht den Kopf ein. Ich bin schon drauf und dran, sie eigenhändig ins Wohnzimmer zu zerren, als die Küchentür aufspringt, so laut, dass ich einen schrankgroßen Sportler erwarte, aber es ist Siobhan. Ich kann nicht mal wegschauen, weil ihr Blick mich auf der Stelle gefangen nimmt.

»Mahalia.« Es klingt, als würde sie meinen Namen gurgeln. »Willst du einen echten Irish Tea?«

Naomi zieht eine Augenbraue hoch.

»Ähm.« Mir bleiben die Worte im Hals stecken. »Nein, danke, ich schätze, ich bin versorgt?«

»Ich soll gerade einen für meine Leute machen«, sagt sie. »Aber ich weiß nicht, wo sie stecken.«

Sie dreht sich um und schaut über ihre Schulter nach hinten, als könnte jemand in die Küche kommen und auf die alkoholischen Getränke zusteuern. Dann dreht sich Siobhan wieder zu mir. Sie lächelt. Hat sie einen im Tee? Es ist ein bisschen gruselig. Ich weiß ja nicht mal, wie ich mich der nüchternen Siobhan gegenüber verhalten soll ... von einer betrunkenen Siobhan bin ich definitiv überfordert.

»Hey«, sagt Naomi und dreht sich zum Kühlschrank. »Wie wär's mit ein bisschen Wasser?«

»Warte.« Ich packe sie am Ellenbogen. »Wolltest du nicht mit Cody liebäugeln?«

Naomi schaut von mir zu Siobhan, die sich an den Tresen gelehnt hat, das Kinn in die Handfläche gestützt, als könnte sie Naomis Antwort kaum erwarten.

»Ich krieg das mit dem Wasser für Siobhan schon selbst hin«, antworte ich mit gesenkter Stimme. »Ernsthaft.«

Naomi zieht eine Augenbraue hoch.

»Naomi«, sagt Siobhan. »Wen gäugelst du? Googelst du? Äugelst du?«

Sie prustet leicht. Ich muss mir auf die Lippen beißen, um nicht zu lachen. Naomi starrt mich an, aber sie kann sich das Lachen offensichtlich selbst kaum verkneifen.

»Mit dem Typen aus meinem Sportkurs«, sagt Naomi und steuert auf die Küchentür zu. »Ich erzähl dir mehr, wenn du wieder in der Verfassung bist, dich daran auch zu erinnern.«

Mit diesen Worten verschwindet sie, und jetzt sind nur noch

Siobhan und ich in der Küche. Siobhan wackelt mit ihren Augenbrauen. Es ist so peinlich, wie schnell mir das die Hitze in die Wangen treibt, obwohl mir ja klar ist, dass sie keine Hintergedanken dabei hat. Ich drehe mich zum Küchenschrank und ziehe eine Tasse raus.

»Komm schon«, sagt sie. »Willst du keinen richtigen Irish Tea?«

»Ich weiß nicht.« Ich hole die Brita aus dem Kühlschrank. »Was macht ihn denn richtig irish?«

»Also, zuerst«, sie zeigt mit einem Wackelfinger auf mich. »Solltest du ihn niemals aus einem Teekessel servieren. Das ist *falsch.*«

»Ist es das?«

»Du servierst ihn aus einer Teekanne«, sagt sie. »Das ist ja wohl klar.«

»Glasklar«, sage ich und fülle ihren Becher auf. »Und was noch?«

»Du gibst Milch dazu«, sagt sie. »Und dann gießt du es in eine Tasse.«

»Oh.« Ich schiebe ihr den Becher rüber. »Das ist alles?«

»Es ist alles *sehr* Irish«, sagt sie. »Niemand hier macht es richtig.«

Ich verziehe das Gesicht. Es klingt nicht so, als wäre es ein besonders schwieriges Unterfangen, aber auf der anderen Seite bin ich auch nicht unbedingt eine Teetrinkerin.

»Aber«, sagt sie mit einer ausladenden Geste. »Ich bin sicher, du könntest es. Wenn es irgendwer könnte, dann du.«

Dann tippt sie mir mit dem Finger auf die Nasenspitze. Ich zucke zusammen, aber sie scheint es nicht mal zu merken. Wie soll ich mich hier eigentlich fühlen – sie ist in der Küche und macht mir Komplimente, aber sie hat den gesamten

Abend an der Seite ihres Freundes verbracht. Verdammt, sie hat seit vier Tagen auf keine meiner Nachrichten geantwortet. Ich zwinge mich zu einem tiefen Atemzug und schiebe den Wasserbecher noch ein Stück näher an sie ran.

»Okay, aber jetzt musst du dein Wasser trinken«, sage ich. »Vielleicht kannst du mir den Tee ein andermal machen.«

Sie schlürft laut. Obwohl ich damit aufhören sollte, mir den Kopf darüber zu zerbrechen, komme ich nicht um das Gefühl herum, dass ihre ausbleibende Antwort eine weitere Zurückweisung ist. Jesus. Ich hasse es, verliebt zu sein. Es ist schrecklich.

»Ich habe ein Geheimnis.«

Und schon fangen meine Hände an zu schwitzen.

»Äh«, sage ich und schaue zur Tür. »Vielleicht sollten wir Danny suchen –«

»Ich mache nur Tee für Menschen, die ich mag«, gesteht sie und bedenkt mich mit einem geheimnisvollen Lächeln. »Und dir würde ich einen Tee machen.«

»Das ist lieb.«

»Weißt du –« Siobhan legt ihren Kopf schief. »Es wundert mich, dass du keine Freundin hast.«

Ich huste.

»Du bist lustig, auf eine schräge Art«, sagt sie. »Und du hast einen sehr schönen Busen. Liegt es daran, dass dir hier in der Schule keine gefällt?«

Jesus Christus. Ich umklammere die Tischkante. Ihr Gesicht errötet in Pink und ein paar strohige Locken fallen ihr in die Stirn. Es fällt mir sehr, sehr schwer, ihr jetzt nicht zu sagen, wie ich mich fühle. Ich wünschte, ich könnte. Ich weiß, dass ich es könnte. Ich könnte ihr alles von meinem Crush erzählen und davon, wie sich einfach alles besser anfühlt, wenn sie den

Raum betritt. Wie scheiße es war, dass sie meine Nachrichten ignoriert hat. Dass ihr Busen auch sehr schön ist. Morgen würde sie sich wahrscheinlich kaum noch daran erinnern.

Aber irgendwas daran fühlt sich mies an. Vor allem weil –

»Warum hast du nicht auf meine Nachrichten geantwortet?« Ich versuche nicht so beleidigt zu klingen, wie ich mir vorkomme, aber ich glaube, es misslingt mir. »Ich dachte schon, du wärst sauer auf mich oder so.«

Ihre Augenbrauen ziehen sich zusammen. Sie öffnet den Mund, um etwas zu erwidern, aber dann springt die Tür auf und Danny erscheint. In meinem ganzen Leben war ich noch nie so genervt davon, einen Menschen zu sehen.

»Babe!« Er schmatzt ihr einen lauten Kuss auf die Wange. »Ich habe dich schon überall gesucht.«

Sie dreht sich zu ihm und lässt mich zurück. Ich gerate in komplette Vergessenheit und hab nicht den Hauch einer Ahnung, wie ich das, was eben passiert ist, verarbeiten soll.

AKTUELLER KONTOSTAND: 477,43 $

–20 $ für Benzin
–150 $ für Lebensmittel
+183,75 $ Gehalt
Ziel: 704 $

KAPITEL 19

Unsere Präsentation am Freitag ist, offen gesagt, absoluter und kompletter Müll.

Schon als die Anfangsgruppe beginnt, sehe ich erste Anzeichen von Ärger kommen. »Erlaubt uns, euch nun ...«, spricht Lindsay Rocha so ausladend, als würde sie auf der Bühne die Democratic National Convention moderieren, »... den Golfkrieg vorzustellen.«

Sie macht doch tatsächlich für ein paar Sekunden Jazzhands. Mein Gott, Theaterkids brauchen wirklich einen Ego-Check. Celeste Schmidt rempelt sie heftig an, und Lindsay gerät leicht ins Stolpern. Ich bin die Einzige, die kichert. Mr Willis' Kopf fliegt in meine Richtung, und er bedenkt mich mit einem *Blick.*

Sogar Danny dreht seinen Kopf zu mir, damit ich seine missbilligende Miene sehen kann. Siobhan dagegen dreht sich kein Stück zu mir um.

Jesus.

Abgesehen von der unbedeutenden Störung haben Lindsay, Celeste und Kevin Keegen offensichtlich geprobt, was sie sagen wollen – und das nicht nur mithilfe ihrer Karteikarten. Sie ergänzen ihre jeweiligen Gedankengänge, gleiten locker durch ihre Präsentation und lassen genügend Raum für Fragen.

Das zweite Anzeichen dafür, dass die Dinge scheiße laufen werden, kommt von Mr Willis. »Interessante Präsentation«, sagt er. »Aber denken Sie dran, Sie alle sollten *drei* Primärquellen für Ihre Präsentation verwenden. Nicht zwei.«

Lindsay murmelt irgendwas, als sie zu ihrem Sitz zurückkehrt.

Die folgenden zwei Gruppen haben sich ebenfalls richtig vorbereitet. Die eine screent den Teil einer Dokumentation, während uns die andere einen Teil des Patriot Acts analysieren lässt. Den einzigen Plan, den unsere Gruppe hatte, war, die Präsentation hauptsächlich aus dem Stegreif zu machen, was plötzlich nach einer grauenhaften Idee klingt.

Ich würge.

»Also«, sagt Mr Willis. »Die nächste Gruppe. Siobhan, Danny und Mahalia werden uns die berüchtigte Wahl von 2000 näherbringen.«

Verkrampft schieben wir uns nach vorn. Aus irgendeinem Grund positioniert sich Siobhan direkt vor dem SMART-Board, so weit von mir – und Danny – entfernt wie nur möglich. Als sich Danny neben sie stellt, rückt sie beinahe unmerklich von ihm ab. Was zur Hölle geht da ab?

»Mahalia?« Mr Willis zeigt auf seinen Computer, der vorne auf dem Podium steht. »Die PowerPoint-Präsentation?«

Richtig. Ich logge mich in meinen Google Classroom ein, aber aus irgendeinem Grund erscheint das, was ich auf dem Computer sehe, nicht auf dem Board.

Danny fängt an, gegen das SMART-Board zu trommeln, was mich so dermaßen stresst, dass ich in Schweiß ausbreche.

Mr Willis scheint zu merken, dass hier gerade irgendwas schiefläuft. Vielleicht hatte Siobhan recht, und er kann Angst riechen. Er beugt sich über meine Schulter, prüft den Computer und wurstelt an den Einstellungen herum.

Fünf Minuten sind keine lange Zeit, aber wenn du vor einer Klasse stehst und dein Lehrer versucht, deine PowerPoint-Präsentation an den Start zu bringen, dauern sie eine gefühlte Ewigkeit. Danny trommelt einen ganz besonders misstönenden Beat und Mr Willis zuckt zusammen.

»Mr Elliot«, sagt er mit einem tiefen Seufzer. *»Bitte* hören Sie damit auf.«

Das entlockt mir einen Pruster, und Mr Willis schaut zu mir rüber und bedenkt mich mit etwas, das man ein Lächeln nennen könnte. Plötzlich erscheinen die Worte *2000: GESTOHLEN ODER VERDIENT?* in großen schwarzen Buchstaben auf dem SMART-Board.

»Da wären wir.« Mr Willis klatscht in die Hände. »Jetzt können Sie loslegen.«

Danny räuspert sich, macht einen Schritt aufs Publikum zu, und ein Teil von mir will Mr Willis anbetteln zurückzukommen. Bitte, bitte, bitte lass diesen Jungen nicht improvisieren.

»Also«, fängt Danny an. »Ihr wisst vielleicht nicht, dass der Supreme Court in eine Präsidentschaftswahl eingreifen musste. Im Jahr 2000 haben Al Gore und George Bush –«

»George W. Bush«, unterbreche ich ihn. »Nicht HW.«

»Richtig«, sagt Danny und starrt mich an. »George *W.* Bush. Beide stellten sich zur Präsidentschaftswahl. Aber das Wahlergebnis sollte das Land spalten, und zwar ziemlich genau so, wie wir auch jetzt gespalten sind.«

Er lässt einen kleinen Trommelwirbel auf das Podium los.

»Danny.« Mr Willis seufzt.

Der Rest der Klasse lacht. Ich verdrehe die Augen und flippe zum nächsten Slide. Als ich Siobhans Blick einfange, hält sie ihm überraschenderweise stand, aber ich bin nicht sicher, was sie mir vermitteln möchte.

»Also«, beginne ich langsam. »Das Wahlkollegium …«

»Richtig«, sagt Siobhan. Ihr Gesicht ist blasser, als ich es je gesehen habe. »Also das Wahlkollegium? Und versklavte Menschen …?«

O Herr im Himmel, was redet sie da? Offensichtlich habe ich gerade die einzige Sache entdeckt, die Siobhan nicht gut kann. Wären meine Noten nicht in Gefahr, würde ich jetzt lachen.

Dannys Gesicht hat die Farbe einer Tomate angenommen. Mr Willis sieht extrem besorgt aus. Siobhan hustet und *redet,* aus welchem Grund auch immer, *weiter.*

»Sklaverei? Ähm.« Siobhan kratzt sich am Hinterkopf. »Die Ursprünge dieser Wahl … des Wahlkollegiums … waren schlimm. Sehr schlimm. So schlimm, dass –«

»Ja, wir haben recherchiert, dass das Wahlkollegium seine Ursprünge in der Sklaverei hat«, sage ich und hebe die Stimme, um ihre auszublenden. »Und in dieser Wahl sollte es eine große Rolle spielen, da es in Florida zu einem Disput …«

Für einen Augenblick krümmt Siobhan sich, dann schießt sie aus dem Klassenzimmer. Sekunden später dringen würgende Laute aus dem Schulflur.

Mr Willis läuft ihr hinterher.

»IIIH«, quietscht Lindsay Rocha. Die ganze Klasse bricht in Gelächter aus.

»Mein Gott«, sage ich. »Sind wir hier im Kindergarten?«

Ich verlasse das Podium, strecke meinen Kopf aus dem Klassezimmer, aber der Anblick, der sich mir bietet, ist ziemlich grausig. Als Siobhan »Geh *weg«* krächzt, tue ich, was sie sagt. Zurück im Klassenzimmer sind alle Blicke auf mich gerichtet. Besonders der von Danny.

♩ ♫ ♪

»Tut mir leid«, sagt Naomi. »Aber es klingt, als würde sie mit dir spielen.«

Ich habe gerade meine lächerliche Schicht beendet, die hauptsächlich daraus bestand, Bill auf Schritt und Tritt zu folgen, während er vom Beobachten der Kundschaft bis zum Auffüllen der Regale seinen Job machte. Naomi und ich laufen mit den zusammengeknüllten Arbeitsschürzen in unseren Händen zurück zum Parkplatz.

»Sie wird ja wohl kaum so *getan* haben, als hätte sie den Flur vollgekotzt.« Ich ziehe die Nase kraus. »Ich kann mir nicht vorstellen, dass sie das vorgetäuscht hat.«

»Das doch nicht«, sagt Naomi und winkt mit ihrer Hand ab. »Was sie auf Codys Party abgezogen hat.«

»Ich weiß nicht«, erwidere ich. »Sie war an diesem Abend echt betrunken.«

»Ja, klar, schon.« Naomi presst ihre Lippen aufeinander. »Wie auch immer, ich finde, du solltest dich vielleicht mehr auf das Ende deiner Bewährungszeit konzentrieren. Hat Greta schon was gesagt?«

Gott, mir ist ja klar, dass ich sehr viel von Siobhan spreche, aber meine Niederlagen im Job will ich jetzt echt nicht zum Thema machen.

»Nein«, sage ich und schultere meine Tasche. »Sollte ich sie fragen?«

»Ich denke, es ist besser, wenn sie deswegen auf dich zukommt«, meint Naomi. »Du willst ja nicht zu verzweifelt wirken.«

Ehrlich gesagt, bin ich schon ein bisschen am Verzweifeln. Mom hat sich ein paar ihrer Urlaubstage genommen, um gesund zu werden, aber den größten Teil der letzten Woche hat sie kein Geld verdient. Jetzt, wo zusätzlich zum Benzingeld auch noch Geld für Lebensmittel draufgeht, fühlt sich Sparen für mich unmöglich an.

»Ich muss auch immer noch ein Kleid finden«, gestehe ich beinahe geistesabwesend.

»Gott, ich hab so scheißviel um die Ohren.«

»Wir könnten ja noch ein paar Boutiquen austesten.« Ich ziehe eine Grimasse.

»Die werden schon nicht alle so sein wie die letzte«, sagt Naomi. »Und vergiss nicht, das Kleid muss nicht perfekt sitzen. Du kannst es immer noch bei der Schneiderei anpassen lassen.«

Ich beiße mir auf die Lippe. Ein Kleid bei der Schneiderei anpassen zu lassen, klingt schon wieder nach Ausgaben, die nicht in meinem Budget sind. Vielleicht finde ich online eine günstigere Lösung, wie bei diesem gemieteten Raum, den ich statt eines feierlichen Veranstaltungsortes gefunden habe, aber auch dafür muss ich jetzt wieder Daumen drücken und auf mein Glück hoffen. Warum muss alles in meinem Leben gerade so ein Chaos sein?

»Ja«, sage ich und fahre mir mit der Hand durch die Haare. »Hey, wie läuft es denn mit Cody? Hast du ihn nach einem Date gefragt?«

»Wie ich dir schon gesagt habe.« Naomis Lächeln wird albern. »Er ist wegen Model UN ziemlich beschäftigt. Ich hab ihn noch nicht gefragt, aber ...«

Mein Handy vibriert in meiner Tasche, und ich lächele Naomi entschuldigend an. Sie weiß, dass es wahrscheinlich Mom ist, die mir manchmal schreibt und mich darum bittet, ihr auf dem Heimweg von der Arbeit etwas mitzubringen. Aber als ich auf den Bildschirm schaue, krieg ich einen Schock.

»Was?«, fragt Naomi, als sie mein Gesicht sieht. »Ist was mit deiner Mom passiert?«

»Nein«, antworte ich. »Es ist Siobhan.«

»Oooh«, sagt Naomi und drückt sich an meine Schulter. »Was schreibt sie?«

»›Mahalia, ich schäme mich so für alles‹«, lese ich vor, *»›Kann ich es wiedergutmachen?‹«*

Naomis Blick schnellt hoch, und sie wackelt mit ihren Augenbrauen.

»Komm schon«, sage ich und schubse sie weg. »Es wird wahrscheinlich total verkrampft und schräg.«

Naomi schürzt die Lippen. Ich rucke mit dem Kopf in ihre Richtung.

»Ich finde einfach ...« Sie bricht den Satz ab. »Ich weiß nicht.«

»Du weißt es wohl«, sage ich, selbst als die Angst in meinen Bauch sickert. »Was denkst du?«

»Ich finde, dass sie dich ein bisschen verarscht«, sagt Naomi. »In der einen Minute flirtet sie mit dir, redet über deinen Busen –«

»Na ja, das lag daran, dass sie betrunken war.«

»Okay, klar«, Naomi verschränkt die Arme. »Aber sie hat dich eine ganze Weile lang ignoriert, oder nicht? Du hast gesagt, sie hat nicht mal im Unterricht mit dir geredet. Und jetzt sollst du nach ihrer Pfeife tanzen?«

Ich zucke mit den Achseln und stopfe das Handy zurück in meine Tasche. Ganz unrecht hat sie *damit* ja nicht. Aber ich möchte Siobhan nicht unterstellen, dass sie manipulativ ist. Vielleicht ist ihr bewusst geworden, wie unzuverlässig sie war, und sie will es einfach nur wiedergutmachen.

»Ich weiß nicht, Naomi«, sage ich. »Bist du da nicht ein bisschen zu hart?«

Naomi schiebt ihre Mundwinkel von einer Seite zur anderen. Ich seufze.

»Tu, was sich richtig für dich anfühlt«, sagt sie schließlich. »Wenn du ihr schreiben willst, dann mach's. Stell dich einfach darauf ein, dass ihr … nur Freundinnen seid. Oder vielleicht nicht mal das.«

Die Wahrheit ist, ich weiß nicht, ob ich mit Siobhan einfach nur befreundet sein kann. Ich wäre ständig mit dem Gedanken beschäftigt, dass ich sie küssen will. Ihre Hand halten oder, keine Ahnung, romantische Picknicks mit ihr veranstalten will.

»Aber wenn ich ehrlich bin«, sagt Naomi. »Ich weiß nicht, ob ich die nächsten zwei Wochen deinen Herzschmerz ertragen kann. Also vielleicht *solltest* du ihr zurückschreiben.«

»Hallo?« Ich schnappe nach Luft. »Ich höre dir doch auch zu, wenn du über Cody sprichst.«

»Ich rede fast *nie* über ihn.«

Nachdem wir für fünf intensive Sekunden versucht haben, einander niederzustarren, greife ich seufzend wieder nach meinem Handy. Naomi schaut mir die ganze Zeit über die Schulter, und ich weiß nicht genau, was ich schreiben soll, also tippe ich: **Schätze, das geht klar.**

»Na, das ist ja sehr überzeugend.«

»Entscheid dich, Naomi.«

Ehe ich das Handy wieder in der Tasche versenken kann, vibriert es auch schon. Es ist Siobhan, die mich zu sich nach Hause einlädt. Naomi drückt meine Schulter. Etwas in ihrem Gesichtsausdruck wird weich. »Du solltest hingehen«, sagt sie. »Aber um deinetwillen. Nicht für sie.«

»Was soll das denn bedeuten?«

»Es bedeutet«, sagt sie, »dass der Ball jetzt in deinem Spielfeld ist. Wenn sie wieder mit dir befreundet sein will, liegt die Entscheidung bei dir. Und wenn sie mehr will, liegt die Entscheidung ebenfalls bei dir. Du kannst immer Nein sagen. Es geht nicht alles nach ihrer Nase. Okay?«

Ich weiß, dass sie nur versucht, realistisch zu sein, aber mein nerviges Gehirn krallt sich an dem »mehr«-Teil fest und will ihn nicht wieder loslassen. Naomi sagt es so leichthin, als wäre es etwas, das wirklich passieren könnte und nicht nur ein Hirngespinst ist. Ich schätze, jetzt ist es real, oder nicht? *Etwas* wird passieren. Aber es kann sein, dass es nichts Gutes ist.

AKTUELLER KONTOSTAND: 452,43 $

−25 $ für Burger und Pommes
Ziel: 704 $

KAPITEL 20

Als ich auf Siobhans Haus zufahre, sehe ich, dass in der Einfahrt schon zwei Autos stehen, also parke ich mein Auto auf der Straße. Ich hasse es, dass ich nervös bin. So nervös bin ich noch nie gewesen, wenn ich jemanden zu Hause besucht habe. Aber dann wiederum ist es normalerweise nur Naomi, die ich zu Hause besuche.

Ich will gerade den Motor abstellen, da tritt Siobhan aus der Haustür. Barfuß, mit Doodle an der Seite, tapst sie auf mein Auto zu. Prüfend betrachte ich ihr Gesicht. Gott sei Dank ist sie nicht mehr so blass wie am Morgen. Mehr Kotze ertrage ich heute, glaube ich, nicht.

»Hey«, sagt Siobhan. »Ich bin so froh, dass du gekommen bist.«

»Ja.« Verkrampft steige ich aus dem Auto aus. »Es war nett von dir, mich einzuladen.«

»Ich dachte, wir könnten zum Strand laufen und uns irgendwo unterwegs was zu essen holen.«

»Bist du sicher?« Ich schürze die Lippen. »Vielleicht sollten wir einen Eimer mitnehmen.«

»Das habe ich wohl verdient, was?« Siobhan wird rot. »Mir ist nicht mehr schlecht. Ich glaube, ich war nur sehr nervös –

nervöser, als ich dachte. Aber es tut mir leid, dass ich unser Projekt ruiniert habe.«

»Du hast gar nichts ruiniert«, sage ich, obwohl ich ehrlich gesagt, nicht sicher bin, ob das stimmt. Mr Willis war so damit beschäftigt, die Schulverwaltung und unsere Pflegekraft anzurufen, dass unser Projekt dabei so ziemlich in den Hintergrund getreten ist.

»Und mir tut es auch leid. Das sollte ein Witz sein. Er war nur nicht sehr witzig.«

So stehen wir da und lächeln uns verkrampft an, bis Doodle an mir hochspringt und ich mich zu ihr runterbeuge, um sie zwischen den Ohren zu kraulen. Ich weiß, dass Hunde nicht schnurren, aber so fühlt es sich an, als sich ihre Schnüffelnase in mein Schienbein drückt. Nicht zum ersten Mal wünsche ich mir, wir hätten ein Haustier. Ich brauche mehr unkomplizierte Beziehungen in meinem Leben.

»Sorry für mein übergriffiges Verhalten auf der Party neulich.« Siobhan beugt sich ebenfalls neben mir herab. »Und dafür, dass ich so, ähm, schräg drauf war. Deine Nachrichten ignoriert habe.«

»Echt schräg«, sag ich. Und gebe mir einen mentalen Arschtritt.

»Ja.« Schmerzlich verzieht sie das Gesicht. »Ich wollte dich wirklich nicht ignorieren. Aber ich – als du letzte Woche bei uns zum Essen warst ... Ich hätte nicht damit gerechnet, dass ... Ich rede einfach viel mit meiner Mum, weißt du? Die ganze Zeit. Ich erzähle ihr fast alles. Und es hat mich total fertiggemacht, dass sie dir so etwas Persönliches von mir erzählt.«

Ich weiß nicht richtig, was ich darauf erwidern soll. Ich wäre wahrscheinlich auch sauer auf meine Mom, wenn sie über meine Crushes reden würde. Nur, dass ich ihr nie davon erzähle.

»Ich kann verstehen, dass dir das peinlich ist«, sage ich schließlich. »Ich fühle mich genauso, wenn meine Mom mich irgendwo absetzt und im Hintergrund ihr christlicher Hip-Hop läuft.«

Siobhan lächelt, aber nur ganz leicht. Doodle leckt mir über das Gesicht. Ein Teil von mir will Siobhan bitten, mir ihr Verhalten auf der Party zu erklären, aber ich weiß nicht mal, ob sie sich überhaupt daran erinnert. Außerdem fühlt sich das alles hier schon peinlich genug an. Gerade als ich mit einem Vorwand verschwinden will, sagt Siobhan: »Also, hast du Lust, mit mir irgendwohin zu gehen?«

Ich blicke zu meinem Auto. Dann zu ihr. Sie trägt ein verschlissenes T-Shirt, das aussieht, als wäre es zu oft gewaschen worden. Ihre Haare sind zu einem Pferdeschwanz zurückgebunden, aber ein paar Strähnen fallen heraus und in ihre Augen. Es sieht aus, als hätte sie mehrere schlaflose Nächte hinter sich. Ich kann mir nicht wirklich vorstellen, wie es ist, vor aller Augen in der Schule loszukotzen. Irgendwas an dieser ganzen Sache krampft mir das Herz zusammen.

»Klar«, antworte ich. »Sag, wohin.«

♩ ♫ ♪

Meine Abneigung gegen Sand und Meer habe ich wohl von meiner Mom. Keine von uns hatte je das Bedürfnis, den ganzen Tag am Strand rumzusitzen, nichts zu tun, unser Haar nass und filzig werden oder uns von der Sonne braten zu lassen. Aber mit heruntergekurbelten Fenstern und Siobhan auf dem Beifahrersitz zum Strand zu fahren, fühlt sich anders an. Schöner, auch wenn keine von uns redet. Doodle ist zu Hause geblieben, weil Siobhan mit mir ins Blue Shack will, wo ich jetzt den

Wagen parke. Alle möglichen anderen Leute sind schon hier versammelt, aber niemand von ihnen ist aus unserer Schule.

»Ich habe das Gefühl, kein Mensch in unserem Alter kommt hierhin«, sagt sie und schlüpft in ihre Flip-Flops, bevor sie aussteigt. »Es sind eigentlich nur Familien und alte Menschen. Die anderen haben alle keine Ahnung, was sie verpassen.«

Im Blue Shack sieht es aus wie in einem alten Spielfilm, es gibt rote Kunstleder-Sitzecken, schwarz-weiß karierte Fliesen und in einer der hinteren Ecken steht eine Jukebox. Siobhan schlüpft in eine der Sitzecken, ohne darauf zu warten, dass uns jemand unsere Plätze zuweist, also folge ich und setze mich ihr gegenüber.

»Okay, also hier gibt es den weltbesten Burger«, sagt sie und zeigt zu dem Schild hoch. »Meine Eltern sind beide vegetarisch, und unser Haus ist buchstäblich eine fleischlose Zone, deshalb darfst du das hier niemals erwähnen.«

»Siobhan«, ich schnappe nach Luft. »Bist du eine heimliche Fleischfresserin?«

»Ich weiß, ich weiß.« Sie grinst. »Ich bin total die Rebellin.«

Die Bestellung überlasse ich ihr. Um uns herum lachen und unterhalten sich die Leute. Ich kann mich nicht erinnern, wann ich zum letzten Mal essen gegangen bin. Meine Schultern verspannen sich, als mir klar wird, dass ich für das hier bezahlen muss – noch mehr Geld, das von meinen Party-Ersparnissen weggesaugt wird –, aber dann reißt mich ein vertrauter Gitarrenriff aus meinen angstvollen Gedanken.

»O mein Gott«, platze ich raus. »Ich *liebe* dieses Lied.«

Das Ding bei mir ist, wenn ich auf ein Lied so abfahre, dann setzt irgendwas in mir aus. Es ist, als würde sich in meinem Gehirn der Teil, dem Sachen peinlich sind, ausschalten, und ich lasse mich einfach gehen.

Also bin ich beim Einsatz der ersten Strophe schon am Tanzen. Und als der Chor einsetzt, kreische ich die Worte mit: *»Tuesday, Wednesday, stay in bed/Thursday watch the walls instead«*, und peitsche mit dem Kopf übertrieben wild durch die Luft.

Die Leute drehen ihre Köpfe und starren zu uns rüber, aber das ist mir gleichgültig. Am Anfang lächelt Siobhan noch nickend mit, aber bei der dritten Strophe rutscht sie tief in ihrem Sitz herunter.

»O mein Gott, Mahalia«, sagt sie, und ihr Gesicht ist feuerrot. »Was tust du da?«

»It's FRIDAY«, schreie ich und halte beide Hände hoch. *»I'm in LOVE.«*

»Sigh-oh-Ban?« Irgendwer am Tresen verhackstückt ihren Namen. »Bestellung ist fertig.«

Siobhan sprintet förmlich zum Tresen, während ich weiter rumspringe und singe. Eine ältere Dame, die vor mir sitzt, klatscht und lächelt, und ich grinse zurück. Warum fühlt es sich immer so gut an, zu Liedern zu singen, die du liebst? Es ist komplett egal, ob deine Stimme – so wie meine – daneben ist, solange du nur die Musik fühlst. Ich bin so high von dem Song, dass es mir nicht mal was ausmacht, dass ich wie ein Hippie klinge. Dann fällt mir auf, dass Siobhan noch immer nicht zurück ist, und ich sehe sie auch nicht am Tresen. Hat sie mich etwa hier *sitzen lassen?*

Das Lied geht zu Ende, ich lasse mich in die Sitzecke fallen und ringe nach Atem. Wenn jetzt noch so ein Knaller kommt, bin ich gleich wieder am Start, aber den nächsten Song erkenne ich nicht. In einem Teeniefilm aus den frühen 2000ern würde dieses Lied den Auftritt eines Goth-Mädchens untermalen. Ich drehe mich zu der Jukebox um und entdecke Siobhan. In dramatischer Pose singt sie mit, in der einen Hand balanciert sie zwei Burger-Körbchen, mit der anderen hält sie eine Ketchupflasche wie ein Mikro in der Hand. Ich grinse über das ganze Gesicht.

»Ikonisch«, rufe ich. »Spektakulär. Fantastisch.«

Sie verbeugt sich. Die ältere Dame hinter mir whoopt. Als Siobhan wieder zum Tisch kommt, ist ihr Gesicht tomatenrot, aber sie grinst genauso wie ich.

»Wow«, sage ich und lehne mich zurück. »Hätte nicht gedacht, dass das in dir steckt.«

»Ich auch nicht«, sagt sie. »Eigentlich würde ich so was im Leben nicht machen.«

Siobhan schlüpft neben mir in die Sitzecke. Nach einem Schockmoment versuche ich meine Schultern zu entspannen. Sie sitzt so dicht neben mir, dass ich ihren Körper spüre, als sie tief einatmet. Das ist das Schwerste, wenn du Mädchen magst. Freundinnen fassen einander nonstop an. Wenn Naomi und ich in einer Berührung verweilen oder uns tiefe Blicke zuwerfen, mache ich mir null Gedanken, aber wenn Liebe ins Spiel kommt, ist das etwas völlig anders. Ich bin unsicher, ob Siobhan jetzt gerade mit mir flirtet oder ob das einfach ihr Umgang mit Freundinnen ist.

Jesus. Ich muss damit aufhören. Wäre Naomi jetzt hier, würde sie mich daran erinnern, dass ich zugesagt habe, weil ich Antworten wollte – und noch immer keine bekommen habe.

»Also, warum hast du's getan?« Ich räuspere mich. »Was hat dich dazu gebracht, vor einem ganzen Restaurant zu singen?«

Sie dreht sich zu mir um und schaut mich an. Und zwar so *richtig*. Ihre Blicke durchsuchen mein Gesicht.

»Ich weiß nicht«, sagt sie. »Vielleicht, weil du mich ermutigst.«

»Ermutigst?«

Sie zuckt mit den Schultern und zieht den Kopf ein, bevor sie zu ihrem Burger greift.

»O mein Gott«, sage ich und starre sie mit großen Augen an. »Du bist so klein. Wie schaffst du das?«

Sie ist nur ein paar Zentimeter kleiner als ich, auch wenn ich etwas breiter bin. Aber es ist trotzdem seltsam, einen kleinen Menschen etwas so Großes essen zu sehen. Sie winkt ab, dann nimmt sie einen gigantischen Bissen vom Burger. Sie schneidet ihn nicht mal in zwei Hälften. Ich bin nicht hardcore genug für Siobhan.

»Es ist fantastisch«, sagt sie und stopft sich einen Teil des Bissens zurück in den Mund. »Versuch's mal.«

Das Fleisch schmilzt förmlich in meinem Mund, ein bisschen verbrenne ich mir die Zunge daran, aber es macht mir nichts aus. Es ist einfach zu gut. Ich stöhne auf, als würde ich gerade in einem Sexfilm performen, und Siobhan gackert los. Gott. Ich könnte das hier täglich tun. Ich kann nicht aufhören, daran zu denken, was sie gerade gesagt hat. – »Du *ermutigst* mich.«

Ich weiß, was Naomi meinte, aber sie liegt falsch. Ich will Siobhan küssen. Und ich bin plötzlich ziemlich sicher, dass sie sich genau dasselbe von mir wünscht. Gerade als ich überlege, was ich sagen soll, streckt Siobhan ihre Hand in meine Richtung und zieht ein paar Servietten aus meinem Korb.

»Ich habe dir gesagt, du würdest es mögen«, sagt sie. »Und jetzt kann ich zufrieden mit dem Bewusstsein leben, dass ich recht hatte und immer haben werde.«

»Klar«, sage ich prustend. »Um das zu bestätigen oder dir zu widersprechen, kenne ich dich noch nicht lange genug.«

»Du wirst es schon noch herausfinden«, verspricht sie mir. »Ich habe immer recht.«

»Okay«, sage ich und lehne mich zurück, um sie ganz im Blick zu haben. »Dann erzähl mir doch mal etwas über mich.«

Sie summt und drückt ihren Zeigefinger gegen das Kinn.

»Also, ich schätze, dass du religiös bist. Oder dass es zumindest deine Eltern sind.«

»Okay«, sage ich und verdrehe die Augen. »Aber das liegt daran, dass mein Name Mahalia ist. Das ist ja wohl offensichtlich.«

»Ich füge Anhaltspunkte zusammen.« Sie versucht ein Grinsen zu verstecken und scheitert. »Das sollte doch wirklich etwas wert sein. Und ich habe recht, oder etwa nicht?«

»Mehr oder weniger«, sage ich und nehme mir noch ein paar Pommes. »Meine Mom ist megachristlich, es hilft ihr, den Alltag zu überstehen. Aber ich bin nicht gläubig. Ich meine, als ich jünger war, bin ich es auf jeden Fall gewesen, doch dann hab ich die Bibel gelesen und hatte tonnenweise Fragen und die Leute waren ziemlich angepisst von mir.«

»Du solltest immer Fragen stellen dürfen. Das finde ich eigentlich ziemlich mutig«, sagt sie. »Als ich Konfirmationsunterricht hatte, habe ich einfach alles hingenommen, was uns die Nonnen beigebracht haben, selbst die Dinge, die für mich keinen Sinn ergaben. Aber das war im Grunde eh nur reine Formsache.«

»Wie meinst du das?«

»Keine Ahnung. Wir sind ziemlich viel herumgekommen, und meine Mum ist definitiv, ähm, anders als andere Mütter.« Siobhan zuckt mit den Achseln. »Ich glaube, ihr war es wichtig, dass ich hingehe, aber vielleicht eher um der Tradition willen und nicht, weil es um Gott ging.«

»Sind sie sehr verschieden?«, frage ich. Mein Burger hat sich vor meinen eigenen Augen in Luft aufgelöst. »Deine Eltern, meine ich. Manchmal fühlt es sich an, als würden meine Eltern Welten trennen. Ich bin nicht mal sicher, wie sie es überhaupt geschafft haben, lange genug zusammenzubleiben, um mich zu kriegen.«

Sie lacht und wieder zieht sich ihr ganzes Gesicht zusammen. Ihr Burger ist inzwischen ebenfalls verschwunden. Sie nimmt ihren Teller und steht vom Tisch auf.

»Komm«, sagt sie. »Lass uns ein bisschen am Strand spazieren gehen.«

»Du hast meine Frage nicht beantwortet«, erwidere ich, als ich ihr folge. »Ich hab vielleicht nicht immer recht, aber ich erkenne auf jeden Fall, wenn mich Leute verarschen wollen.«

»O Mahalia«, sagt sie und legt sich eine Hand aufs Herz. »Das würde ich nie tun.«

Da ist dieses Flattern in meinem Magen, sogar noch als wir unsere Teller zurückgebracht haben und in Richtung Strand laufen. Leute mit Surfboards und Boogieboards gehen an uns vorbei. Ihre Oberkörper sind nackt und sie tragen Flip-Flops. Es ist schwer, mich auf irgendetwas anderes als auf Siobhan zu konzentrieren.

»Meine Eltern sind definitiv verschieden«, sagt sie im Gehen. »Irgendwie frage ich mich, ob sie deshalb so gut zusammenpassen. Sie balancieren sich gegenseitig aus. Sie kommen aus verschiedenen Ländern, sie haben verschiedene Arbeitsplätze und verschiedene Hautfarben.«

»Und sie haben verschiedene Meinungen«, sage ich. »Schätze ich jedenfalls.«

»Nein, absolut«, bestätigt sie und schlingt die Arme um ihren Bauch. »Ich denke mal, es ist ein gutes Zeichen, dass sie sich nur über die beknacktesten Dinge streiten. Bei lächerlichen Dingen – wenn es zum Beispiel darum geht, wie ich sie nennen soll oder was wir frühstücken sollen – können sie durchdrehen, aber eine ernsthafte Diskussion bringt sie nicht gegeneinander auf. Dafür haben sie zu viel durchgemacht.«

»Zu viel Gutes oder zu viel Schlechtes?«

Siobhan beißt sich auf die Lippe und kickt mit dem Fuß ein bisschen Sand zur Seite. »Als ich klein war, wollte ich immer Geschwister haben«, sagt sie. »Und zwar so richtig, richtig doll. Beim Einkaufen hab ich wildfremden Menschen erzählt, dass ich ein Geschwisterchen wollte, weil ich irgendwie dachte, dass sie es möglich machen könnten.«

Dieser Themenwechsel kommt komplett aus dem Nichts, aber es macht mir nichts aus, darüber zu sprechen.

»Und warum wurde nichts draus?«

»Keine Ahnung«, Siobhan zuckt mit den Achseln. »Meine Mum meinte nur, dass sie glücklich mit mir war, und mein Dad meinte, dass sie beide ziemlich viel arbeiten müssen. Sie sagten, sie wollten mir ihre ganze Aufmerksamkeit geben. Aber ich kann mich daran erinnern, wie Dad uns ins Krankenhaus brachte, ich war sechs und ich habe ihn nie wieder so aufgewühlt gesehen wie damals.«

Ich bin still, beide Hände in den Hosentaschen.

»Meine Großmutter blieb mit mir im Wartezimmer, aber dann gingen wir zurück zu ihr nach Hause«, fährt sie fort und hält den Blick starr geradeaus gerichtet. »Es war kurz, bevor mir irgendjemand erklärt hatte, dass im Bauch meiner Mum ein kleines Baby wuchs und dass sie deshalb die ganze Zeit so müde und langsam war. Aber sie verlor es. Sie war im vierten Monat.«

»O mein Gott«, sage ich.

Meistens glaube ich nicht an Gott. Aber trotzdem bin ich in einer Kirche groß geworden, mit alten Schwarzen Damen, die auf mich zukamen und meine Wangen berührten und mir erklärten, dass Gott mich liebt. Mich an Gott zu wenden, hat etwas Tröstliches, selbst wenn es nur im Kopf funktioniert, mit einem Gebet, dass mehr so was ist wie: »Hey, siehst du mich? Kriegst du mit, was hier gerade abgeht?« Ich frage mich, ob ich diesen Trost auf Siobhan ausweiten kann.

»Gott«, sage ich wieder. »Was für ein fucking Horror.«

Auch Flüche können tröstlich sein.

»Ja«, sagt sie und blinzelt heftig. »Keine Ahnung. Sie spricht nie darüber, und ich mache es auch nie zum Thema. Aber jetzt lese ich ständig Artikel über Fehlgeburten. Es muss wirklich ein fucking Horror gewesen sein, das durchzustehen.«

»Natürlich«, sage ich. »Jetzt fühle ich mich richtig mies, dass ich meine Geschwister nicht mag.«

»Du hast Geschwister?« Sie dreht sich zu mir, mit hochgezogenen Augenbrauen. »Du hast sie nie erwähnt.«

»Ich meine, sie sind meine Halbgeschwister«, sage ich achselzuckend. »Und sie sind fünf und zwei, also gibt's da nicht wirklich viel zu *erzählen.* Außerdem sind wir nicht zusammen aufgewachsen.«

»Aber sie sind klein«, sagt Siobhan. »Du kannst doch keine kleinen Kinder hassen.«

»Ich hasse sie nicht.« Ich bohre meine Fußspitze in den Sand. »Keine Ahnung. Es ist wie – ihnen ist nicht mal bewusst, was sie haben, verstehst du? Sie wachsen mit ihren beiden Eltern auf. Es ist, als hätten sie alles.«

»Ach, Mahalia.« Sie lehnt ihren Kopf an meine Schulter. Ich versuche mich nicht zu verkrampfen. »Sie sind doch noch Babys. Es gibt keinen Grund, eifersüchtig zu sein.«

»Ich weiß, und ich hasse es, dass ich *eifersüchtig* bin.«

»Sie können nichts dafür«, sagt sie. »Aber es muss hart sein, nicht beide Eltern um sich zu haben. Als ich klein war, hatte ich nicht viel von meinen Eltern, weil sie zu sehr mit ihrem Aufbaustudium beschäftigt waren, aber ich hatte immer Cousins, Cousinen, Tanten und Großeltern.«

»Ja«, sage ich und atme aus. »Ich hab nichts von all dem. Ich habe Naomi, aber manchmal fühle ich mich fremd bei ihr zu Hause. Ihre Eltern haben beide diese top Jobs und sie sind immer noch zusammen und Naomi und ihre Geschwister kriegen alle gleich viel Aufmerksamkeit. Mein Dad ist mit seiner neuen Familie beschäftigt, und meine Mom ist nur am Arbeiten.«

»Das klingt echt hart. Aber ...«

Ich drehe meinen Kopf, um ihr ins Gesicht zu sehen. Bleibe stehen. Ich fühle schon den Sand, der mir in die Schuhe sickert, aber es ist mir gleichgültig. Es ist schwer, Siobhan nicht anzuschauen, während hinter ihr der Mond aufgeht wie in einer Filmkulisse. Ihre so sanften Gesichtszüge, ihre hellbraune Haut, die Sommersprossen, die ihre Wangen sprenkeln. Ich will sie küssen. Es gibt keinen einzigen Augenblick, in dem ich sie *nicht* küssen will. Als ein Windstoß an uns vorbeifegt, schlinge ich meine Arme um mich und mache einen Schritt auf sie zu.

»Nur weil sie nicht um dich herum sind, heißt das nicht, dass sie dich nicht lieben«, sagt sie. »Es fühlt sich höchstens so an. Aber die Dinge sind nicht immer so, wie wir sie fühlen, weißt du? Manchmal habe ich das Gefühl, dass ...«

»Dass ...?«

»Es ist unsinnig.« Sie zuckt mit den Achseln. »Aber manchmal habe ich das Gefühl, als ob ich nirgendwohin gehöre. Die Leute fragen mich, woher ich komme oder was mein Name bedeutet, und sie starren mich länger an, und ich weiß, dass sie herausfinden wollen, wie meine Eltern aussehen. Ich gehöre zu keinem Ort meiner Eltern richtig.«

»Du meinst, zu keinem ihrer Herkunftsorte?«

»Ja, genau«, sagt sie. »Mum ist nicht mal aus Dublin – sie ist aus Cork, aber immer, wenn wir dorthin fahren, sind scheinbar alle weiß. Mir ist klar, dass ich nicht überempfindlich bin, weil es Dad genauso auffällt. Aber dann verbringen wir Zeit in Oakland, und ich bin heller als alle anderen. Ich weiß –«

Ihr Blick streift meine Hand, die dunkler ist als ihre.

»Ich weiß, dass es eigentlich keinen Grund gibt, mich zu beschweren«, sagt sie seufzend. »Aber hier ist niemand, der so aussieht wie ich oder Eltern aus verschiedenen Ländern hat wie ich. Ein Geschwister würde das verstehen.«

»Man muss eine Sache nicht verstehen können, um mitzufühlen«, sage ich. »Und Siobhan, du bist großartig. Ernsthaft. Es muss hart sein, aber deinen eigenen Weg zu bestimmen ... das ist eine so coole Sache, die du da tust. Vielleicht musstest du es von klein auf, aber es ist etwas, das so viele Menschen gerne besser könnten, weißt du, was ich meine?«

Ich halte inne, ängstlich, dass ich zu viel gesagt habe.

»Ja«, sagt sie nach einem Augenblick. »Aber wir alle wollen irgendwo hingehören.«

»Du gehörst zu deinen Eltern«, sage ich. »Zu deiner Familie. Und wenn du mit mir zusammen bist, gehörst du zu mir.«

Shit. Ihr Kopf dreht sich, ihr Blick fängt meinen und lässt ihn nicht wieder los. Unsere Füße sind im Sand und die Sonne geht unter. Ihre Haare sind überall, durchwirbelt vom Wind, und ihre Sommersprossen stechen hervor wie Sternbilder. Alles ist durcheinander und exakt da, wo es hingehört.

»Ich glaube, manche Menschen sind füreinander bestimmt«, erwidert sie mit gesenkter Stimme. »Wir können nicht wirklich was dafür, wenn wir ihnen nicht gleich begegnen. Wir können uns nicht sicher sein, bis wir die richtige Person treffen. Macht das Sinn?«

Ich kann nicht atmen.

»Siobhan«, sage ich. Sie hat mich etwas gefragt, aber ich kann ihr keine Antwort geben. »Was du auf der Party gesagt hast ... hast du gemeint –«

Sie stellt sich auf die Zehenspitzen, presst eine Hand an meine Wange, und küsst mich. Ich erwidere den Kuss, fast reflexartig. Ihre Lippen sind warm und schmecken nach Pfirsichlippenbalsam. Was mich am meisten überrascht, ist, wie natürlich es sich anfühlt, als sollte es genauso sein.

Bis sie zurückweicht.

Ihre Augen sind weit aufgerissen, weiter, als ich sie je gesehen habe. Ich halte mir die Hand vor den Mund. Meine Lippen fühlen sich taub an, so wie damals, als ich meine erste Zahnlücke hatte und die Zahnärztin mir Novocain gegeben hat. Auch Siobhan sieht leicht betäubt aus, aber nicht auf eine gute Art. Sie sieht erschrocken aus.

Aber warum? Sie ist diejenige, die *mich* geküsst hat.

Und ich wollte es. O Gott, ich wollte es. Ich will nur nicht, dass sie es bereut.

»Siobhan –«

Sie macht einen Schritt zurück. Mein Herz krampft sich zusammen.

»Ich brauche nur ...« Sie schüttelt den Kopf, ihre Stimme verliert sich. »Ich brauche nur etwas Zeit, um klarzukommen.«

AKTUELLER KONTOSTAND: 452,43 $

Ziel: 704 $

KAPITEL 21

Als ich an diesem Abend nach Hause komme, bin ich ein Knäuel aus verschiedenen Emotionen.

Sie hat mich *geküsst.* Sie hat mich wirklich geküsst. Ich hätte mir das im Leben nicht vorgestellt. Sie hat mich *am Strand geküsst* wie in irgendeiner Szene aus einem Liebesroman. Wenn sie nicht gleich darauf ausgeflippt wäre, hätte ich schwören können, dass ich das Ganze nur geträumt habe.

Gott. Als ich die Treppen zu unserer Wohnung hochsteige, zieht mich die ungeklärte Situation von eben richtig runter, und ich kann mich nicht mal dagegen wehren. Siobhan ist förmlich vor mir davongejagt. Ich habe keine Ahnung, wie es jetzt weitergeht. Wird sie mich wieder ignorieren? Wird sie Danny davon erzählen? Es war ja davor schon schräg genug. Wie viel schlimmer wird es sein, wenn sie bei ihm bleibt?

Als ich meinen Schlüssel im Schloss umdrehe und die Wohnung betrete, begrüßt mich Mom, die wie ein nervöses Wrack im Wohnzimmer herumläuft. Für eine Sekunde frage ich mich, ob ich vergessen habe, etwas für sie einzukaufen – aber ihr finsterer Gesichtsausdruck kann nicht daher stammen, dass ich ihr Lieblingsmüsli vergessen habe.

Langsam schließe ich die Tür hinter mir. Jetzt, wo sie stehen geblieben ist, kann ich sehen, dass sie eine Bibel in der Hand hält. O Gott. Das bedeutet nichts Gutes. Eine Million verschiedener Szenarien schießen mir durch den Kopf: Sie weiß, dass ich gay bin, sie weiß, dass ich nicht bei Naomi war, wie ich es ihr gesagt habe, sie ist *schwanger* –

»Mahalia Eve«, sagt sie und senkt ihre Brille. »Es ist zehn Uhr. Wo warst du, dass du so spät erst nach Hause kommst?«

Ich werfe einen Blick auf die Uhr, die über der Mikrowelle hängt. Sie hat recht, es ist Punkt zehn. Ich kapiere nur nicht, was daran so schlimm sein soll. Andere aus meiner Schule verbringen ihre Freitagabende auf Partys, die bis zum nächsten Morgen dauern. Und es ist auch nicht so, als gäbe es eine Sperrstunde für mich. Es gibt nur diesen unausgesprochenen Deal, dass ich von Mom den Arsch vollkriege, wenn ich *richtig* spät nach Hause komme, also so was wie um Mitternacht. Aber zehn ist jetzt wirklich nicht so spät.

»Ähm, ich weiß nicht«, sage ich. »Du hast mir keine Nachricht geschickt, also dachte ich, es ist kein großes Ding.«

»Ich sollte dir nicht erst eine Nachricht schicken müssen«, sagt Mom kopfschüttelnd. »Du kannst nicht einfach jeden Tag auf der Straße herumlungern, ohne mir Bescheid zu sagen. Ohne mich um *Erlaubnis* zu fragen. Wenn ich zulasse, dass du Zeit mit deiner Freundin verbringst, muss ich mich darauf verlassen können, dass du zu einer anständigen Zeit nach Hause kommst. Hast du mich verstanden?«

Warum flippt sie nur wegen so was aus? Als ich nicht sofort antworte, werden ihre Augen schmal.

»Ja«, sage ich. »Ja. Ich habe es verstanden.«

Die Ringe unter ihren Augen sehen dunkler als gewöhnlich aus, was keinen Sinn ergibt, weil sie doch gerade anfing, sich besser zu fühlen. Ich trete einen Schritt näher. Gegenüber von uns ist der Fernseher, aber er ist auf lautlos geschaltet. Auf dem Bildschirm läuft eine der Kirchensendungen, die sie normalerweise sonntagabends schaut, aber heute ist Freitag. Ich werfe einen Blick auf den Tisch, und sehe einen Haufen Briefumschläge, einige von ihnen sind ein paar Wochen alt. Sie sind übereinandergestapelt.

»Mom?« Ich setze mich auf die Couch. »Was ist hier los?«

Sie nimmt ihre Brille ab und reibt sich über die Stirn. Die Stille scheint sich ewig auszudehnen.

»Ich habe mir zu lange freigenommen«, sagt sie schließlich. »Mein Chef hat entschieden, mir zu kündigen.«

Wenn die eine Hälfte von mir vor diesem Gespräch auf Wolken geschwebt ist, dann reißen diese News sie jetzt mit dem Rest von mir zu Boden. Hart.

»Was?«, wiederhole ich. »Das können sie nicht machen. Ist das nicht gegen das Gesetz?«

Sie neigt ihren Kopf zur Seite, auf ihrem Gesicht erscheint ein verkrampftes Lächeln. »Wer wird sie davon abhalten, Baby?«

»Das weiß ich nicht«, ich durchforste mein Gehirn. »Wir könnten es melden. Wir könnten – wir könnten für dich eine Anwältin finden. Das können die nicht einfach *tun!*«

»Und woher würde ich das Geld für eine Anwältin nehmen?«

Mein Mund öffnet sich, aber ich habe keine Antwort. Ich bezweifele, dass meine Ersparnisse für eine Anwältin reichen werden. Sie hat recht. Aber es macht mich so dermaßen wütend, dass sie für Gesundwerden *gefeuert* wird. Von einem Arbeitsplatz, den sie jetzt seit fast fünf Jahren hat.

»Ich habe darüber nachgedacht«, sagt Mom. Sie stößt einen so tiefen Seufzer aus, dass es mir vorkommt, als würde der ganze Raum dadurch erschüttert. »Sie meinten, es wäre wegen Einsparungen, aber ich weiß, dass es an den Krankentagen lag. Ich war eine der Ersten, die gehen mussten, weil ich schon so lange keine Schicht mehr gemacht habe. Sie sind sehr geschickt.«

»Aber …« Ich blinzele die Tränen weg. »Du hast ein Kind. Und Rechnungen, die zu bezahlen sind. Kümmert die das denn gar nicht?«

»Mahalia.« Mom reibt sich die Stirn. »Manchmal … passieren diese Dinge.«

»Ja, und wennschon.«

Ich *will* sagen, dass diese Dinge ein Haufen Scheiße sind, aber sie ist nicht mehr zu krank, um mir den Mund mit Seife auszuwaschen, so wie damals, als ich mit dreizehn das Wort *Fuck* entdeckt hatte.

»Wir werden Abstriche machen müssen, Baby«, fährt Mom fort. »Ich versuche, mir etwas einfallen zu lassen. Aber so, wie es aussieht, werde ich nicht imstande sein, dir die Hälfte für die Party dazuzugeben. Es tut mir leid.«

In diesem Augenblick fange ich buchstäblich an zu weinen. Es ist das Peinlichste und Verzogendste, was ich jemals getan habe, aber ich breche sofort in Tränen aus. Mom sieht aus, als würde sie sich jetzt noch schlechter fühlen.

»Bist du sicher?«, sage ich. »Ist es wirklich so ernst?«

Aber das ist ein dummer Kommentar, eine dumme Frage, und ich bin sicher, dass wissen wir beide. Ich habe jetzt schon für Lebensmittel und Benzin bezahlt. Hätte Mom tatsächlich irgendwo noch ein bisschen Geld gehamstert, dann hätte sie es längst benutzt. Ich *weiß,* dass sie nichts dafürkann. Aber ich bin trotzdem traurig und wütend und fertig. Nie kriegen *wir* die schönen Dinge. Immer kommt irgendwas in letzter

Sekunde dazwischen. Eine überfällige Rechnung und mangelnde Ersparnisse haben mir sogar einen Strich durch den Sweet-Sixteen gemacht. Als ich dreizehn war, hielt die Geburt meiner kleinen Schwester Dad davon ab, zu meinem Abschlusskonzert zu kommen. Den Sommer nach der achten Klasse konnte ich nicht zu dem Musik-Camp, das ich online gefunden hatte, weil es zu teuer war und sie keine Stipendien anboten. Als das Mädchen, die ich mag, mich endlich küsst, gibt es ein Problem, weil was auch immer schiefgelaufen ist.

Jedes einzelne Mal, wenn ich etwas will, selbst wenn es noch so klein ist, wird es mir weggenommen. Es ist, als könnte ich überhaupt nichts haben.

»Ich bin sicher, Baby«, sagt sie. »Es tut mir wirklich leid.«

Ich bedecke mein Gesicht mit den Händen.

»Das ist so fucking ätzend.«

»Sprache«, sagt sie wie erwartet. »Ich weiß, dass es hart ist, aber –«

»Ich wünschte, du hättest es mir nicht versprochen.« Meine Worte werden durch die Hände vor meinem Mund gedämpft. »Ich hätte nie so viel Hoffnung gehabt, wenn du es nicht versprochen hättest.«

Ich kann ihren Gesichtsausdruck nicht sehen, aber ihr Schweigen erzählt mir, wie sie sich fühlt.

»Ich sagte, ich *versuche* dir die Hälfte dazuzugeben«, sagt sie nach einem langen Augenblick. »Ich habe es nie versprochen.«

Meine Kehle fühlt sich roh an, als hätte ich gerade etwas Scharfes verschluckt. Ich wische mir grob über das Gesicht und nicke den Boden an. Es ist gut. Es ist okay. Ich werde meine Party trotzdem organisieren – ich habe fast das ganze Geld für die Anzahlung zusammen – und sobald ich aus der

Bewährungszeit entlassen bin, werde ich nicht lange brauchen, um den Rest zu verdienen.

Und Mom? Sie wird klarkommen. Wir hatten schon öfter Geldsorgen. Sie wird einen anderen Job finden. Es wird passieren. Alles wird gut werden.

Also warum lass ich meinen gesamten Körper hängen, als könnte ich jetzt schon mehr Enttäuschung vorhersehen?

»Du hast recht«, sage ich und quäle mich aus der Couch.

Dann drehe ich mich um und gehe in mein Zimmer.

Mom folgt mir nicht.

AKTUELLER KONTOSTAND: 432,43 $

–20 $ für Benzin
Ziel: 1.408 $

KAPITEL 22

Mein Dad hat mir mal erklärt, sich in eine Frau zu verlieben, ist wie den Atem anhalten. Ich habe diese Aussage von ihm immer extrem dramatisch und verstörend gefunden, aber jetzt verstehe ich sie. Ich hab das ganze Wochenende im Bett verbracht, mich elend gefühlt, und man würde denken, es läge daran, dass Mom ihre Arbeit verloren hat. Aber es liegt an Siobhan. Ich denke ununterbrochen an sie. Wie ihre Hand nach meinem Gesicht gegriffen hat, wie sie mich an sich gezogen hat, als könnte sie einfach nicht mehr anders. Vielleicht brauche ich das, um mich von dieser ganzen Situation mit Mom abzulenken.

Immer wieder lasse ich unsere Begegnungen Revue passieren. Wie fühlt sie sich jetzt gerade? Was denkt sie über den Kuss? Warum antwortet sie nicht auf meine Nachrichten? Ich will ihr schreiben und sie fragen, ob sie Zeit braucht, aber das fühlt sich albern und übergriffig an. Das Schlimmste an der ganzen Sache ist, dass ich diesen Kuss *wollte.* Ich wollte ihn richtig, richtig doll. Aber ich bin nicht sicher, ob ich einen Kuss für den Preis, nie wieder mit ihr zu sprechen, eintauschen würde.

»Gib mir die zurück«, sagt Naomi. »Greta hat ihre Augen überall.«

Ich blinzele mich zurück auf die Erde. Meine Bewährungszeit ist jetzt aufgehoben, also darf ich mit Naomi die Regale mit Nudelpackungen füllen, ohne dabei von Bills Laserblick auf Fehler gescannt zu werden, aber meine Stunden – und damit mein Gehalt – sind immer noch reduziert.

»Ich kann's echt nicht glauben«, sagt Naomi und knallt ihre Handflächen gegen ihre Schürze. »Du bist so weit weg. Ehrlich gesagt erschreckt mich das.«

»Es ist schrecklich.« Ich reibe mir mit beiden Händen über die Augen. »Ich wünschte, ich könnte es stoppen.«

»Tust du nicht.«

»Tu ich wohl.«

»Du willst aufhören, sie zu mögen? Und sie soll aufhören, dich zu mögen?«

»Ich *weiß* nicht mal, ob sie mich mag.«

»Mahalia.« Naomi greift nach meinen Händen und zieht sie mir vom Gesicht weg. »Sie hat dich geküsst. Betrachten wir das mal rational, okay? Dass sie dich mag, wissen wir ziemlich sicher. Dass sie einen Freund hat, wissen wir ziemlich sicher. Dass sie dich geküsst hat, während sie noch zusammen sind, wissen wir ziemlich sicher.«

»Ich hab das nicht gewollt«, sage ich. »Es ist einfach passiert.«

»Du klingst wie jede Person inmitten jeder Affäre, die es jemals gegeben hat.«

»Es ist keine *Affäre.*«

Sie wirft mir einen mitleidigen Blick zu, und ich fühle mich nicht mal schlecht damit.

»Vielleicht schreibe ich ihr einen Brief.«

»Einen Brief?« Sämtliches Wohlwollen in Naomis Ausdruck erlischt. »Mahalia ...«

»Was?«

»Wer liest denn heute noch Liebesbriefe?«, fragt sie kopfschüttelnd. »Mit so was siehst du aus wie ein liebeskranker alter Mann.«

»Das ist ja gerade das *Romantische* daran.«

Der Witz landet nicht wirklich. Naomi verdreht nur die Augen und wendet sich wieder dem Nudelfach zu. Aber irgendwas an meinem Schweigen spricht wohl für sich, denn nach einem Augenblick dreht sie sich wieder zu mir und fragt mit sanfterer Stimme: »Wie läuft's mit deiner Mom?«

Gott. Das ist wirklich das Allerletzte, worüber ich sprechen will.

»Es läuft gut«, sage ich. »Weißt du, ich versuche immer noch für meine Party zu sparen und so. Das wird schon alles.«

Die Wahrheit ist, dass Mom und ich uns das ganze Wochenende aus dem Weg gegangen sind. Mom hing ziemlich viel am Computer, wahrscheinlich hat sie nach Jobs gesucht. Aber ehrlich gesagt hätte ich sowieso nicht gern mit ihr geredet, selbst *wenn* wir unsere kleine Auseinandersetzung nicht gehabt hätten. Bei der Jobsuche kann ich ihr eh nicht helfen, und ich wollte auch nicht, dass irgendwelche Details über Siobhan aus mir rausrutschen.

»Bist du sicher?«

»Was soll die Frage, ob ich sicher bin? Jesus, Naomi.«

»Schon gut, schon gut.« Naomi hält beide Hände hoch. »So hab ich's doch nicht gemeint.«

Ich will gerade etwas erwidern, als ich ein Schluchzen höre. Naomis Augenbrauen schießen in die Höhe. Auf Zehenspitzen schleiche ich aus dem Gang, und Naomi folgt mir. Ein älterer Mann in einem Anzug beugt sich weinend über die Avocados.

»O nein«, flüstert Naomi. »Glaubst du, mit ihm stimmt was nicht?«

»Ich kann mir nicht vorstellen, dass Avocados irgendwen so zum Weinen bringen.«

Einen Augenblick lang starren wir den Mann nur an. Er zieht ein Taschentuch aus seiner Tasche und wischt sich über das Gesicht. O Gott. Ich hasse es, andere Menschen weinen zu sehen. Vor allem, wenn es *erwachsene* Menschen sind. Meine Mom hat sich angewöhnt zu weinen, wenn sie mich außer Sichtweite wähnt, aber gehört habe ich sie trotzdem schon. Es macht mich immer völlig hilflos, und genauso ist es jetzt auch. Ich will mich einfach nur so weit wie möglich entfernen.

Aber Naomi greift mich am Handgelenk und zieht mich vorwärts. Ehe ich überhaupt die Chance bekomme, sie zu fragen, ob wir hier gerade das Richtige tun – ob dieser Typ vielleicht vor Avocados weinen will, ohne dass ihm dabei jemand zuschaut –, sind wir schon bei ihm.

Von Nahem sieht er sogar noch trauriger aus. Die Haut um seine Augen ist rosa, und sein Gesicht ist voller Falten. Von der Vorstellung, dass etwas Schlimmes, ich meine, etwas *richtig* Schlimmes passiert sein könnte, wird mir gerade richtig schlecht.

»Hallo, Sir«, sagt Naomi. Sie klingt, als würde sie mit einem kleinen Tier reden. »Ich bin Naomi, und das ist meine Freundin Mahalia. Wir haben Sie gesehen und dachten, dass Sie vielleicht Hilfe brauchen?«

»Ja«, sage ich. »Sind die Avocados wirklich so schlecht?«

Naomi starrt mich an.

Er zieht ein wenig den Kopf ein, ehe er zwischen uns beiden hin- und herschaut und seine Augen noch ein wenig mehr mit einem Taschentuch abtupft. In der Hand hält er einen Einkaufskorb, in dem aber nur ein paar Pakete Graham Cracker sind. »Es tut mir leid. Ich dachte, es wäre niemand hier. Mit den Avocados ist alles gut. Sie sind perfekt. Die Produkte hier sind immer perfekt.«

Irgendwie scheinen Naomi die Worte ausgegangen zu sein. Ich will den Mann berühren, ihm eine Hand auf die Schulter legen oder so, aber ich weiß nicht, wie ich es anstellen soll, ohne dass es verkrampft rüberkommt. Vor allem, weil er sich von uns abwendet, als würde er sich schämen.

»Keine Sorge«, versichere ich ihm. »Hier sind nur wir, und Naomi ist die Einzige, die wirklich arbeitet. Ich verstecke mich bloß und versuche mich vor all meinen Verantwortungen zu drücken.«

Naomi starrt mich wieder an, aber zu meiner Überraschung schmunzelt der Mann jetzt.

»Das ist witzig«, sagt er. »Vielleicht ist das der Grund, warum ich dich hier noch nie gesehen habe.«

»Wir gehen auch noch zur Schule«, sagt Naomi. »Also liegt es auch daran.«

»Ja«, sagt der Mann nickend. »Daran kann es natürlich auch liegen.«

»Können wir Ihnen helfen, etwas zu finden?« Ich werfe einen Blick auf seinen Einkaufskorb. »Also, etwas anderes als Graham Cracker? Nichts für ungut, aber diese Marke taugt nichts.«

Naomi stupst mich an. Vielleicht hab ich jetzt wieder was Falsches gesagt.

»Oh«, sagt er und schaut auf die Packungen. »Nein, nein, danke. Das waren die Lieblingscracker meiner Tochter.«

»Hat sie was Besseres zum Knabbern gefunden?«

»Nein«, sagt er. »Sie ist gestorben.«

Scheiße. Ich sollte definitiv meinen Mund halten. Naomi wirft mir ihren *Willst-du-mich-verarschen*-Blick zu.

»Es tut mir leid«, sage ich im selben Moment wie Naomi: »Mein herzlichstes Beileid.«

»Danke, ihr zwei«, sagt er schniefend. »Es ist schon zwei Jahre her, aber ihr müsst verstehen, an so etwas kann sich niemand jemals gewöhnen.«

Keine Person aus meinem Leben ist jemals gestorben. Mir fällt nur dieses eine Mal in der Grundschule ein, als wir ein Buch über ein Kind, dessen Mutter gestorben war, gelesen haben. Ich war untröstlich. Mir war damals nicht bewusst, dass *meine* Mutter eines Tages sterben könnte. Ich kann es mir immer noch nicht vorstellen. Was würde ich ohne meine Mom tun? Was würde *irgendwer* ohne die eigene Mutter tun? Wie viel schlimmer muss es sein, das eigene Kind zu verlieren?

»Es tut mir leid«, sage ich wieder. »Eigentlich sind die Graham Cracker gar nicht so übel.«

»O nein«, erwidert der Mann, und in seiner Brust regt sich ein Lachen. »Sie sind grauenhaft. Sie schmecken wie Sägespäne.«

»Ja«, stimme ich ihm zu, wahrscheinlich ein bisschen zu laut. »Exakt. Das sag ich immer wieder, und dann schauen mich alle immer nur schräg an.«

Mir ist klar, dass in diesem Laden alles bio sein soll. Es ist Gretas *Markenzeichen* oder was auch immer. Aber das bedeutet doch nicht, dass alles grauenhaft schmecken muss.

»Ich danke euch, Mädels«, sagt der Mann. Das Lächeln, das er uns zuwirft, ist dünn, ein wenig gezwungen, aber es ist immerhin etwas. »Das Lachen hat mir gutgetan.«

Mir würde es, glaube ich, auch guttun. Aber das hält Naomi

nicht davon ab, mir in die Rippen zu stoßen, als wir uns entfernen.

»Mahalia, was geht *ab* bei dir?«, fährt sie mich an. »Was, wenn er wieder angefangen hätte zu weinen?«

»Tja. Hat er nicht. Also.«

»Puh«, sagt sie. »Du machst mich fertig.«

»Du liebst mich.«

»Ja«, sagt sie und steuert zurück in den Nudelgang. »Was auch immer.«

Aber ich habe noch immer nichts von Siobhan gehört. Und mein Herz sticht, nur ein bisschen.

AKTUELLER KONTOSTAND: 332,43 $

–100 $ Beitrag an Mom für die Stromrechnung
Ziel: 1.408 $

KAPITEL 23

Mom hat mich auch früher schon um Dinge gebeten. Sie wollte, dass ich das Geschirr abwasche, Dankesbriefe an meine Großeltern schreibe, Benzingeld zahle. Aber was sie jetzt von mir will, schockiert mich ehrlich gesagt.

»Ich weiß, dass es viel verlangt ist«, sagt sie und reibt sich wieder mit der Hand über die Stirn. »Ich weiß. Aber ich werde es dir zurückzahlen.«

Es ist Dienstag, und ich bin buchstäblich zu spät dran für die Schule, aber sie hat mich genau in dem Moment abgepasst, als ich zur Tür rauswollte, und ich bin sicher, das war ihr Plan.

»Bis wann brauchst du es?«

Mom schaut mich nicht an. Sie spreizt ihre Hände auf dem Tisch.

»Wir sind schon zu spät dran mit der Stromrechnung«, gibt sie zu. »Ich habe versucht zu – ich bitte dich nicht um den ganzen Betrag. Nur um hundert Dollar.«

Ich hasse alles daran, wie Mom mich nicht ansieht, ihren gebeugten Rücken, als würde sie betteln, allein die Tatsache, dass sie *mich* um Geld bittet. Wen hat sie alles fragen müssen, ehe sie zu mir kam? Ich weiß, dass meine Großeltern sich geweigert haben, ihr Geld zu geben, seit sie mit mir schwanger war, und mein Dad *sagt* immer nur, dass er helfen wird. Einen Augenblick lang muss ich mich echt fragen, ob sie sich schon an ihn gewendet hat und ich jetzt ihr letzter Rettungsversuch bin.

Mir ist bewusst, dass es ein beschissener Arschloch-Gedanke ist, aber ich kann nicht anders als daran denken, dass sie mir schon etwas *schuldet*. Und dass es für den Kloß in *meiner* Kehle eigentlich gar keinen Grund gibt.

»Weißt du, was?« Mom schiebt den Stapel an Rechnungen von sich weg. »Vergiss es einfach. Mach dir keine Sorgen. Fahr zur Schule. Mir fällt schon was ein.«

Ich ziehe mein Handy halb aus der Tasche. Ich komme nur noch später. Meine Klassenlehrerin Mrs Tell wird mich umbringen. Als ich hochschaue, ruckt Moms Kehlkopf auf und ab, während sie auf einen Briefumschlag schaut. Auf der Rückseite sind so viele durchgekreuzte Zahlen, dass mir schwindelig wird.

»Es ist okay«, sage ich und gehe zur Tür. »Das Geld ist in dem blauen Schuhkarton unter meinem Bett. Du kannst es dir rausnehmen.«

Mom schaut hoch. Ich kann ihrem Blick nicht lange standhalten – diese Mischung aus Hoffnung und Scham ist einfach zu viel.

»Bist du sicher?«

»Absolut.« Ich nicke, ich bin schon halb aus der Tür. »Kein Problem.«

Ich wollte die Tür nicht hinter mir zuschlagen, aber ich mache es. Und dann verbringe ich die gesamte Fahrt zur Schule damit, mich anzustrengen, nicht nach draußen auf die Straße zu schreien.

♩ ♫ ♪

Ich bin mit Naomi beim Lunch, als ich die Textnachricht bekomme.

Triff mich heute Abend am Strand. Bitte, bitte, bitte, ich muss unbedingt mit dir sprechen.

Ich muss es ein paar Mal lesen, ehe es richtig landet. Und selbst dann bin ich nicht glücklich darüber. Jedenfalls nicht so, wie ich es sein sollte. Mir ist nach Schreien zumute, seit ich das Haus verlassen habe, und Siobhans Text lässt dieses Bedürfnis definitiv nicht verschwinden. Ich krieg kaum das Essen runter, das mir Naomi von zu Hause mitgebracht hat – und sie bringt immer den heißesten Scheiß, Gourmet Kettle Chips, mit Namen, die ich nicht mal aussprechen kann.

»Mahalia?«, Naomi legt ihr Sandwich ab. »Hat deine Mom geschrieben?«

»Nein«, sage ich superschnell und schiebe mir einen Kartoffelchip in den Mund. »Nein, nicht sie. Schau dir das an.«

Naomi überfliegt den Text. »Oh«, sagt sie. »Das ist gut, oder?«

»Ich weiß nicht«, sage ich. »Was, wenn es irgendwelche schlechten Nachrichten sind?«

Sie könnte mir sagen, dass sie nicht mehr mit mir abhängen will. Und ehrlich gesagt wäre das wahrscheinlich auch das Beste. Vielleicht würde ich mich dann nicht die ganze Zeit so zerrissen fühlen wegen ihr. Aber hören zu müssen, wie sie diese Worte ausspricht – das wird die Hölle sein.

»Ich meine …« Naomi schürzt die Lippen. »Sie will wahrscheinlich über Grenzen reden.«

Ich werfe meinen Kopf zurück und stöhne so laut auf, dass es fast ein Schrei ist. Aber in dem ganzen Schulcafeteria-Chaos schaut niemand zu uns rüber.

»Ernsthaft jetzt.« Naomi verschlingt ein paar Kettle-Chips. »Es klingt nicht schlecht.«

»Sie hat einen Freund.«

»Mahalia. Hör doch einfach erst mal, was sie zu sagen hat.«

»Wenn du meinst.«

Den Rest des Tages kann ich an nichts anderes denken als an die Nachricht, selbst bei der Arbeit. Dabei muss ich echt darauf achten, einen guten Job zu machen. Ich kann mir keine zweite Bewährungszeit leisten. Als ich mich bei Naomi darüber beschwere, besprüht sie gerade ein paar der Früchte in der Obst- und Gemüseabteilung mit einer Wasserflasche.

»Willkommen in der Realität«, sagt sie gewichtig. »Meine Eltern reden ständig über Rechnungen und dass wir lernen sollen, den Wert eines Dollars und all das zu schätzen.«

»Aber bei euch ist das was anderes.«

»Was meinst du damit?« Sie zieht eine Augenbraue hoch. »Wir kriegen genauso Rechnungen wie ihr.«

»Jetzt komm schon«, sage ich und trete einen Schritt zurück, damit ich die Gurken besprühen kann. »Rechnungen für drei Kinder, ein riesiges Haus und ein Haufen Autos sind ja wohl nicht vergleichbar mit der schäbigen Zweizimmerwohnung, für die meine Mom und ich uns abrackern müssen.«

Sie schweigt für einen langen Moment. Ich schließe meine Augen. Leise verfluche ich mich selbst. Warum sage ich so was? Ein Teil von mir will es zurücknehmen, aber ein anderer Teil sagt: Scheiß drauf. Schließlich hab ich nichts *getan.* Ich habe nur die Wahrheit gesagt.

Das einzige Geräusch sind die lauten, schiefen Gitarrenklänge irgendeines endlosen Michael-Franti-Liedes, das aus dem Lautsprecher dringt. Als mein Blick zu Naomi huscht, sehe ich, dass sie ihre Wasserflasche dicht an der Brust hält. Ich seufze und mache einen Schritt auf sie zu.

»Hör zu, Naomi –«

»Hallo, Mädels.«

Ich drehe mich um. Es ist derselbe Mann, der gestern vor den Avocados geweint hat. Er trägt einen Anzug – oder etwas, das zumindest aussieht wie ein Anzug –, nur ohne die Jacke. Dieses Mal weint er zum Glück nicht. Er lacht sogar. Ausgerechnet jetzt, wo wir uns einmal streiten, kommt er, um uns zu sehen. Mit einer sehr bedächtigen Geste platziert er eine Avocado auf dem Kassenband. Ich kann mir ein Lächeln nicht verkneifen.

»Oh«, sagt Naomi. »Hi, Mr …«

»O, nennt mich einfach Jimmy«, sagt er und winkt ab. »Eure Namen kenne ich ja schon. Ich war nicht sicher, wann ihr arbeitet, aber ich hätte nicht gedacht, dass ich euch so schnell wiedertreffe.«

»Tja, jetzt wissen Sie es«, sagt Naomi. »Stets bei der Arbeit. Mahalia allerdings nicht.«

Normalerweise würde ich darüber lachen. Heute fühlt es sich an wie ein Stich.

»Richtig«, sagt er. »Ich erinnere mich.«

Sie braucht nicht lange, um eine einzelne Avocado zu berechnen und sie für ihn in einer Papiertüte zu verstauen. Aber selbst nachdem sie ihm den Kassenbeleg gegeben hat, verharrt er an der Kasse.

»Können wir noch etwas für Sie tun?«, frage ich. »Sind Sie noch auf der Suche nach etwas?«

»Nein, nein.« Für eine Sekunde sieht sein Gesichtsausdruck ernüchtert aus. »Ich wollte euch beiden nur noch einmal danken.«

»Wir haben nicht wirklich etwas gemacht«, erwidert Naomi. Ich nicke.

»Für mein Gefühl schon«, sagt er, und ein vorsichtiges Lächeln erscheint auf seinen Lippen. »Dafür wollte ich euch danken. Wenn ich mich irgendwann einmal dafür revanchieren kann, lasst es mich wissen.«

Dass weiße Männer, sogar alte, immer kriegen, was sie wollen, liegt aus meiner Sicht daran, dass uns allen von der Gesellschaft einprogrammiert wurde, uns um sie kümmern zu wollen. Mich sollten die Gefühle irgendeines weißen Dudes im Supermarkt nicht kümmern und trotzdem – hier bin ich, beinahe tränenerstickt von seinen leisen Worten.

»Oh«, sage ich. »Wir könnten nichts von Ihnen annehmen.«

»Na dann«, sagt er. »Ich komm einfach ab und zu auf einen Besuch vorbei. Es war schön, euch wiederzusehen, Mädels. Bis zum nächsten Mal.«

Ehe wir etwas erwidern können, verlässt er den Laden. Ich drehe mich zu Naomi, um etwas zu sagen, aber sie hat sich schon wieder auf den Weg zum Obst und Gemüse gemacht.

Gott. Das wird heute definitiv ein langer Tag. Ich seufze und gehe zurück zu meiner eigenen Wasserflasche.

♩♫♪

Als ich mit dem Wagen vorfahre, wartet Siobhan am Eingang zum Strand auf mich. Das bedeutet, ich kann nicht mal weglaufen und mich verstecken. Scheiße. Ich parke den Wagen und reibe meine verschwitzten Hände an den Shorts ab. Ich frage mich, wie das jetzt wohl ablaufen soll. Wird sie sich Zeit lassen oder das Pflaster mit einem Ruck abreißen? Als ich näher komme, sehe ich, dass sie ihre Haare zu einem kurzen Pferdeschwanz zurückgebunden hat und wieder einen Overall trägt. Sie sieht tatsächlich nervös aus. Etwas zieht an meinem Herzen.

»Hey«, begrüßt sie mich mit ganz sanfter Stimme. »Ich bin froh, dass du gekommen bist.«

»Ja.«

Sie schaut sich um, als wäre jemand hinter uns, bevor sie ihre Hand ausstreckt. Blinzelnd blicke ich darauf. Sie klatscht die Hand gegen ihre Hüfte.

»Okay«, sagt sie und räuspert sich. »Können wir ein bisschen laufen?«

Ich beiße mir auf die Lippe und nicke, wortlos, traue mir selbst nicht. Ich laufe neben ihr her und versuche gerade so viel Abstand zu halten, dass wir uns nicht ins Gehege kommen und die Distanz zwischen uns dennoch nicht zu groß wird. Ich versuche mein Bestes, nach Worten zu fischen, als sie endlich anfängt zu reden.

»Es tut mir leid«, sagt sie. »Dass ich ... weggelaufen bin. Das war nicht cool.«

Ich stolpere fast über meine eigenen Füße.

»Ich weiß, dass die Situation dich verwirrt«, sage ich und vergrabe meine Hände in den Hosentaschen. »Aber ich wünschte, du hättest einfach ... mit mir *geredet.«*

»Ich weiß«, sagt sie. Ihre Mundwinkel zucken. »Es tut mir leid, dass ich schon wieder ein ganzes Wochenende gebraucht habe, um dich noch mal anzusprechen.«

Ich starre sie aus dem Augenwinkel an. Ihr Lächeln verschwindet.

»Okay«, sage ich und drehe mich jetzt ganz zu ihr um. »Warum hast du mich überhaupt hierhergeschleppt?«

Ich sehe es schon bildlich vor mir. Sie wird sagen, dass sie noch nie zuvor ein Mädchen geküsst hat, es aber immer schon probieren wollte. Dass sie noch immer mit Danny zusammen ist und nicht mit ihm Schluss machen wird. Dass sie immer noch mit mir befreundet sein will. Ich bin ziemlich sicher, dass dieses ganze Gespräch mich umbringen wird.

»Ich weiß nicht«, sagt sie, und in ihren Augen ist wieder dieses nervöse Geflacker. »Ich meine ...«

»Was?«, presse ich hervor.

»Puh.« Sie wirft den Kopf zurück. »Mahalia, ich bin – ich war noch nie in einer solchen Situation. Ich schwöre, dass ich – ich habe mir so viele Gedanken darüber gemacht. Und zwar jeden Moment, seit es passiert ist. Ich konnte nicht aufhören.«

Meine Kehle wird trocken. Ich will, dass sie aufhört, und ich will, dass sie weitermacht.

»Es ist – ich habe noch nie –, ich mach das hier nicht so, wie ich es machen wollte.«

Sie greift nach ein paar Haarsträhnen. Ich will nach ihrer Hand greifen, aber mein ganzer Körper ist wie erstarrt.

»Ich habe – ich hatte schon Crushes auf Mädchen. Glaube ich. Ich habe nur noch nie – es klingt so klischeehaft, aber ich dachte, es wäre eine Phase. Und ich hatte noch nie eine Freundin. Noch nie ein Date mit einem Mädchen. Verstehst du, was ich meine?«

Ich merke kaum, dass sie innehält, so kurz ist es.

»Und trotzdem, ich ...« Sie schüttelt den Kopf. »Hier ist alles so anders. Vielleicht wäre es einfacher, wenn es nicht um Danny ginge. Darüber habe ich nachgedacht. Schon seit unserem ersten Treffen hat sich das Zusammensein mit dir so leicht angefühlt, und ich habe gemerkt, dass ich mich jedes Mal darauf gefreut habe, sogar wenn ich mit ihm zusammen war. Und ich habe mich so grauenvoll dabei gefühlt.«

Sie holt tief Luft, schließt die Augen. »Ich fühle mich immer noch grauenvoll dabei.«

»Es ist okay«, höre ich mich selbst sagen. »Ehrlich. Ich versteh's.«

Ihre Augen öffnen sich ruckartig. »Wirklich?«

»Ja.« Meine Stimme bricht. Ich räuspere mich. »Hör zu, ich versteh das. Ich meine … er ist dein Freund. Und der Kuss war eine Kurzschlussreaktion, mehr nicht. Also verstehe ich, wenn du –«

»Nein«, sagt sie. »Ich glaube nicht, dass du es verstehst, Mahalia. Ich habe heute Morgen mit Danny Schluss gemacht.«

Meine Augen weiten sich. Siobhan schaut mich an, mit diesem intensiven Blick, als wollte sie damit um mein Verständnis ringen. Die ganze Zeit hab ich mich für ihre Ablehnung gerüstet, aber …

»Im Ernst jetzt?«

»Ich weiß«, sagt sie. »Ich weiß. Es ist viel. Aber ich … ich mag dich. Dieses – Zeit mit dir verbringen – dich *küssen* – bedeutet mir voll viel. Ich würde es gerne weiter tun.«

Ich öffne meinen Mund, aber nichts kommt raus. Sie faltet ihre Hände. Es ist, als wäre sie ein kleines Kind, das mich anbettelt, ihr zu Weihnachten eine Puppe zu schenken. Aber hier geht es nicht um eine Puppe, die ich mir nicht leisten kann. Siobhan sagt mir gerade, dass sie mich mag, genauso wie ich sie mag.

»O Shit«, sage ich. »Ich mag dich auch. Ich meine, *wirklich.*«

Dann küsse ich sie, fest.

Ich fühle mich, als könnte ich fliegen.

Zweiter Entwurf einer Playlist für Siobhan

(mit Input von Naomi)

- »Isn't She Lovely« by Stevie Wonder

Hier geht's um ein Baby. Mahalia. Stopp.

Ich wollte nur sehen, ob's funktioniert.

Tja. Tut es nicht.

- »Every Breath You Take« by The Police

Dieser Song ist creepy

Ja schon, aber die meisten Leute achten nicht so genau auf die Lyrics, und es geht am Ende ja nur darum, romantisch zu sein.

Was, wenn sie hört, was er singt?

Was, wenn sie nur den Klang seiner Stimme hört?

Mahalia, du wirst sie komplett verschrecken. Ich würde weglaufen.

- »Love My Way« by The Psychedelic Furs

Ist das ein Liebeslied?

Keine Ahnung. Ich schätze, es könnte eins sein?

War nicht der springende Punkt, mehr Liebeslieder auf die Playlist zu setzen?

- »Lose My Breath« by Destiny's Child

GENEHMIGT.

- »Please, Please, Please, Let Me Get What I Want« by the Smiths

Girl. Das ist schon ein bisschen pathetisch.

- »Mercy Mercy Me (The Ecology)« by Marvin Gaye

Ein Lied über die Umwelt???

Also, tja, aber es kann auch eine andere Bedeutung haben.

Das ist schräg.

- »Whatta Man« by Salt-N-Pepa

Geht das trotzdem, obwohl sie ja kein Mann ist?

Äh, denk schon?

- »Burnin' Up« by the Jonas Brothers

Naomi. Auf keinen Fall.

Ich bin ziemlich sicher, das ist ein Klassiker.

Geh weg.

- »When a Man Loves a Woman« by Percy Sledge

Noch mal: Geht das für ein Mädchen?

Ojeeeee, vielleicht? Aber ich bin ziemlich sicher, dass meine Eltern dazu auf ihrer Hochzeit getanzt haben, also, es könnte too much sein.

- »Crazy in Love« by Beyoncé

Also, Jay-Z will ich echt nirgendwo auf dieser Playlist.

Puh, wirst du wirklich auf ewig sauer sein?

JA!!!!!!

- »Brown Eyed Girl« by Van Morrison

- »My Girl« by The Temptations

Zu früh.

Echt jetzt?

Definitiv.

- »Happy Together« by the Turtles

Dieser Song klingt irgendwie unheimlich.

Ich finde ihn cool???

Okay, schaun wir mal, was Siobhan findet.

- »Can't Take My Eyes Off You« by Frankie Valli and the Four Seasons

Du solltest versuchen, die Version von Heath Ledger zu finden.

- »I'll Make Love to You« by Boyz II Men

Das ist nicht nur SUPER schräg, weil ihr noch keinen Sex hattet und es vielleicht auch nie dazu kommt, sondern auch, weil du jetzt anfängst, wie mein Dad zu klingen.

Es ist romantisch!!!

... wenn mein Dad dir zustimmt, haben wir ein Problem.

AKTUELLER KONTOSTAND: 332,43 $

Ziel: 1.408 $

KAPITEL 24

Als mein Englischlehrer Mr Lewis am Donnerstag an mir vorbeigeht und mir meinen Test aufs Pult legt, schenke ich ihm kaum Beachtung. Die Rückseite liegt oben, also muss ich den Test umdrehen, um meine Punktzahl zu sehen. Achtundsechzig. Ich sauge die Luft durch die Zähne.

Mr Lewis geht wieder nach vorn. Es fühlt sich an, als würde er mich fixieren, während er sagt: »Für einige von Ihnen war dieser Test keine Glanzleistung. Ich bleibe nach dem Unterricht noch hier, falls Sie über Ihre Noten sprechen möchten. Und jetzt zum *Fänger im Roggen* ...«

Von der anderen Seite des Klassenzimmers fängt Naomi für einen kurzen Moment meinen Blick ein, aber ich schaue schnell wieder auf meine Tischplatte. Diese niedrige Punktzahl in einem sonst für mich so leichten Schulfach wie Englisch sollte mich zum Kochen bringen. Während des Tests war ich mit meinen Gedanken woanders – gefangen zwischen Siobhan und Moms auftürmenden Bergen voll Rechnungen.

»Es ist interessant, wie reich Holden ist«, sagt Lindsay Rocha. »Ich glaube, das beeinflusst seine Sichtweise auf New York.«

»Ja«, sagt ein anderes Mädchen, Alison Richards. »In seinem normalen Leben, zumindest, wenn er nicht in der Schule ist, geht er wahrscheinlich ständig auf Nobelpartys im Plaza.«

Die Diskussion geht weiter, aber ich fange an zu kritzeln. Normalerweise reserviere ich das für die Mathe- oder Naturwissenschaftsstunden. Aber in der letzten Zeit ist es egal, in welcher Schulstunde ich bin – mein Kopf ist völlig vernebelt und kritzeln hilft. Ehe mir klar wird, was ich da gerade tue, habe ich ein Kleid skizziert. Die Art von Kleid, die ich zu einer Black-Tie Party im Plaza tragen würde. Ich lehne mich auf meinem Stuhl zurück und betrachte meine Skizze ausgiebig. Das Kleid ist aus Chiffon, schulterfrei, mit sechs Stufen, die in sanften Wellen bis zum Boden reichen. Hätte ich Buntstifte, würde ich es in den Regenbogenfarben ausmalen, die ich vor meinem geistigen Auge sehe.

Nachdem ich mit Naomi in dieser Albtraumboutique war, dachte ich, ich hätte meinen Geschmack für ausgefallene Kleider verloren. Aber das hier ist perfekt. Ich stelle mir vor, wie ich in meine eigene Party hineinstolziere – alle Blicke fliegen mir zu, der Stoff des Kleides umrauscht meine Beine auf magische Weise. Ja, ich kann es sehen.

Plötzlich fliegt mir etwas direkt vors Gesicht. Reflexartig schnelle ich zurück, falle dabei fast vom Stuhl und sehe, dass es sich um einen Football handelt. Wer zur Hölle schleudert im *Mai* einen Football durchs Klassenzimmer?

»Mr Elliot«, zischt Mr Lewis. »Möchten Sie gerne das Schulbüro besuchen?«

Danny, der in einer der hinteren Reihen sitzt, grinst dumm, denn genau das ist er natürlich.

»Nein«, sagt er. »Tut mir leid.«

Es klingelt zur Pause, aber es unterbricht nicht das Gekicher im Klassenraum.

»Entschuldigen Sie sich nicht bei mir«, sagt Mr Lewis. »Entschuldigen Sie sich bei Ms Harris.«

Gott. Ich will nicht, dass sich Danny bei mir entschuldigt. Ich will nicht mal, dass er mit mir spricht, vor allem nicht nach unserer desaströsen Präsentation. So schnell ich kann, packe ich meine Bücher zusammen, aber das hält Danny nicht davon ab, zu mir hinzutrampeln. Sein Football ist zum Fenster rübergerollt.

»Tut mir leid«, entschuldigt er sich mit einer ausdruckslosen Stimme. Er nimmt nicht mal Augenkontakt zu mir auf.

»Ja«, sage ich. »Was auch immer.«

Er hat es ziemlich eilig, zurück zu seinen Freunden in den Schulflur zu sprinten.

Gott. Ich hasse Danny. Ich stopfe meine Bücher in meine Tasche und begebe mich Richtung Tür, aber als ich an Mr Lewis' Pult vorbeikomme, streckt er eine Hand nach mir aus.

»Mahalia«, sagt er. »Haben Sie vielleicht noch eine Minute? Ich schreibe Ihnen eine Entschuldigung für die nächste Stunde.«

Scheiße. Ich verkneife mir einen Seufzer. Mr Lewis gehört nicht zu den coolen Lehrpersonen, die versuchen, etwas über Geschichte zu rappen oder jede Woche einen Film zeigen, aber ich weiß, dass wir ihm wichtig sind. Irgendwie wünschte ich, es wäre nicht so. Denn dann könnte ich die nächsten paar Monate ungestört durchstehen.

Gerade geht die letzte Mitschüler:in zur Tür raus und schaut mich an, als wäre they traurig, das Drama nicht mitzuerleben. Ich gehe auf Mr Lewis' Tisch zu. Er ist zugemüllt mit Büchern und Blättern. Auf einer Tischecke steht ein Bild von seiner Familie. Er räuspert sich, und ich hebe den Kopf, um ihn anzuschauen.

»Mir geht's gut«, sage ich. »Es war nur ein Football.«

»Oh, das«, sagt Mr Lewis. »Ja, ich bin froh, dass Ihnen

nichts passiert ist. Aber darüber wollte ich nicht mit Ihnen sprechen.«

Ich schlucke. Hat er mein Kritzeln bemerkt?

»Mahalia«, sagt er. »Wir wissen, dass dieser letzte Test nicht zu Ihren Glanzleistungen gezählt hat.«

»Ja«, sage ich. »Tut mir leid. Es waren ein paar harte Wochen.«

Er nickt und starrt mich an. Ich bin nicht sicher, was ich jetzt tun soll.

Vielleicht erwartet er, dass ich eine Rede über all meine Probleme halte, aber das hier ist kein Teen-Drama und auch keine Episode von *Boy Meets World.*

Schließlich räuspert er sich und beugt sich vor.

»Mahalia«, sagt er wieder. »Sie sind eine meiner besten Schülerinnen. Aber mittlerweile mache ich mir Sorgen um Sie. Erst haben Sie ein paar der letzten Hausaufgaben nicht abgegeben und nun dieser Test ...«

»Na ja, meine Mom ist vor ein paar Wochen operiert worden«, sage ich. »Und ich habe meinen Job. Also habe ich einfach – es war viel. Aber ich werde mich bessern. Ich verspreche es.«

Ich bereue die Worte, kaum, dass ich sie ausgesprochen habe. Sein Gesichtsausdruck hat sich verändert. Ich weiß, dass es jetzt nicht mehr um meine Nachlässigkeit geht. Er hält mich wahrscheinlich für ein armes Schwarzes Mädchen. Als wäre ich eine Figur aus *The Blind Side.* Ich wünschte, ich hätte nie etwas über mein Privatleben zu Hause erzählt.

»Haben Sie zu Hause einen Platz für Ihre Hausaufgaben?«, fragt er. »Die Bücherei hat bis 16 Uhr geöffnet –«

»Ja, hab ich«, sage ich. »Hab ich. Ich musste mich nur umgewöhnen. Aber mir geht's gut. Wirklich.«

Er fixiert mich wieder, und dieser Augenblick dauert zu lang. Ich bete, dass er nichts hinzufügt. Dass er nicht an meinem Stolz sägt.

»Tja«, sagt er und blättert in einem Notizbuch herum. »Sie werden nach der Schule hierbleiben müssen.«

»Was?« Meine Augenbrauen schießen in die Höhe. »Warum?«

»Wie schon gesagt, ich mache mir Sorgen.« Er schaut zu mir hoch, sein Gesicht ist ernst. »Ich glaube, es wäre eine gute Idee, wenn Sie etwas Zeit erübrigen, um sich auf Ihre Schularbeiten zu konzentrieren.«

»Aber –«

»Mahalia.« Er faltet seine Hände. »Das hier ist die 11. Klasse. Sie wissen, wie wichtig sie ist.«

Ich vergrabe meine Hände in den Hosentaschen. Ich könnte widersprechen, aber ich weiß, dass er recht hat. Es ist so peinlich, dass mein Lehrer überhaupt mit mir über Noten reden muss.

»Heute nach der Schule«, sagt er und trägt meinen Namen ins Notizbuch ein. »Sie können den späten Bus nach Hause nehmen.«

Wahrscheinlich sollte ich bleiben, zumal meine Schicht erst um 15 Uhr anfängt. Aber ich *will* einfach nicht.

»Sind Sie sicher –«

»Mahalia«, sagt er. »Es ist Ihre Zukunft, über die wir hier reden.«

Ich starre auf das Entschuldigungsschreiben in seiner Hand. Ein Teil von mir will fragen, ob das eine Strafe oder irgendeine Art von Nachsitzen sein soll, aber ich kenne die Antwort schon. Ich nehme den Zettel aus seiner Hand und verlasse das Klassenzimmer.

♩♫♪

Wie sich herausstellt, bin ich nicht die einzige arme Seele, die nach der Schule mit Mr Lewis festsitzt. Ich erkenne nur eine von den anderen drei Jugendlichen, und niemand von ihnen redet mit irgendjemand anderem. Unweigerlich fällt mir auf, dass zwei von ihnen braune Haut haben und die dritte Person Schwarz ist. Schweigend sitzen wir über unseren Hausaufgaben, während Mr Lewis im Klassenzimmer herumläuft und sich hier und dort herüberbeugt, um zu helfen. Er hat etwas an sich, was mich erschaudern lässt – als würde es ihn antörnen, hereinzustürmen und sich als Retter aufzuspielen.

»Übrigens«, sagt Mr Lewis, als er an meinem Tisch vorbeigeht. »Wenn Sie Hilfe bei Ihren College-Essays brauchen, steht Ihnen meine Tür immer offen. Vielleicht ergibt sich eine fesselnde Story aus den ... *Dingen,* mit denen Sie gerade kämpfen. Ein Lichtblick, wenn Sie es so nennen wollen.«

Wie bitte? Mein Blick huscht zu den anderen dreien, aber niemand von ihnen schaut hoch, als wäre ihnen dieses Spielchen schon vertraut. Ich klicke ein paar Mal an meinem Stift herum, während mich eine heiße Welle von Scham überrollt, weil mein Entwurf für ein Essay, an dem ich gerade sitze, genauso stigmatisierend ist wie das, was er hier gerade vorschlägt. Das Essay handelt davon, wie ich als Erste aus unserer Familie aufs College gehe, nachdem meine Eltern mich als Teenager zur Welt gebracht haben. Beim Gedanken daran, es mit Mr Lewis zu teilen, dreht sich mir der Magen um.

»Ähm, Mr Lewis?«

Augenblicklich fliegt mein Kopf zur Tür. Ich würde ihre Stimme überall erkennen – es ist Siobhan. Ihr Anblick befördert meine Mundwinkel automatisch nach oben. Wir haben seit ein paar Tagen nicht mehr miteinander gesprochen, nicht mal heute im Geschichtsunterricht, als Danny sie nicht eines Blickes gewürdigt hat. Was macht sie hier?

Mr Lewis geht auf sie zu. »Ja?«

»Ähm, Mrs Herbst braucht Mahalias Hilfe«, sagt sie, ohne in meine Richtung zu schauen. »Sie stellt gerade die Schulzeitung zusammen und muss ein Zitat von Mahalia festlegen.«

Mr Lewis schaut von ihr zu mir. Ich ziehe den Kopf ein und vergrabe mich hinter meiner Ausgabe des *Fängers*.

»Sind Sie sicher, dass Sie das nicht hier erledigen können?«, fragt er. »Mahalia steckt gerade mitten in –«

»Wir machen genau jetzt das Layout«, sagt Siobhan. »Also brauchen wir sie wirklich. Die andere Person, ähm, they – they haben ihren Daumen verloren?«

Es kommt wie eine Frage aus ihr heraus. Ich schließe meine Augen, ich muss mich zwingen, nicht zu lachen.

»Den Daumen?«, wiederholt Mr Lewis. »*Wie?* Und was hat das mit –«

»Es war ein grauenhafter Unfall«, sagt Siobhan, und ihre Worte überstürzen sich förmlich. »Sie – ihr Daumen – hat sich verklemmt. In einem Aufzug. Und jetzt ... wir können sie nicht interviewen, weil sie im Krankenhaus ist.«

Mr Lewis' Blick gleitet wieder zu mir, aber ich weigere mich aufzuschauen, ich würde wahrscheinlich losplatzen vor Lachen.

»Außerdem«, fügt Siobhan hinzu, »handelt der Artikel von Sklaverei. Also können wir nur Schwarze Schüler:innen fragen.«

Mr Lewis sieht aus, als hätte er einen Herzinfarkt.

»Es ist sehr wichtig«, sagt Siobhan und faltet ihre Hände

»dass wir über bedeutsame Teile der Geschichte unseres Landes reden und darüber, wie Rassismus –«

»Also gut«, sagt Mr Lewis und schüttelt immer wieder den Kopf.

»Nehmen Sie sie einfach mit.«

Als ich vom Stuhl hochschieße, grinst Siobhan mich an. Sie greift nach meinem Arm, und wir zwei hüpfen förmlich den Flur entlang, während wir uns ankichern.

»Siobhan«, sage ich. »What the *fuck* war das denn?«

Ihr Gesicht ist rot, und sie kann nicht aufhören zu lachen. Ich will sie küssen.

»Ich habe bemerkt, dass es amerikanischen Menschen unangenehm ist, wenn du die Sklaverei erwähnst«, sagt sie und zuckt ein wenig mit den Schultern. »Und – tja – ich habe Panik gekriegt.«

»Gott sei Dank hast du nicht wieder gekotzt.«

»Das war *ein* Mal …«

AKTUELLER KONTOSTAND: 312,43 $

–20 $ für Benzin
Ziel: 1.408 $

KAPITEL 25

»Warte, also, welchen Sinn soll Wandern eigentlich haben?«

Nachdem wir uns vom Schulgelände weggeschlichen haben, ich aus dem Parkplatz rausgebraust bin und Siobhan mir den Weg gewiesen hat, sind wir irgendwie hier gelandet. Beim Wandern. Anstatt, du weißt schon, alles andere zu machen, inklusive Küssen.

»Na ja, Wandern macht mich glücklich und hilft uns, uns mit der Natur zu verbinden.«

Ich stöhne laut auf.

»Und«, fügt sie hinzu und stupst mich an, »ich *habe* dich vom Nachsitzen befreit.«

Ich kann mir ein Grinsen nicht verkneifen, selbst als ich korrigiere: »Es war kein Nachsitzen.«

»Oh?«

Ich bleibe stehen und beuge mich vor. Der Schweiß strömt förmlich aus mir heraus. Offensichtlich gehört Siobhan zu der Sorte Mensch, die ständig Wanderschuhe mit sich herumträgt. Ich habe mir ein Paar von ihr geliehen, aber sie fühlen sich komisch an, als würden sie mich nach unten ziehen. Siobhan schwitzt kein Stück. Sie ist in ihrem Element. Ich dagegen triefe total. Und laut Siobhan ist das hier noch nicht mal eine richtige Wanderung. Sie hat mich zum kürzesten Trail geführt, den sie finden konnte.

»Nein«, sage ich und richte mich wieder auf. »Nur eine obligatorische After-School-Lern-Session.«

»Oh, wenn es nur das war –«

Ich küsse sie schnell auf den Mundwinkel und genieße die kleinen Lachfältchen, die sich um ihre Augen herum bilden. Sie auf den Mund zu küssen, ohne sie vorher zu fragen, ist immer noch ein seltsames Gefühl. Auch wenn wir schon öfter etwas zusammen gemacht haben, lerne ich sie offensichtlich immer noch weiter kennen.

Sie lacht und legt trotzdem eine Hand auf meinen Rücken, zwischen meine Schulterblätter. Wir sind uns so nah, dass sie garantiert meine Schweißtropfen abkriegt. Ich will einen Schritt zurückmachen, aber sie zieht mich zu sich ran.

»Ich bin ziemlich sicher«, sage ich zwischen zwei Atemzügen, »dass mein lang verschwundenes Asthma aus dem Krieg zurückgekehrt ist.«

»Du kriegst immer noch genug Luft, um sarkastische Kommentare zu machen«, sagt sie und klatscht mir auf den Rücken. »Und schau, wir haben es nach oben geschafft. Guck doch mal, wie schön es ist.«

Wäre sie jemand anders, würde ich jetzt die Augen verdrehen. Aber ich bin wirklich ein bisschen in sie verliebt, und in den entrückten Gesichtsausdruck, mit dem sie über die Klippe hinausblickt. Es ist keine richtige Klippe, wie die, von der Bella im dritten *Twilight*-Film runterspringt. Um uns herum ist jede Menge Schotter und Gras. Hinter der Klippe glitzert die von gigantischen Bäumen umrahmte Küste. Alles ist grün – es sieht aus wie im Bilderbuch. So ganz unrecht hat sie eigentlich nicht.

»Es ist hübsch«, gebe ich zu. »Aber, also, du bist hübscher.«

»Mahalia.« Sie starrt mich an, ihre Mundwinkel zucken. »Du bist *so* schlecht im Flirten.«

»Tja, das war kein Flirten, das war ein Kompliment.«

»Darin bist du auch schlecht.«

»Verdammt anspruchsvolles Publikum.« Ich schüttle den Kopf. »Was Besseres hab ich leider gerade nicht auf Lager. Ich bin zu beschäftigt damit, hier nicht an einem Herzinfarkt zu sterben.«

»Awww, armes Baby.« Sie stupst mich gegen die Schulter. »Soll ich es besserküssen?«

Ich küsse sie zuerst. Obwohl ich schwitze, liegen ihre Hände auf meinen Hüften, und ich nehme ihr Gesicht in meine. Ihre Wangen sind genauso weich wie ihre Lippen.

Ich schätze, ich bin wohl irgendwie auch ins Wandern verliebt.

Später, nachdem wir es geschafft haben, wieder nach unten auf eine weniger schwindelerregende Höhe zu klettern, holen wir uns italienisches Eis aus einem Laden bei Siobhan um die Ecke. Als wir zusammen im Auto sitzen, unsere Eiscremesorten teilen und grundlos kichern, kann ich mich nicht erinnern, wann ich das letzte Mal so glücklich war.

Dann unterbricht Siobhan die Stille. »Woher hast du gewusst, dass du lesbisch bist?«

Ich stutze ein wenig, aber schaffe es trotzdem, mir einen Löffel Kaugummieis aus ihrem Becher zu klauen. »Es hat ein bisschen gedauert, denke ich.« Ich sauge den Sirup aus dem Eis heraus. »Meine Mom hat mich jedes Jahr zum Kirchencamp geschickt.«

»So was wie ein Feriencamp im Wald?«

»Nein, mehr so was wie den ganzen Tag in der Dorfkirche

verbringen«, sage ich und schürze die Lippen, als sie lacht. »Es war eigentlich ganz lustig. Wir haben Spiele gespielt, und es gab Snacks. Aber da war dieses eine Mädchen in meiner Gruppe, Isabel hieß sie. Und wie es die Legende wollte ...«

»Die Legende?«

Ich strecke ihr die Zunge raus. Aber sie lacht nicht und beugt sich vor.

»Wie wollte es die Legende denn?«

»Eines Tages haben wir Wahrheit oder Pflicht gespielt und jemand hat jemand anderen herausgefordert, ein Mädchen zu küssen«, sage ich. »Ich weiß nicht mehr, wer es war, nur dass es niemand tun wollte. Und ich dachte nicht, dass es ein so großes Ding ist – genau wie Isabel, denn ich habe sie geküsst, und sie hat mich zurückgeküsst.«

Wenn Naomi diese Geschichte hört, lacht sie normalerweise oder verdreht die Augen. Aber Siobhan nickt nur langsam.

»Und das war's?«, fragt sie. »Da hast du es gewusst?«

»Ganz so einfach war es nicht.« Ich stecke meinen Löffel in die Eiskugel. »Wir haben uns den Sommer über geküsst, wann immer wir allein waren, aber wir hatten Angst, erwischt zu werden. Und ich mochte auch immer noch Jungs. Es war verwirrend.«

»Ja.« Sie nickt langsam. »Ich glaube ... ich glaube, ich mag Jungs auch immer noch.«

»Das ist okay.«

Es ist mehr als okay. Alles ist perfekt. Ich könnte vor Freude auf das Dach meines Autos springen und darauf herumtanzen. Nichts könnte in diesem Augenblick meine Gefühle ändern.

»Ernsthaft. Ich weiß nicht mal mehr, ob ich bisexuell bin«, sage ich. »Ich hab mit Cal geredet, weißt du, Naomis jüngeres

Geschwister? Und wir haben uns darüber unterhalten, wie es ist, pansexuell zu sein. Und vielleicht bin ich das ja.«

Ich warte darauf, dass sie mich fragt, was das bedeutet, aber sie nickt nur, wirft ihren Löffel weg und hält den Eisbecher an ihren Mund, um das Eis so herauszuschlecken. Ihre Zunge ist rosa. Vielleicht sollte ich nicht auf ihre Zunge schauen. Das ist alles so neu. Ich habe keine Ahnung, wie die Regeln sind.

»Ich habe darüber gelesen«, sagt sie und errötet leicht. »Auch in Irland gibt es Pansexualität, weißt du?«

Ich nicke und schaufele mir mehr Kirscheis in den Mund. Heute ist wirklich der beste Tag meines Lebens. Es macht mir nichts aus, in der Nähe vom Strand zu sein. Nicht, solange ich mit ihr zusammen bin. Jetzt, wo wir das Thema hinter uns gebracht haben, können wir zusammen sein, ohne dass es sich schräg anfühlt. Mir ist noch immer nicht *ganz* klar, was ich hier eigentlich mache. Es ist schließlich nicht so, als hätte ich schon mal eine Freundin gehabt.

Aber ich fürchte mich nicht. Ich habe nicht das Gefühl, dass ich alles durcheinanderbringe.

Irgendwie bin ich hoffnungsvoll.

»Also, was heißt das für uns?«, frage ich und lasse meinen Löffel in den leeren Eiscremebecher plumpsen. »Für uns beide, meine ich. Sind wir …?«

»Ein Paar?«

Aus ihrem Pferdeschwanz hat sich eine Strähne gelöst. Ich streiche sie ihr aus dem Gesicht, mein Daumen verweilt auf ihrer Wange. Ihr Blick fällt auf meine Hand und wandert wieder hoch zu meinem Gesicht. Was sie wohl denkt? Und wie lange ich wohl noch brauchen werde, bis ich ihre Gesichtsausdrücke lesen lerne: Was bedeutet eine hochgezogene Augenbraue? Und schürzt sie ihre Lippen, wenn sie sauer ist?

Siobhan lässt einen Finger über meinen Handrücken wandern, dann dreht sie langsam meine Hand um. Sie schaut mir fest in die Augen, während sie meine Handfläche küsst. In meinem Bauch wird es heiß.

»Klar.« Meine Stimme klingt schrill. »Ein Paar. Wenn es das ist, was du willst, meine ich.«

Sie beugt sich vor. So nah, dass ich ihren Atem an meinen Lippen fühlen kann. So nah, dass ich kaum noch ihr ganzes Gesicht erkenne. Meine Augen sind wie eine Kamera, die den Fokus verliert.

Ich habe meine eigenen braunen Augen immer für einfach und langweilig gehalten, aber Siobhans Augen sind wunderschön. Sie sind so tief, dass ich das Gefühl habe, mich in ihnen verlieren zu können, wie in den Träumen, in denen ich falle, ohne Ende in Sicht. Der einzige Unterschied ist, dass ich fallen will.

»Natürlich ist es das, was ich will«, sagt sie. »Natürlich ist es das.«

Diesmal bewegen wir uns zeitgleich aufeinander zu, um uns zu küssen. Es ist sogar noch besser als vorher.

AKTUELLER KONTOSTAND: 162,46 $

–150 $ für Lebensmittel
Ziel: 1.408 $

KAPITEL 26

Mich hat es schwer erwischt.

Mit Siobhan zusammen zu sein, macht es so leicht, alles andere zu vergessen – das Warten auf meine SAT-Ergebnisse, das Schreiben meines College-Essays und die Tatsache, dass ich viele Hundert Dollar von meinem Ziel entfernt bin und mich täglich weiter davon entferne. Aber wenn ich wieder auf der Erde lande? Trifft mich diese Scheiße hart.

Donnerstag bei der Arbeit lege ich mich übertrieben ins Zeug, um eine vorbildliche Angestellte zu sein, und Greta bemerkt es sogar.

»Mahalia«, sagt sie und legt mir ihre Hände auf die Schultern. »Ich bin stolz darauf, wie gut du dich entwickelt hast.«

Draußen vor ihrem Büro hat Greta eine kleine Magnetwand mit all unseren Namen und Schichten angebracht – nur meine fehlt, seit sie mich in die Bewährungszeit versetzt hat. Sie verschwindet kurz in ihrem Büro und kommt mit einem winzigen Magneten zurück. Schwungvoll befestigt sie ihn wieder an der Magnetwand.

Also ist das jetzt wohl ausgestanden. Obwohl Naomi an der Kasse sitzt, mache ich mich wieder in der Obstabteilung zu schaffen, in der ich den ganzen Nachmittag gearbeitet habe.

Ich schaue Greta nicht mal an. Lächelnd besprühe ich das Obst mit der Wasserflasche. Ich packe Kiwis, Erdbeeren und Orangen aus und arrangiere sie so, dass sie ansprechend aussehen. Ich helfe Kund:innen, die nicht wissen, wie sie das Obst auf den ansehnlichen, für sie bereitstehenden Waagen abwiegen sollen. Ich konzentriere mich. Ich werde nicht an Geld denken, oder an Mom oder an Siobhan. Nicht an ihre Sommersprossen, an die Art, wie sich ihr Gesicht verzieht, wenn sie lächelt, an die Heiserkeit in ihrer Stimme –

»Entschuldigung. Arbeitest du hier?«

Ich zucke zusammen. Es ist ein alter weißer Mann. Im Allgemeinen sind alte Menschen supernett oder supermies gelaunt. Dazwischen gibt es nichts. Dieser Mann trägt ein paar fleckenlose weiße Turnschuhe, und sein Tonfall sagt mir, dass er auf Streit aus ist. Ich lege das größte Lächeln, das ich aufbringen kann, auf mein Gesicht.

»Ja, das tue ich«, sage ich und hoffe, dass ich fröhlich genug klinge. »Wie kann ich Ihnen behilflich sein?«

»Ich komme jede Woche hierher, um meine Pflaumen zu kaufen«, sagt er, während sein Zeigefinger pfeilschnell in Richtung der Melonen schießt. »Sie sind normalerweise *genau dort,* aber jetzt sind sie es nicht.«

»Oh«, sage ich und kratze mich am Hinterkopf. »Tut mir leid, aber ich glaube, die Pflaumen sind uns tatsächlich gerade ausgegangen. Vielleicht, weil die Saison vorbei ist oder so.«

»Oder *so?«* Sein Auge sieht aus, als würde es zucken. »Das ist ja wohl nicht dein Ernst.«

»Doch«, sage ich. »Aber wir haben so viele andere Obstsorten. Ich bin sicher, wir finden etwas, das Sie bestimmt mögen. Vielleicht ein paar Birnen? Sie sind ein bisschen wie Pflaumen.«

Ihm schießt die Hitze ins Gesicht, und sein Fuß tippt auf den Boden. Ach du lieber Gott.

»Ich denke nicht«, sagt er. »Ich würde gerne Ihre Chefin sehen.«

Bill ist schon auf der Bildfläche erschienen. Er kuscht mich zur Kasse, wahrscheinlich, damit ich nicht noch mehr Ärger mache. Als ich rüberlaufe, huscht mein Blick zu Gretas Tür. Zum Glück telefoniert sie gerade und beachtet mich nicht. Streng genommen zählt das hier auch nicht als Fehler. Und an der Kasse komme ich eh besser klar.

Als ich meine Kasse öffne, dreht sich Naomi zu mir um.

»Wow«, sagt sie. »Das war ja wohl eine Rekordzeit.«

»Eine Rekordzeit für was?«

»Fürs Durchfallen bei einer Obstaufgabe«, sagt sie. »Was, das waren fünf Minuten?«

»Ich bin nicht *durchgefallen«,* sage ich und verschränke die Arme. »Das war nur ein schwieriger Kunde.«

Ich will gerade noch etwas sagen, als mein Handy summt. Ich ziehe es raus, um die neue E-Mail zu lesen, und kann mir das Grinsen nicht verkneifen. Statt zu schlafen, habe ich mich gestern Nacht durch Etsy gescrollt und eine Schneiderin gefunden, die mir mitteilte, dass sie aus meinen Ideen tatsächlich ein Kleid machen kann. Wie ich jetzt lese, hat sie sogar schon angefangen, ein Muster zu skizzieren. Mein Magen schlägt kleine Purzelbäume.

Naomi unterbricht ihre Rede und wendet sich einer Kundin zu, die gerade auf die Kasse zukommt. Um den Anschein zu erwecken, dass ich arbeite, fange ich an, ihre Einkäufe einzupacken. Wir sind ein effizientes Team. Sobald die Dame ihren Einkaufswagen wegschiebt, dreht sich Naomi zu mir um.

»Hey, wollen wir heute Abend bei mir zusammen einen Film schauen?«

»Ich kann nicht«, antworte ich. »Ich hab heute eine Doppelschicht.«

Ihre Augenbrauen ziehen sich hoch.

»Was?«

»Nichts«, sagt sie und zieht sich eine Zeitschrift aus dem Ständer. »Ich habe nichts gesagt.«

»Hör zu«, sage ich und flattere sie mit meinen Wimpern an. »Ich bin deine beste Freundin, stimmt's? Meinst du, ich könnte ein paar von deinen Freitagsschichten übernehmen?«

Naomi blinzelt, langsam, wie eine Eule.

»Mit der Party und dem neuen Kleid und allem brauche ich die Schichten«, sage ich und zupfe an meinem Arbeitskittel herum. »Oder sind die Freitage schon –«

»Was soll das heißen, das neue Kleid?«, sagt sie. »Ich dachte, wir müssen noch eins finden?«

»Hab ich dir das nicht erzählt?« Ich zuppele an meinem Kragen. »Ich hab eine Person auf Etsy gefunden. They ist Schneider:in. Ich muss them nur noch meine Maße schicken.«

»Etsy?« Ihre Lippen kräuseln sich, als hätte sie gerade an einer Zitrone gelutscht. »Ich dachte, wir würden zusammen ein Kleid kaufen.«

»Na ja«, sage ich. »Die erste Runde lief nicht wirklich gut. Und they nimmt dreihundert Dollar, das sind nur fünfzig Dollar mehr.«

Naomi schaut auf ihre Zeitschrift, und dieser Augenblick zieht sich zu sehr in die Länge.

»Ich dachte nicht, dass es ein großes Ding ist«, sage ich.

»Ich arbeite gerne freitags«, sagt sie.

»Wirklich?« Ich gebe mein Bestes, nicht die Arme zu verschränken. »Das wusste ich nicht.«

»Du könntest es wissen«, sagt sie und schaut wieder auf die Zeitschrift, »wenn du jemals nach mir fragen würdest.«

»Was soll das jetzt heißen?«

»Wann haben wir das letzte Mal über mich gesprochen?« Sie schaut zu mir hoch. »Oder darüber, was ich mag. Oder über irgendetwas anderes als Siobhan und deine Party?«

»Wir haben über Cody –«

»Wir haben über Cody kaum mehr als fünf Sekunden gesprochen, als wir *bei ihm zu Hause* waren, und bevor es dann wieder nur um dich und Siobhan ging.«

»Das ist nicht fair«, entgegne ich. »Du hättest etwas sagen können –«

»Ich sage jetzt etwas.« Naomi pfeffert das Magazin wieder zurück auf den Ständer. »Ich bin es satt, über die Party zu reden. Ich will nichts mehr davon hören. Okay?«

Irgendetwas an ihrem Ausdruck sieht hässlich aus. Ich hole tief Luft.

»Ich werde eine richtig coole Party haben«, sage ich. »Warum kannst du dich nicht einfach für mich freuen?«

»Ich kann mich nicht über etwas freuen, das nicht passieren wird.«

Ich schrecke zurück, aber ihr Ausdruck bleibt unverändert. Sie sieht nicht mal aus, als ob es ihr leidtäte.

Gerade hab ich nicht mal mehr das Gefühl, dass ich eine Party brauche, um zu verkünden, wer ich bin. Aber jetzt, wo ich offiziell mit Siobhan zusammen bin, möchte ich es *feiern.* Diese Party fühlt sich weniger wie ein Coming out an – vielmehr will ich einfach mein Glück feiern, queer zu sein – auf eine Weise, die ich wahrscheinlich noch nie zuvor gespürt habe. Aber ich weiß nicht, wie ich Naomi das erklären soll, vor allem jetzt nicht, wo sie das ganze Ding so runterzieht.

Wie lange denkt sie schon so? Seit wir überhaupt auf die Idee gekommen sind? Seit ich angefangen habe, Geld zurückzulegen? Seit sie bei unserem Target-Einkauf und während unserer Schichten angefangen hat, Kommentare zu machen?

»Du glaubst, ich schaff das nicht?«

»Es geht nicht darum, was du schaffst und was nicht«, sagt Naomi. »Es ist nur ... sehr viel Geld.«

»Für mich.«

»Tja, ja«, sagt sie. »Es ist sehr viel Geld, das du ganz allein aufbringen musst.«

»Das stimmt«, sage ich. »Ich habe keine reichen Eltern, die alles für mich machen.«

»Ist es das, was du denkst?« Ihr Mund zuckt. »Dass meine Eltern alles für mich machen?«

»Ich weiß es nicht, Naomi«, sage ich. »Nicht jede von uns hat Eltern, die ihr eine große Party schmeißen oder ein Auto kaufen oder fürs College zahlen –«

»Es ist nicht meine Schuld, dass ich Geld habe und du nicht.«

Ich bin ungefähr fünf Sekunden davon entfernt, ihr eine zu scheuern, und dass ich es nicht tue, liegt allein an Bill. Er kommt auf uns zu, stellt sich zwischen unsere Kasse, die Hände in die Hüften gestemmt. Naomi wendet sich rasch von mir ab.

»Ist alles in Ordnung hier drüben?«

Meine Hände zittern, und mein ganzer Körper ist heiß. Am liebsten will ich schreien.

»Ja«, krächze ich. »Alles ist in Ordnung.«

AKTUELLER KONTOSTAND: 409,93 $

–247,50 $ Gehalt
Ziel: 1.408 $

KAPITEL 27

Ich freue mich schon auf einen faulen Sonntag, aber meine Mutter hat andere Pläne für uns – es ist offensichtlich ein Kirchensonntag. Sie weckt mich um acht Uhr morgens und sagt, ich soll einen Rock anziehen. Als ich mich umgedreht habe, um ihr zu widersprechen, ist sie schon wieder aus meinem Zimmer raus, und mir bleibt nichts anderes übrig, als ihr zu folgen.

Als ich noch klein war, fand ich es leichter, die Kirche zu mögen. Damals, in der sechsten Klasse, war meine Lehrerin aus der Sonntagsschule eine große Schwarze Frau, hochgewachsen und rund, die jede Woche einen wunderschönen Headwrap trug. Sie sah immer aus wie eine Königin. Vielleicht hatte ich auch auf sie einen Crush.

Egal.

Ich habe aus keinem besonderen Grund aufgehört zu glauben, es war eher ein Haufen Gründe: die Nachrichten über Tamir Rice und Eric Garner und Mike Brown und Sandra Bland, all die Schulmassaker und die Parkland-Kinder, mein Vater ... es war irgendwie alles beschissen, und ich habe gebetet und nichts wurde besser. Warum ließ Gott zu, dass manche Menschen bei Amokläufen in Schulen oder wegen der

Farbe ihrer Haut getötet wurden? Es ergab keinen Sinn. Welche Sorte Gott würde so was tun?

Deshalb fällt es mir jetzt nicht gerade leicht, die Kirche durchzustehen. Wir sitzen auf einer Bank, und ich muss Mom dabei zuhören, wie sie sich mit ihren Kirchenfreundinnen unterhält, zum Beispiel mit Sister Rosa und Sister Martinique. Ich sitze neben ihr und lächle sie an, aber ihre Unterhaltung blende ich aus. Normalerweise reden sie ohnehin nur mit Mom.

»Wie ist es dir denn so ergangen, Mahalia?«

Ich blinzele rüber. Sister Rosa starrt mich unverwandt an, als könnte sie meine Gedanken lesen.

»Gut.«

»Läuft alles gut in der Schule?«

»Ja«, sage ich. »Schule läuft gut.«

Ich spüre Moms starren Blick auf mir, aber was soll ich ihrer Meinung nach sonst noch sagen? Alle wissen, dass niemand so tratscht wie Frauen in der Kirche.

Die Orgel fängt an zu spielen, also lassen sich jetzt alle auf ihren Sitzplätzen nieder. Die Bühne ist gigantisch, mit einer dieser riesigen Musikanlagen und einer Band, an deren Rand Trompeten und Saxofone ertönen. Es ist alles sehr drüber, aber Pastor Patrick sagt, für Gott sollst du keine Ausgaben scheuen. Die Mädchen auf der Bühne sind in meinem Alter, sie tanzen und wiegen sich zur Musik. Als ich klein war, wollte ich mit ihnen tanzen, aber nachdem ich anfing, an Gott zu zweifeln, ging dieser Traum den Bach runter. Jetzt fangen alle an zu singen und zu klatschen. Mom lehnt sich zu mir runter und flüstert mir ins Ohr.

»Ich verstehe, dass du nicht hier sein willst«, sagt sie. »Aber das heißt nicht, dass du unverschämt sein musst.«

»Ich bin nicht unverschämt.«

Sie wirft mir einen Blick zu, also halte ich den Mund.

Die Lobpreisung und Anbetung dauert zwei Stunden, und die gesamte Zeit über darf ich mich nicht setzen. Als Sister Mary für Ankündigungen auf die Bühne kommt, schmerzen mir die Beine. Sie teilt der Gemeinde mit, wer gerade ein Baby bekommen hat und wer heiratet, und ich gebe mir die größte Mühe wachzubleiben. Trotzdem schaut Mom alle paar Sekunden zu mir rüber, als sei sie drauf und dran, mir einen Klaps auf den Hinterkopf zu geben.

»Nun«, sagt Sister Mary und beugt sich am Podium vor. Unter ihrem gigantischen pinken Hut kann ich ihr Gesicht kaum erkennen. »Wie ihr alle wisst, hat Sister Leah einige Sorgen, seit sie ihre Arbeit verloren hat.«

O Gott. Mein Blick huscht zu Mom, aber ich kann ihren Ausdruck nicht lesen. Genau das ist der Grund, warum ich keiner dieser Frauen von meinen Angelegenheiten erzähle. Warum zur Hölle lässt Mom die ganze Gemeinde wissen, dass sie ihre Arbeit verloren hat?

»Es sind harte Zeiten für uns alle«, fährt Sister Mary fort. »Also, wenn ihr bitte nach oben kommen und ein paar Dollar für Leah und ihre Tochter spenden mögt.«

Ich hatte eine peinliche Stille erwartet, in der niemand sich rührt, aber da ist eine beachtliche Reihe von Menschen, die jetzt auf die Bühne zusteuern. Natürlich lassen sie es sich dabei nicht nehmen, zu uns rüberzuschauen. Ein paar von ihnen drücken ihre Hand auf Moms Schulter oder murmeln ihr im Vorbeigehen ein paar aufmunternde Worte zu.

»Kopf hoch, Baby«, sagt eine ältere Dame zu mir. »Es kommen bessere Zeiten.«

Das ist ja schön und gut … aber hätten sie das nicht unter

sich ausmachen können? Jetzt wissen *alle,* dass Mom keine Arbeit hat. Für den Rest des Gottesdienstes sitze ich nur noch wütend da. Die meisten Menschen hier wissen, dass Mom ein Teenager war, als ich zur Welt kam und dass ich ohne meinen Dad aufgewachsen bin. Jetzt sind wir der Wohltätigkeitsfall der gesamten Kirche. Ich kann das Mitleid dieser Leute nicht gebrauchen.

Nach dem vierstündigen Gottesdienst rausche ich zum Auto, während Mom noch nach vorne geht, um mit Sister Mary und Pastor Patrick zu sprechen. Es klingt albern, aber mir ist wirklich nach Weinen zumute, und ich weiß nicht, warum. Es ist nicht so, dass ich traurig bin, ich bin nur verdammt beschämt. Sobald ich im Auto sitze, drehe ich Solange auf, so laut es nur geht. Fünf Lieder vergehen, bis Mom aus der Kirche kommt – im Hüpfschritt und mit einem Grinsen auf dem Gesicht.

»Warum hast du so lange gebraucht?«, frage ich, sobald sie hinter dem Steuer sitzt. »Ich dachte, du wolltest nur das Geld holen.«

»Und mit dem Pastor reden«, sagt sie. In ihrer Hand ist ein Briefumschlag, und sie winkt damit hin und her, während sie redet. »Zweitausend Dollar, Mahalia. So hoch ist die Spende, die heute für uns zusammengekommen ist. Gott sei Dank. Wir sind so gesegnet, dass so viele Menschen mit uns fühlen.«

Ich blinzele. Zwei*tausend* Dollar? Verdammt. Unsere Kirche ist ziemlich groß, und es sah aus, als wäre eine Masse an Leuten nach vorne gegangen, um zu spenden.

Eigentlich ist es ... ziemlich nett. In den letzten paar Wochen hat es sich angefühlt, als würden wir kaum über die Runden kommen, und das hier wird eine riesige Entlastung sein. Mehr, als es mein eigener Vater je gewesen ist. Aber das hätte nicht nötig sein müssen – wir sollten nicht in einer Lage sein, in der wir unsere gesamte Gemeinde brauchen, um uns über Wasser zu halten. In meiner Brust brennt die Scham.

»Und Sister Mary sagt, sie sieht sich überall nach Arbeit für mich um«, fährt Mom fort, und stopft den Briefumschlag in ihre Handtasche. »Es wäre wahrscheinlich etwas in einer ärztlichen Praxis, aber das ist besser als nichts, oder? Gott gibt wirklich gut auf uns acht.«

»Ich meine, war Gott nicht der Grund, warum du überhaupt gefeuert wurdest?«

Ich zucke zusammen, kaum, dass die Worte meinen Mund verlassen haben. Ja, ich bin mies drauf, weil sie mich so früh geweckt hat, weil ich mich zum ersten Mal seit Monaten durch all das hier durchquälen musste. Aber *so* weit hätte ich jetzt auch nicht gehen müssen.

Trotzdem fährt Mom mich nicht an, wie ich es erwartet hätte. Ihr Lächeln verändert sich kaum.

»Gott ist nicht der Grund für all unsere Sorgen, Baby«, sagt sie. »Er hat immer einen Plan. Manchmal hält Er einfach etwas Besseres für uns bereit.«

»Okay ...«, sage ich und drehe mich um, damit ich Mom ins Gesicht schauen kann. »Aber warum lässt Er dich grundlos leiden? Es ergibt keinen Sinn für mich. Ein Gott, der dich liebt, würde dich doch nicht verletzen wollen.«

»Darauf lasse ich mich jetzt nicht ein.« Mom schüttelt den Kopf. »Etwas Gutes ist passiert, und wir sollten dankbar sein, dass unsere Kirche so viel Mitgefühl zeigt. Dass sie uns helfen. Das macht die Kirche so wertvoll. Es geht um Gott, aber es geht auch um die Gemeinschaft.«

»Gemeinschaft?« Meine Stimme klingt spöttisch. »Hinter unserem Rücken tratschen sie nonstop. Hast du Sister Mary überhaupt erzählt, dass du deine Arbeit verloren hast?«

»Also –«

»Genau«, sage ich. Mir ist heiß, als hätte ich zu lang in der Sonne gesessen. »Ich wette, Sister Rosa hat es ihr gesteckt, sobald sie unsere Wohnung verlassen hat, als du aus dem Krankenhaus kamst. Niemand von ihnen kann den Mund halten.«

Mom fährt so ruckartig rechts ran, dass ich mir fast den Hals breche.

»Dann habt ihr etwas gemeinsam«, sagt sie, nachdem sie den Wagen am Straßenrand geparkt hat. »Deine Einstellung macht mich wirklich krank, Mahalia. Warum kannst du nicht einfach dankbar sein?«

»Wie kommt es, dass niemand dankbar für das ist, was ich getan habe?«, zische ich und meine Hände zittern. »Ich habe so viele Stunden im Supermarkt gearbeitet, um dir zu helfen. Ich habe mich um dich gekümmert. Und es ist echt besch–, nicht in Ordnung, dass es niemanden kümmert, was ich für dich tue, aber dass es dich kümmert, was die Tratschtanten in der Kirche tun.«

»Das tut mir leid«, sagt sie. »Ich bin dankbar für alles, was du für mich tust. Aber wenn dir die Wertschätzung so wichtig ist, dann hättest du es vielleicht lassen sollen.«

»Wie bitte?«

»Hilf den Menschen nicht, wenn du es ihnen anschließend vorhältst«, sagt sie. »Ich hab dich nicht darum gebeten, Überstunden im Supermarkt zu machen. Und du hättest weiter für deine Party sparen können.«

Ich bin drauf und dran, sie zu erinnern, dass sie mich um Geld gebeten hat – um für Rechnungen, Lebensmittel und andere Dinge, die sie nicht selbst bezahlen konnte, aufzukommen. Aber der Gedanke daran bringt meine Augen aus irgendeinem Grund zum Brennen.

»Ich konnte mich nicht einfach zurücklehnen, nachdem du deine Arbeit verloren hast«, sage ich und drehe mich zum Fenster. »*So* eine schlechte Tochter bin ich jetzt auch nicht.«

»Mahalia.« Sie starrt mich an. »Ich habe nie gesagt, dass du eine schlechte Tochter bist.«

Ich starre auf meinen Schoß.

»Warum hast du mir nicht gesagt, dass du überfordert bist?« Sie legt mir ihre Hand auf den Nacken. »Hast du geglaubt, ich würde dir nicht zuhören?«

»Ich weiß nicht«, gestehe ich. »Du tust so viel für mich, also dachte ich –«

»Na ja, das liegt daran, dass ich deine Mutter bin«, sagt sie. »Und du bist das Kind. Vergiss das nicht.«

Ich presse meine Lippen aufeinander.

»Hör zu, Baby«, sagt sie. »Es ist schwer. Ich verstehe das. Ich wünschte, ich könnte es besser machen für dich, aber ich kann nur mein Bestes geben. Und nichts anderes erwarte ich von dir.«

»Ich versuche mein Bestes zu geben«, sage ich. »Es ist nur ... frustrierend. Keine Ahnung.«

»Es tut mir leid, dass ich dir nicht bei deiner Party helfen kann«, sagt sie. »Ich habe immer gedacht, dass ich dir eine organisieren würde. Meine Eltern haben nicht an Sweet-Sixteens geglaubt, und als meine in Sicht kam, wäre ich ohnehin zu weit fortgeschritten für ein Kleid gewesen.«

Mein Blick huscht zu ihr. Sie sieht müde aus, aber auch offen, als ob ich ihr alles sagen könnte. Manchmal denke ich darüber nach, wie es wäre, jetzt schwanger zu sein, und ich kann es mir nicht mal vorstellen. Ich hab mir die letzten Wochen den Arsch aufgerissen mit all der Arbeit, und es hat mich fertiggemacht. Aber meine Mom macht die ganze Zeit nichts anderes.

»Es ist okay«, sage ich. »Ich hab immer noch ein bisschen gespart. Ich glaube, ich werde es schaffen.«

»Natürlich wirst du das«, sagt sie. »Und es freut mich so für dich.«

Aus irgendeinem Grund lässt ihr Tonfall mein Herz bis auf den Grund meiner Magengrube sinken.

Ich weiß nicht, wie ich ihr erklären soll, was diese Party für mich bedeutet. Ich kann es selbst kaum in Worte fassen. Ich glaube – am Anfang dachte ich, eine Party wäre ein triumphaler Akt, um den Leuten zu zeigen, dass ich queer bin. Ein Weg, um zu beweisen, dass es mich nicht kümmert, was irgendwer von meiner Identität hält. Aber das *tut* es. Selbst wenn ich mit Siobhan glücklich bin, selbst wenn ich mich in meinem Queersein sicherer fühle als seit Langem, kümmert es mich noch immer, was meine Mutter von mir denkt. Und ich denke, das wird auch immer so bleiben.

Sie schaltet den Wagen in Drive. Ich will etwas sagen. Ich will ihr sagen, dass ich wünschte, wir hätten mehr Geld, aber nicht nur weil ich mir keine Sorgen um meine Telefonrechnung machen oder eine Party haben will. Ich wünschte auch, dass sie nicht so hart arbeiten müsste. Ich wünschte, dass sie eine Party gehabt hätte, als sie sechzehn war. Aber ich denke, das würde uns nur beide traurig machen. Also sage ich nichts.

AKTUELLER KONTOSTAND: 389,93 $

–20 $ für Benzin
Ziel: 1.408 $

KAPITEL 28

Nach der Schule und Arbeit am Montag bin ich extrem glücklich, in Siobhans Zimmer zu sitzen. Naomi und ich haben seit unserem Streit nicht miteinander gesprochen, also gehe ich ihr aus dem Weg. Auch zwischen Mom und mir ist die Stimmung verkrampft. Wir schleichen umeinander herum wie Mitbewohnerinnen und nicht wie Mutter und Tochter. Ich habe keine Ahnung, wie ich es wiedergutmachen soll – oder ob ich es überhaupt will. Auch wenn es ziemlich mies ist, hab ich gelogen und ihr erzählt, ich sei bei der Arbeit, obwohl ich in Wirklichkeit hier bin. Ich will nicht über dieses ganze *Girlfriend*-Ding reden. Die Vorstellung von einem weiteren Herzensgespräch erschöpft mich, vor allem, weil das letzte nicht gerade gut lief.

Dagegen ist Siobhan der reinste Zufluchtsort. Ihr Zimmer ist eins der schönsten, das ich je gesehen habe. Ihr Fenster steht offen, sodass ich das Meer riechen kann, und alle Wände sind in einem Blaugrünton gestrichen. Kleine Topfpflanzen reihen sich auf ihrem Tisch und über ihrem Bett hängt ein Florence-and-the-Machine-Poster.

Überall sind Fotos verteilt; eins zeigt Siobhan in Dublin mit ihren Freund:innen, bei der Gartenarbeit, lächelnd über irgendetwas außerhalb des Bildes, mit fluffigen, unordentlichen Haaren. Ein Bild von ihr mit riesigem Haar bringt mich zum Lächeln. Ich will sie zu jedem Foto befragen. Ich will etwas über Dublin hören und ihre Großeltern, und darüber, was in aller Welt ein Junior-Zertifikat ist, aber ich weiß auch, dass ich ihr von dem Kleid erzählen muss, bevor ich kneife.

»Moment«, sagt sie. »Du willst, dass ich deine *Maße nehme?* Wird das ein Historienfilm?«

Allein davon, dass sie diese Worte ausspricht, schießt mir flammende Hitze in die Wangen.

»Fragst du mich, weil ich Europäerin bin?«, fährt sie fort und grinst viel zu breit, während ich mich schäme. »Verlass dich drauf, das ist in Irland nicht üblich, jedenfalls nicht in meiner Ecke. Vielleicht habe ich es auch einfach verpasst ...«

»Komm schon«, sage ich, obwohl ich sie nicht anschauen kann, ohne dass mir ein Lachen die Kehle hochsprudelt. »Ich brauche meine Maße für ein Kleid, und es ist ziemlich schwierig, mich selbst zu vermessen.«

Es sollte echt kein großes Ding sein, schließlich sind wir jetzt ein Paar. Ich muss mich ja nicht mal vor ihr ausziehen, damit das Maßband, das ich aus Moms Kommode geklaut habe, zum Einsatz kommt.

»In Ordnung.« Siobhan mustert mit gerunzelter Stirn den WikiHow-Artikel, den ich auf meinem Handy angeklickt habe. »Als Erstes die Brust.«

Meine Lippen beben, als sie auf mich zukommt und das dünne Stück Stoff um meine Brust legt, unter meinen Achseln hindurch und um meinen Rücken herumführt. Ich weiß nicht, ob ich lachen oder etwas anderes machen will.

Stattdessen konzentriere ich mich darauf, Siobhan nicht anzuschauen.

»Na klar«, sagt sie und seufzt dramatisch. »Das erste Mal, dass ich deine Brüste anfassen darf, muss natürlich ein T-Shirt drüber sein.«

Ich pruste los. Sie grinst mich an, dann lässt sie das Maßband fallen und tippt eine Nummer in mein Handy. Es dauert einen Herzschlag, bis zu mir durchsickert, was sie da gerade gesagt hat – sie will meine Brüste anfassen? Ich meine, natürlich will sie. Das hat sie ja schon auf Codys Party erwähnt. Aber jetzt sagt sie es *wieder,* nüchtern, während sie sich mir mit dem Maßband nähert. In meinem Magen wächst etwas Warmes.

»Jetzt aber«, sagt sie. »So furchterregend bin ich nicht, oder doch?«

»Ich habe dich nie für furchterregend gehalten«, antworte ich. Es sollte ein Witz sein, aber es kommt sanfter aus mir heraus als gedacht.

Als Nächstes misst Siobhan meine Schultern, indem sie ein Ende des Maßbandes am linken Schulteransatz ansetzt und es über meinen Rücken zieht. Sie lässt ihre Hand mit dem Maßband entlangstreifen, ihre Finger wandern von einer Schulter zu anderen. Obwohl ich Jeans und T-Shirt trage, zittere ich leicht.

Ich glaube nicht, dass ich mir selbst erlaubt habe, darüber nachzudenken, ob ich sie auf *diese Weise* will, weil ich sicher war, dass es nie passieren würde. Aber jetzt, wo sie mich so berührt, ist es schwer, diese Gedanken auszublenden. Ihre Hände sind sanft, aber bestimmt, als wollte sie versuchen, einen Abdruck auf meiner Haut zu hinterlassen. Sie lässt von mir ab, um zu tippen. Es dauert nur eine Sekunde, und dennoch bringt der Verlust ihrer Berührung meinen Körper zum Seufzen.

Ihre Hände wandern tiefer zu meiner Hüfte. Sie steht hinter mir, sodass ich sie nicht sehen kann, aber ich spüre, wie sie sanft meine Hüften drückt, beinahe besitzergreifend. Etwas Heißes und Dickflüssiges badet in meinem Bauch wie Sirup.

»Siobhan«, sage ich.

»Halt still«, sagt sie mit gesenkter Stimme. »Fast fertig.«

Aber ich will nicht, dass sie fertig wird, genau das ist es. Ich will, dass sie weitermacht. Ich will, dass sie nicht aufhört, mich zu berühren.

»Kann ich dich jetzt anschauen?«

»Noch nicht«, sagt sie. »Ich muss deine Beininnenlänge noch messen.«

Ich stöhne auf. Sie lacht, federleicht und platziert sanft ihre beiden Hände auf meinen Oberschenkeln. Ich habe das Gefühl, mein Gehirn blendet aus.

»Ein bisschen öffnen«, weist sie mich an, mit noch immer gesenkter Stimme. »Es geht von deinem Schritt bis zum Knöchel.«

Wird sie mich im Schritt berühren? Jesus. Daran hab ich nicht gedacht, als ich sie gefragt hab, ob sie meine Maße nimmt.

»Und, kannst du dich umdrehen?«

Ich drehe mich, ungeschickt, langsam – wie ein Fohlen, das seine ersten Schritte macht. Ich weiß, dass mein Gesicht in Flammen steht. Ich weiß, dass mich etwas so Einfaches wie meine Freundin, die meine Maße nimmt, viel zu sehr aufwühlt. Aber dann sehe ich ihr Gesicht, wie rot und fleckig ihre Wangen sind, wie ihre Hand ein bisschen zittert, als sie das Maßband gegen die Innenseite meiner Schenkel hält. Ihre Hand ist so nah an meinem Schritt. Würde sie nur eine winzige Bewegung machen …

»Okay.«

Siobhan seufzt, als hätte sie die ganze Zeit den Atem angehalten, dann dreht sie sich zu meinem Handy und tippt etwas hinein. Ein Teil von mir denkt sich: Wow, das war's jetzt? Bin ich die Einzige, die … all das hier fühlt? Ich überlege, wie ich es ansprechen kann, wie ich überhaupt Worte dafür finden soll, wenn ich so aufgebracht bin – aber dann lässt Siobhan mein Handy fallen, ein dumpfer Schlag und dann pressen sich unsere Körper aneinander und alle Gedanken fliegen aus meinem Kopf.

Jeder Zentimeter unserer Körper berührt sich, ihre Hände greifen nach meinen Hüften, meine Arme sind um ihren Hals geschlungen. Wir haben uns auch vorher schon geküsst, aber so noch nie. Als wir auseinandergehen, sterbe ich ein bisschen.

»Mahalia«, stößt Siobhan aus. »Kann ich dein T-Shirt ausziehen?«

»Warum?«, frage ich. »Willst du meine epischen Brüste sehen?«

»Ja.« Sie grinst, küsst mich wieder. »Genau.«

Eine Sekunde lang beiße ich mir auf die Lippe. Sooft ich darüber auch nachgedacht habe, so weit war ich mit einem Mädchen noch nie. Aus irgendeinem Grund kann ich nicht aufhören, daran zu denken, was diese Frau vor zwei Wochen in der Kleider-Boutique zu mir gesagt hat: *Versucht es mal bei Lane Bryant.* Wird Siobhan abgetörnt sein, wenn sie all die Dellen meines Körpers sieht?

Siobhan küsst meine Wange, ihre Finger zeichnen die nackte Haut genau über meinem Hosenbund nach.

»Ich kann es zuerst machen«, sagt sie in meinen Nacken. »Wenn du willst.«

Auf keinen Fall. Wenn sie anfängt, werde ich kneifen. Mit einem tiefen Atemzug zwinge ich mich dazu, mein T-Shirt abzustreifen, und werfe es mit einer schnellen Bewegung zu Boden. Auf Siobhans Gesicht breitet sich ein Grinsen aus. Ich verschränke meine Arme vor der Brust, aber sie schüttelt ihren Kopf und tritt näher, um sie wegzuziehen.

»Nein, nein, nein«, murmelt sie. »Das ist nicht fair.«

Nichts von dem, was ich trage, ist sexy. Mein BH ist schon jahrealt und ihm fehlt ein Haken. Aber Siobhan küsst mich wieder, leidenschaftlich, und ich kann fühlen, wie sehr sie mich *will,* als sie ihren Körper gegen meinen presst. Es ist überwältigend.

»Glaubst du«, sagt sie gegen meinen Mund, »ich kann dich davon überzeugen, deinen BH auszuziehen?«

»Weißt du«, sage ich und greife hinter meinen Rücken, »für eine, die so was noch nie gemacht hat, bist du ziemlich geschmeidig.«

»Geschmeidig?« Sie prustet los. »Bist du meine Großmutter?«

»Bitte red jetzt nicht von deiner Großmutter.«

Meine Hände fummeln am Verschluss herum, bis sie ihre zu meinem Rücken führt. Ihre Finger bedecken meine. Ihr Blick verhakt sich mit meinem, sie wirft mir ein schüchternes Lächeln zu. Und als der BH von mir abfällt, fühle ich mich nicht nackt, nicht so, wie ich gedacht hätte. Siobhans Blick auf mir fühlt sich an wie eine Liebkosung, die Hitze hinterlässt, wo immer sie hingleitet. Es ist irgendwie unfassbar, dass sie mich genauso sehr will wie ich sie.

»Mahalia«, sagt sie. »Du bist wunderschön.«

Ich küsse sie wieder, diesmal überall: auf ihre Augenlider und ihre Wangen und ihren Nacken und ihre Brust, ich fummele an ihrem Shirt herum, damit ich an ihre Brüste komme. Überallhin. Und dann zeigt sie mir, wie ich Dinge mit meinem Finger machen kann, bei ihr, so wie ich es normalerweise bei mir selbst mache, unter der Dusche, im Bett. Sie ist weich und warm und als ich ihr Gesicht beobachte, als ich beobachte, wie sich ihre Augenbrauen zusammenziehen und wie sie ihre Lippe bearbeitet, kann ich nicht glauben, dass ich das hier gerade wirklich tue. Ich bin in ihr, und es fühlt sich auf eine verbotene Weise intim an, als hätte ich nicht genug geleistet, um das hier zu verdienen.

Es gibt keine keuchenden Schreie, und ich frage mich, ob ich es falsch mache. Aber sie greift nach mir und küsst mich und macht dieses Geräusch in meinen Mund hinein und dann weiß ich, dass ich es richtig mache. Und als sie danach zu mir hochblinzelt, läuft mir ein Schaudern die Wirbelsäule herab.

»Wow«, sagt sie. »Das war nicht der Historienfilm, den ich erwartet hätte – auf jeden Fall mehr *Bridgerton* als *Wuthering Heights.«*

Dann schubse ich sie, obwohl wir beide lachen.

♩♫♪

»Da ist was, dass ich dir zeigen will. Aber du darfst dich nicht über mich lustig machen.«

Wir sind noch immer in Siobhans Bett, die Beine ineinander verschlungen, die Gesichter einander zugewandt, als wären wir die einzigen Menschen auf der Welt.

»Mahalia«, sagt Siobhan. »Wann habe ich mich je über dich lustig gemacht?«

Ich verdrehe die Augen, aber ich kann nicht aufhören zu grinsen. Ich weiß nicht, wie lange wir schon hier liegen, und es ist mir auch völlig gleichgültig. Ich könnte für immer hierbleiben.

»Komm schon«, sagt Siobhan und setzt sich auf. »Zeig mir, was das große Geheimnis ist.«

»Es gibt kein großes Geheimnis«, sage ich. »Ich hab dir nur so was wie ein Mixtape gemacht.«

Ihre Augen kräuseln sich in den Winkeln. »Ein Mixtape? Wie in den Achtzigern?«

»Es ist nicht wirklich ein Mixtape«, stelle ich richtig. »Aber es ist so was wie eine Playlist? Auf Spotify. Ich hab mein Handy nicht in Reichweite, du kannst sie aber auch auf deinem aufrufen ...«

Meine Stimme verliert sich, als sie nach ihrem Handy fischt.

»Wie heißt sie?«

»Also«, sage ich. »Hier, ich such sie.«

Obwohl ich der Ansicht bin, dass die Playlist irgendeinen superbesonderen Titel hätte kriegen müssen, heißt sie schlussendlich schlicht »Finale Playlist für Siobhan«. Was ehrlich gesagt nicht wirklich romantisch ist, aber das kommt halt davon, wenn das ganze Ding drei Überarbeitungsrunden mit deiner extrem kritischen besten Freundin durchläuft. Der extrem kritischen Freundin, mit der ich zu diesem Zeitpunkt nicht rede.

»O mein Gott«, sagt Siobhan und lugt mir über die Schulter. »Ist da St. Vincent drauf? Lass mal sehen.«

Es ist immer noch ein bisschen seltsam, so mit ihr im Bett zu liegen, ohne Kleidung, aber sie greift an mir vorbei zum Handy, als wäre es keine große Sache, dass sich unsere nackten Körper aneinanderdrücken. Und es fühlt sich tatsächlich irgendwie natürlich an – oder so, als wird es das in Zukunft sein.

»Du darfst nicht lachen«, sage ich, als sie mir das Handy aus der Hand nimmt. »Und zwar musst du mir das jetzt versprechen, ehe ich alles in einem Anfall von Peinlichkeit lösche.«

»Ich verspreche, nicht zu lachen«, versichert sie mir. »Wann hast du sie gemacht?«

»Ähm.«

Ich weiß nicht, ob ich ihr sagen darf, dass ich kurz nach unserem Kennenlernen damit angefangen habe, oder ob das zu creepy ist. Zum Glück drückt sie schon auf *Play* und »I Prefer Your Love« von St. Vincent ertönt. Siobhan macht eine dramatische Lippensynchronisation, in der sie sich mit den Händen über das ganze Gesicht und durch ihre Haare streift, als wäre sie in einem Musikvideo.

»Okay, nein.« Ich greife nach dem Handy. »Es ist ruiniert. Du hast es ruiniert.«

»Warte doch mal«, sagt sie. »Ich will alle Lieder sehen.«

Ich versuche nicht zusammenzuzucken. Ich hab mein Bestes gegeben, aus der Playlist einen Mix aus Songs zu machen, die wir beide kennen. Aber ihr das tatsächlich zu zeigen, ist immer noch ein Riesending für mich.

Zu der finalen Playlist zählen:

»I Prefer Your Love« by St. Vincent
»Edge of Seventeen« by Stevie Nicks
»Make Me Feel« by Janelle Monáe
»If It Isn't Love« by New Edition
»The Only Exception« by Paramore
»Don't You (Forget About Me)« by Simple Minds
»Electric Relaxation« by A Tribe Called Quest
»Just Can't Get Enough« by Depeche Mode

»No Diggity« by Blackstreet
»I Wanna Dance With Somebody« by Whitney Houston
»Bad Reputation« by Joan Jett
»Simply the Best« by Tina Turner
»Lose My Breath« by Destiny's Child
»Head over Heels« by Tears for Fears
»Every Little Thing She Does Is Magic« by The Police
»Friday I'm in Love« by the Cure

»Sorry«, sage ich. »Ich hab im Grunde schon damit angefangen, als ich noch nicht wusste, dass du nur auf Musik der Indie-Rock-Persuasion stehst. Aber ich hab mein Bestes gegeben.«

»Paramore *ist* ein bisschen gewöhnlich.«

Meine Augenbrauen schießen hoch, aber sie grinst immer noch, entzückt. Das bringt mich auch zum Lächeln.

»Also hast du schon vor einer ganzen Weile damit angefangen?«

»Warum willst du mich dazu kriegen, dass ich mich hier selbst lächerlich mache?«

»Ich lache nicht«, sagt Siobhan, obwohl sie das schon irgendwie tut. »Ich finde es unfassbar süß. Ich werde sie hören, bis ich alle Songs satthabe, und selbst dann werde ich sie noch einmal hören.«

Sie küsst meine Wange, mit einer ausladenden Geste. Meine Wangen brennen, obwohl niemand außer uns beiden hier ist.

Siobhan hat wohl die Shuffle-Taste gedrückt, denn nach St. Vincent setzt jetzt »Electric Relaxation« ein. Ich mustere sie aus den Augenwinkeln. Sie scheint das Lied nicht zu kennen, was bedeutet, sie ahnt nicht, dass es hier um Sex geht. Aber wenn sie auf die Lyrics achtet, wird sie es merken. Plötzlich bereue ich, dass ich so viele Lieder über Sex ausgewählt habe.

In den Lyrics tauschen sich Phife and Q-Tip über ihren sexuellen Zustand aus. Es fallen Begriffe wie »horny state« und »pounding the pootnang«.

»Was ist eine Pootnang?«, fragt Siobhan.

Ich huste. »Äh, es ist so was wie deine Vulva.«

Sie fängt an zu lachen. Ich will mitlachen, aber meine Wangen brennen so lichterloh, dass mein gesamtes Gesicht in Flammen stehen könnte.

»Versuchst du mir etwas mitzuteilen, Mahalia?«, fragt sie und beugt sich vor. Sie ist so nah, dass unsere Lippen sich beinahe berühren. »Gibt es eine versteckte Botschaft?«

»Ich glaube«, sage ich, »ich habe diese Botschaft schon vorhin übermittelt, als ich –«

Und dann küsst sie mich, und für eine kleine Weile sage ich kein einziges Wort mehr.

AKTUELLER KONTOSTAND: 89,93 $

–300 $ für das Kleid
Ziel: 1.408 $

KAPITEL 29

Zu Hause angekommen bemerke ich die Mail nicht sofort. Ich bin zu euphorisch. Als ich meine Schuhe an der Wohnungstür abstreife und in meiner Mail-App checke, ob sich die Person auf Etsy auf meine Nachricht mit den Kleidermaßen zurückgemeldet hat, schwebe ich wie auf Wolken. Mein Zusammensein mit Siobhan gibt mir das Gefühl, dass Dinge möglich sind – dass die Schule sich von selbst regeln wird, dass die Zukunft kein riesiges Chaos sein wird, dass meine Party wahr werden *wird.*

Aber dann fällt mein Blick auf die Mail der College-Prüfungskommission.

Anstatt sie zu öffnen, marschiere ich auf direktem Weg in mein Zimmer und stürze mich auf meinen Laptop. Die wenigen Sekunden, in denen sich der Computer mit dem Wi-Fi verbindet, kommen mir vor wie eine Ewigkeit. Ich kann kaum atmen, aber ich bin sicher, dass ich mich gleich übergeben werde. Es juckt mich in den Fingern, Naomi eine Nachricht zu schicken. Aber ich tu's nicht, sondern logge mich in die Website der Prüfungskommission ein und manövriere mich beinahe auf Autopilot zu meinem Account. Als ich meine Testergebnisse endlich finde, dauert es ein paar Sekunden, bis mein Gehirn die Zahlen verarbeitet hat.

700 von 800 Punkten für Englisch. Das Grinsen vergeht mir im Nu.

480 von 800 Punkten für Mathe.

Das macht zusammengerechnet 1.180 Punkte und erscheint eine Million Meilen entfernt von den 1.350 Punkten, auf die ich gehofft hatte. Ich blinzele und erwarte Tränen, aber meine Augen sind trocken. Ich fühle mich nur ... betäubt.

Ich hatte kein überragendes Ergebnis erwartet. Aber dass es unter meinem PSAT liegen würde, habe ich nicht kommen sehen. Liegt es daran, dass ich nicht genügend gelernt hatte? Oder daran, dass ich nicht an den Vorbereitungskursen teilgenommen habe? Oder einfach daran, dass diese spezielle Testversion all meine Schwächen hervorgerufen hat? Ich reibe mir über die Stirn, auf der sich tiefe Zweifelfalten gebildet haben.

Die Website hat Buttons, die mir den Weg zu einer neuen Testanmeldung weisen, aber ich bin noch immer traumatisiert vom letzten Mal. Schon der Gedanke, das Ganze noch einmal zu schreiben – mich endlos vorzubereiten, mich wochenlang davor zu fürchten und schließlich hinzusetzen und einen Test zu machen, von dem ich weiß, dass er meine Zukunft maßgeblich beeinflussen wird –, erzeugt in mir den Wunsch, mehrere Monate durchzuschlafen. Und es ist offensichtlich, dass das Alleinelernen bei mir nichts bringt, also muss ich tatsächlich einen Vorbereitungskurs finden, den ich bezahlen kann, was bedeutet, mehr Geld und Zeit zu investieren.

Ich kralle meine Hand in eins meiner Kissen und schreie hinein, so laut ich kann.

»Mahalia?«

Mein Kopf schießt hoch. Als ich vor ein paar Minuten reinkam, habe ich Mom nicht gesehen. War sie die ganze Zeit über hier? Ich lege das Kissen in meinen Schoß und hoffe, dass sie mich nur für das Schreien rügt. Aber dann ruft sie mich wieder beim Namen, ein bisschen schärfer diesmal, und ich weiß, dass irgendwas los ist.

Mein Gott. Warum ist eigentlich ständig was los?

Wenn Mom gut in Form ist, kann sie meinen Bullshit schon von Weitem riechen. Ich bin noch nie mit einer großen Lüge davongekommen. Es ist, als würde Mom spüren, wie sich die Lüge in meinem Kopf bildet, ehe ich sie überhaupt in Worte gefasst habe. In letzter Zeit hat Mom mich kaum beachtet, aber heute ist sie wieder ihr altes Selbst. Das wird mir klar, sobald ich das Wohnzimmer betrete. Sie steht am Tisch, die Arme verschränkt, eine Augenbraue hochgezogen. Für einen Augenblick könnte ich schwören, sie kennt meine SAT-Ergebnisse. Mom hat keinen Zugang zu meinen Prüfungsergebnissen und davon abgesehen, habe ich mich ohnehin allein durch den SAT manövriert. Nein, hier geht's um was anderes.

»Mahalia«, sagt sie. »Wie war die Arbeit?«

Shit. Weiß sie, dass ich bei Siobhan war? Es ist eine gefühlte Ewigkeit her. *Weiß* Mom überhaupt, wer Siobhan ist?

»Äh«, sage ich. »Es war, äh, okay.«

»Das ist seltsam«, erwidert sie und neigt den Kopf. »Denn als ich vorhin ein paar Tomaten dort gekauft habe, konnte ich dich nirgends entdecken.«

Ich zucke zusammen.

»Wir wissen beide, dass du nicht da warst«, fährt sie fort. Ihre Stimme ist tonlos. »Aber Naomi war sehr hilfsbereit. Sie sagte, deine Schicht war früh zu Ende und du seist wohl bei deiner neuen Freundin.«

Mir sinkt das Herz bis in die Magengrube.

Mich vor Mom zu outen, war schon immer unvorstellbar für mich. Manchmal denke ich, ich mach's, wenn ich nicht mehr zu Hause wohne, meinen eigenen Beruf habe und nicht mehr von ihr abhängig bin. Wie sie darauf reagieren würde, weiß ich nicht. Unsere jetzige Kirche ist zwar cool, aber Kirchen, zu denen sie mich in der Vergangenheit geführt hat, behaupten, Homosexualität sei eine Sünde, oder tun so, als gäbe es keine queeren Menschen. Während einem der seltenen Besuche bei meinen Großeltern sagte meine Großmutter, wenn Mom mich weiterhin wie einen Jungen kleidet, würde aus mir eine Lesbe werden. Für einen derart lächerlichen Spruch ist Mom meiner Grandma natürlich aufs Dach gestiegen. Aber wäre es demnach okay für sie, dass ich gay bin? Keine Ahnung.

»Das solltest du mir erklären«, sagt sie. »Ich verstehe es nicht und was ich von Lügen halte, weißt du. Wir lügen uns nicht an. War das nicht unsere Abmachung?«

»Ja«, sage ich. »Aber du lügst ständig, wenn du mir die Wahrheit vorenthältst.«

Ihre Augenbrauen schießen in die Höhe. Es kostet mich all meine Kraft, mich nicht sofort zu entschuldigen.

»Wie bitte?«

Mom hat mich fast nie geschlagen, als ich klein war, und wenn andere Schwarze Kids erwähnten, dass sie verprügelt wurden, hab ich immer mitgenickt, als wüsste ich, was sie meinten. Aber etwas an Moms Blick erzählt mir, dass ich vielleicht nicht länger so tun muss, als ob.

»Du hast mir verschwiegen, dass du operiert wirst, bis zu dem *Tag*, an dem es so weit war«, sage ich und ziehe den anderen Stuhl vom Esstisch hervor, obwohl ich nicht vorhabe, mich zu setzen. »Und als ich zehn war, hast du mir nicht gesagt, dass wir umziehen, bis es passiert ist. Du hast mir nicht erzählt, dass Dad eine Freundin hat, bis ich sie zum ersten Mal getroffen habe. Es gibt viele Dinge, die du mir nicht erzählst.«

»Weil ich die Erwachsene bin«, feuert sie zurück. »Und tu bloß nicht so, als würdest *du mir* alles erzählen, Mahalia.«

Normalerweise würde ich mir mit meiner Mom kein Blickduell liefern. Zu lang in ihre wütenden Augen zu schauen, lässt mich garantiert in Flammen aufgehen oder richtet sonst was mit mir an. Aber diesmal bin auch *ich* wütend. Ich bin wütend darüber, dass sie mir Dinge versprochen hat, die sie nicht einhalten konnte. Ich bin wütend, weil wir nicht so leben, wie ich es mir wünsche. Ich bin wütend auf sie, auch wenn das ungerecht ist, denn mir ist ja bewusst, dass sie nichts dafür kann. Ich bin wütend, weil ich weiß, dass sie mein sicherster Mensch ist, auf den ich wütend sein kann. Aber anstatt sie anzusprechen oder mich zu entschuldigen, überrasche ich mich selbst damit, dass ich genau das ausspreche, was ich denke.

»Mom«, sage ich. »Ich bin lesbisch.«

Ihre Augen zucken. Ich warte noch eine Sekunde, aber sie fängt nicht an zu schreien oder mich die Brut des Teufels zu nennen. Allerdings lächelt sie auch nicht oder zieht mich für eine Umarmung an sich, so wie ich es bei anderen Eltern im Fernsehen gesehen habe. Ich bin nicht sicher, was ihre Reaktion bedeutet.

»Lesbisch?«

»Ich meine«, sage ich. Ich setze mich ihr gegenüber und falte meine Hände. »Ich bin entweder gay oder vielleicht pansexuell, aber … ich bin mit einem Mädchen zusammen. Ihr Name ist Siobhan.«

Sie reibt sich über die Stirn, so fest, als hätte ich ihr gerade erzählt, dass ich einer kriminellen Bande beigetreten bin.

»Ich weiß nicht, was pansexuell bedeutet«, gesteht sie.

»Es ist so etwas Ähnliches wie bisexuell«, sage ich. »Aber –«

»Wenn du bisexuell bist«, sagt sie mit zusammengezogenen

Augenbrauen, »also … das heißt aber, dass du immer noch mit einem Jungen zusammen sein könntest, richtig?«

Ich blinzele so heftig, dass es beinahe wehtut.

»Also, nein, denn ich bin mit Siobhan zusammen«, sage ich. »Und Jungen im Allgemeinen irritieren mich.«

»Aber das …« Sie schüttelt den Kopf. »Schätzchen, Jungs in diesem Alter sind grauenhaft. Wenn du älter bist, wirst du sicher einen Jungen finden, den du magst. Jungen brauchen nur ein wenig länger, um zu reifen. Du bist doch noch so jung.«

»Darum geht es doch gar nicht«, sage ich und zwinge mich, sie nicht anzufahren. »Ich – ich mag Siobhan wirklich, und wir sind zusammen. Das versuche ich dir gerade zu sagen. *Darum* geht es.«

»Weiß Naomi Bescheid?«

»Worüber? Siobhan?« Ich verziehe den Mund. »Ja. Tut sie.«

Sie nickt. »Wer noch?«

»Ähm …« Meine Stimme erstirbt. »Eigentlich niemand.«

»Gut.«

»Gut?« Meine Augenbrauen schießen hoch. »Mom, ich hab dir gerade erzählt, dass ich eine feste Freundin habe, und du hast mich nicht mal nach ihr gefragt. Willst du nicht wissen, wie sie ist?«

Mom presst ihre Lippen aufeinander.

»Ich glaube«, sagt sie langsam, »dass du für das alles noch zu jung bist.«

»Für *was* alles?«

»Pass auf, wie du mit mir sprichst«, sagt sie, und ein warnender Unterton kriecht in ihre Stimme. »Ich habe nie entschieden, ob ich dir erlaube zu daten.«

Was sie sagt, ergibt keinen Sinn.

»Ich bin sechzehn«, erwidere ich. »Ich habe einen Job. Ich

fahre Auto. Ich helfe, die Rechnungen zu zahlen. Und ich bin nicht alt genug, um zu daten?«

Mom senkt ihren Blick.

»Nein, ich bin mir nicht sicher, ob du alt genug dafür bist«, sagt sie. »Das ist eine große ... vielleicht bist du ... verwirrt. Warum würdest du dich als lesbisch einordnen, wenn du noch nicht mal ... reif genug bist?«

Jesus.

»Ich bin nicht verwirrt.« Ich versuche nicht mal, meine Stimme zu senken. »Und was du sagst, ergibt nicht mal Sinn. Gibt es irgendein magisches Alter, in dem mir erlaubt wird, lesbisch zu sein? Muss ich erst aus dem Haus sein, bis du mit meiner sexuellen Orientierung klarkommst?«

Mom schüttelt den Kopf, als wäre ich lächerlich, und ich will ihr ins Gesicht schreien.

»Du musst das verstehen, Mahalia«, sagt sie. »Es geht nicht nur um mich. Es geht – alle würden dazu etwas zu sagen haben. Verstehst du das? Alle in der Kirche würden darüber reden.«

»O Gott«, sage ich. »Die Kirche, in die wir einmal im Monat gehen? Was die Leute dort zu sagen haben, interessiert mich nicht. Kein Stück. Mich interessiert, ob *du* mir das Leben schwer machen wirst, wenn ich meine Freundin mit zu mir nach Hause bringe. Ich will wissen, dass *du* mich nicht anders anschauen wirst.«

»Wie könnte ich nicht?«, fragt Mom. »Du *bist* anders.«

In meiner Kehle steckt ein Kloß. Ich schüttle meinen Kopf. Was habe ich erwartet?

»Ich gehe in mein Zimmer«, sage ich und greife nach meiner Tasche. »Ich habe Hausaufgaben.«

Sie kommt mir nicht hinterher.

AKTUELLER KONTOSTAND: 69,93 $

–20 $ für Benzin
Ziel: 1.408 $

KAPITEL 30

Als ich am nächsten Tag die Wohnung verlasse, um zur Schule zu gehen, habe ich endlich wieder das Gefühl, frei atmen zu können. Klar, meine Mom redet nicht mehr mit mir, meine beste Freundin redet nicht mehr mit mir, ich habe quasi den SAT verhauen und habe kaum noch genug Geld, um mir für mein neues Kleid ein paar passende Schuhe leisten zu können, von meiner Party ganz zu schweigen.

Aber ich werde Siobhan sehen. Das wiegt alles Schlechte wieder auf.

Während der gesamten Geschichtsstunde, in der Mr Willis uns für die AP-Examen zur College-Qualifizierung üben lässt, verfangen sich unsere Blicke, und wir lächeln uns an. Es ist, als würde Danny nicht mal mehr existieren – obwohl es schwerfällt zu übersehen, dass er Siobhan anschaut wie ein getretener Hund. Manchmal blickt sie zu ihm rüber, nachdem sie eine Seite von ihrem Papierstapel umgeblättert hat oder während sie mit dem Stift gegen ihr Kinn tippt, und irgendetwas geht zwischen ihnen hin und her. Ich zwinge mich, auf meinen eigenen Stapel zu schauen.

Welche der folgenden Bewegungen zwischen den Jahren 1870 bis 1920 …

Ich blicke wieder auf. Danny fixiert Siobhan noch immer, obwohl sie wegschaut.

Meine Zähne graben sich in meine Unterlippe, und ich versuche für die letzten fünf Minuten der Stunde, über ein Essay-Thema nachzudenken. Aber es ist so gut wie unmöglich. Siobhan und ich sind glücklich miteinander. Sie hat mit Danny Schluss gemacht, damit sie mit mir zusammen sein kann. Es gibt keinen Grund für das hässliche Gefühl in meiner Brust – also warum ist es immer noch da?

Der Gong zum Ende der Stunde reißt mich aus meinen Gedanken. So schnell ich kann, raffe ich meine Bücher zusammen. Obwohl sich Siobhan lächelnd zu mir umdreht, vergeht der Augenblick zu schnell, als dass sie meine wortlose Bitte zu bleiben, bemerken könnte. Den Blick, den Danny mir zuwirft, versuche ich zu ignorieren. Er sieht aus, als ob … er etwas Schlechtes riechen würde.

Er kann es nicht wissen, oder? Wir zeigen nicht offen, was zwischen uns ist. Vor allem, weil Siobhan sich nicht wirklich geoutet hat. Für mich ist es okay. Und mit diesem ganzen Danny-Ding will ich eh nichts zu tun haben.

Ehe ich Siobhan hinterhersausen kann, ruft Mr Willis: »Mahalia?«

Ich schließe meine Augen und halte einen Seufzer zurück, ehe er ihn hören kann. Alle anderen sind schon aus der Tür und beeilen sich, zur nächsten Stunde oder zumindest weg von diesem nervigen Übungstext zu kommen. Ich presse die Lippen zusammen und drehe mich zu Mr Willis.

»Setzen Sie sich«, sagt er. »Wie geht es Ihnen?«

Er verzieht das Gesicht, als bereite ihm die Frage körperliche Schmerzen. Es könnte wirklich sein, dass ich gleich aufstöhne. Mir hat schon gereicht, dass sich Mr Lewis wie eine

Figur aus *The Blind Side* aufgeführt hat – eine weitere brauch ich echt nicht.

»Mir geht es gut«, sage ich und stehe unbehaglich vor seinem Pult. »Aber ich habe Math–«

»Ich schreibe Ihnen eine Entschuldigung«, unterbricht er mich. »Ich wollte Sie nur wissen lassen – also, ich habe gerade die Gruppenprojekte bewertet.«

Ich zucke zusammen. Am Anfang jeder Geschichtsstunde fragt irgendwer, für gewöhnlich Lindsay Rocha, warum es so lange dauert, bis wir unsere Noten bekommen. Jedes Mal, wenn sie ihren Mund öffnet, macht Mr Willis ein Gesicht, als wollte er seinen Job kündigen, was ich ihm ehrlich gesagt nicht vorwerfe.

»Ich weiß, dass Gruppenprojekte heftig sein können«, sagt er mit gesenkter Stimme, als wollte er ein Geheimnis mit mir teilen. »Aber Ihr Aufsatz hat mich beeindruckt.«

Der Aufsatz, der quasi ein Manifest gegen das US-Wahlkollegium gewesen ist?

»Ähm«, sage ich. »Sind Sie sicher?«

Er schüttelt leicht seinen Kopf, auf seinem Gesicht liegt ein dünnes Lächeln. Dass Mr Willis mir ein Kompliment macht, ist schräg genug. Aber ein *Lächeln?* Nimmt er womöglich seit Kurzem Antidepressiva?

»Ich *bin* sicher«, versichert er mir. »Sie erinnern mich sehr an mich selbst, wissen Sie?«

Ich gebe mein Bestes, mein Gesicht nicht zu verziehen, was mir offensichtlich missglückt ist. Mr Willis *lacht.* Ich drücke meine Bücher fester gegen die Brust, als hätte er gerade ein Messer gezückt.

»Ich weiß, ich weiß«, sagt er und schiebt seine Kaffeetasse zur Seite. »Ihr langweiliger Geschichtslehrer ist nicht unbedingt jemand, mit dem Sie gerne verglichen werden möchtest.«

»Oh«, sage ich. »Ich hab nicht gemeint, dass –«

»Schon gut.« Er hält eine Hand hoch, schüttelt den Kopf. »Ich bringe es nur an, weil ich in meiner Collegebewerbung ebenfalls über das Wahlkollegium geschrieben habe.«

»Wirklich?« Ich muss heftig blinzeln. »Uns sagen sie, wir sollen über irgendeinen Kampf schreiben, den wir überwunden haben. Über irgendwas, dass uns das Leben schwer macht oder so was.«

»Auf eine Weise *habe* ich das getan«, sagt er und lächelt ein bisschen. »Im Grunde kreise ich hier um die Frage, ob du schon irgendwelche College-Pläne hast. Ich habe Geschichte in Berkeley studiert – ich hätte nichts dagegen einzuwenden, über dein Essay und deine Bewerbung zu schauen, wenn du an einem ähnlichen Lebensweg interessiert bist.«

Ich versuche mir Mr Willis in Berkeley vorzustellen, wie er kifft und davon redet, *»The Man«,* also die Regierung, zu bekämpfen.

»Eigentlich will ich Kommunikation studieren«, sage ich beinahe entschuldigend. »Um beim Radio zu arbeiten.«

Wider Erwarten sieht Mr Willis nicht enttäuscht aus. Stattdessen neigt er den Kopf zur Seite und nickt nachdenklich.

»Interessant« sagt er. »Tja, Sie haben eine starke Meinung – und starke Kommunikations-Skills. Das Angebot steht.«

Ich schiebe die Bücher in meinen Händen hin und her.

Ich weiß, dass es nicht *schräg* für einen Lehrer ist, wenn er dir mit den College-Essays hilft. Aber es ist trotzdem … irgendwie schräg, innerhalb einer Woche zwei Angebote zu bekommen. Ich kann mir nur schwer vorstellen, sein Angebot wirklich anzunehmen, aber er scheint es aufrichtig gemeint zu haben.

»Aber was ist mit …« Ich schürze meine Lippen. »Haben Sie nicht einen Haufen anderer Arbeit? Notengebung, Stundenvorbereitung und all so was?«

»Na ja, schon«, sagt Mr Willis. »Aber für Schüler:innen, an die ich glaube, nehme ich mir Zeit.«

Ich versuche das kleine Aufflackern von Stolz in meiner Brust zu ignorieren, aber als ich daran denke, wie es um meine College-Aussichten steht, erlischt es von selbst.

»Das wäre nett«, sage ich langsam. »Aber Sie müssen wissen – meine Ergebnisse im SAT waren nicht gut. Meine Noten reichen nicht aus, um als Abschiedsrednerin oder so was infrage zu kommen. Und ich glaube, ich muss mein Essay noch mal neu anfangen.«

»Tja, um dabei zu helfen, bin ich hier«, sagt Mr Willis. »Mahalia, ich halte Sie für klug und leidenschaftlich, und ich verspreche Ihnen, dass es von meiner Seite keine Erwartungen oder Bedingungen gibt.«

»Okay.« Als ich nicke, werden meine Wangen heiß.

Er zieht einen Block hervor.

»Und«, fügt er hinzu, als er das Entschuldigungsschreiben für meine nächste Stunde ausfüllt, »wenn Sie meine bescheidene Meinung wissen wollen, diese SATs sind Bullshit. Aber verraten Sie niemandem, dass ich das gesagt habe.«

Dass jemand so Verklemmtes wie Mr Willis vor mir flucht, sollte mich zum Lachen oder zumindest zum Lächeln bringen, aber ich drücke meine Bücher nur noch ein wenig fester an mich.

»Und Sie sind sich immer noch sicher, dass Sie das wollen?« Ich hasse es, wie klein meine Stimme klingt. »Selbst wenn es um die Stipendien geht?«

»Ich bin sehr sicher, Mahalia«, sagt er. »Wenn es hilft, können wir ein paar Stipendienbewerbungen miteinander durchgehen.«

Sein Blick schnellt hoch und fängt meinen ein.

Ein Teil von mir fühlt sich erbärmlich, so vor seinem Tisch zu stehen und um Hilfe zu bitten. Aber alles allein zu machen, hat sich auch ziemlich beschissen angefühlt. Und wenn ich die Wahl habe, zwischen Mr Willis und meinem Englischlehrer, der Kids of Color sammelt, als wollte er einen Preis gewinnen, dann ist meine Entscheidung klar.

»Okay«, sage ich und nehme das Entschuldigungsschreiben von ihm entgegen. »Ich danke Ihnen.«

♩♫♪

»Die Toiletten sind besetzt«, sagt Siobhan, als ich auf sie zugehe. »Alle drei Kabinen.«

Seit wir zusammen sind, haben wir eine Routine entwickelt. Jede freie Schulstunde flitzen wir zu den Toiletten im dritten Stock neben der Besenkammer und machen rum. Ansonsten kommen Mädchen hier nur rein, um zu rauchen oder sich für Sport nach der Schule umzuziehen.

»Shit«, sage ich. Möglicherweise hat mich das Gespräch mit Mr Willis zu sehr bestärkt. »Lass uns checken, ob der Musikraum frei ist.«

»Der Musikraum?«

»Das ist der einzige Klassenraum ohne Überwachungskamera«, antworte ich und ziehe eine Augenbraue hoch. »Du kannst dir doch denken, wie viele Leute *onanieren,* wenn sie grad keinen Unterricht –«

»Mahalia«, sagt Siobhan. Sie versucht ein ernstes Gesicht zu machen, aber ihre Mundwinkel verraten sie. »Ich kann nicht glauben, dass du gerade *onanieren* gesagt hast. Ich weiß, dass dein Musikgeschmack zwanzig Jahre in der Zeitrechnung zurückliegt –«

»*Okay,* kein Grund, The Cure anzugreifen«, sage ich. »Wie wär's mit einem Quickie auf dem Football-Feld?«

»Meine Güte, dich muss echt mal jemand bremsen.« Sie schüttelt den Kopf und legt ihren Arm um meine Schultern. »Wie wär's, wenn du mich ins Musikzimmer führst, und wir verhandeln unseren Quickie dort?«

»War doch nur ein Witz«, sage ich mit plötzlich warmen Wangen. »Ich habe nicht wirklich erwartet, dass du mit mir –«

»Logisch«, sagt sie. »Nehm ich dir *voll* ab.«

Die Zu-spät-Klingel ertönt, was bedeutet, dass jetzt alle in ihren Klassen sein sollten. Die Flure sind schon fast leer. Siobhan schaut sich links und rechts um, greift meine Hand und zieht mich an sich. Ehe ich fragen kann, was sie da gerade tut, küsst sie mich. Genau hier, offensichtlich für alle. Es ist im Grunde nur ein schneller Kuss, aber ich kann mich trotzdem hineinfallen lassen; kann trotzdem meine Augen schließen. Ich mag das Gefühl, mit ihr verschlungen zu sein: wenn ihre Haare gegen meine Wange streichen, ich ihren Geruch (vielleicht Irish Tea?) durch die Nase einatme und ihr Versprechen im Mund habe. Aber als wir uns voneinander lösen, schaut Siobhan mir nicht in die Augen. Sie starrt auf einen Punkt hinter mir. Ich drehe mich um.

Es ist Danny. Seine Augen sind weit aufgerissen, als hätte er gerade ein Gespenst gesehen.

»Oh«, sage ich.

»Danny«, sagt Siobhan und zieht ruckartig ihre Arme von meinen Schultern. »Hey –«

»Ist das dein *Ernst?«* Er schüttelt den Kopf. Ein kleiner Lacher, rau und scharf, zwängt sich aus seinem Mund. »Du warst die ganze Zeit über gay? Warum warst du dann überhaupt mit mir zusammen?«

»Danny«, sagt Siobhan wieder. »Komm, lass uns drüber reden. So einfach ist es nicht.«

»Ich rede nicht mehr«, sagt er und weicht zurück. »Mit *dir.* Vielleicht will jemand anders etwas über deine kleine Freundin hören.«

»Was soll das heißen?«, platze ich dazwischen.

Danny antwortet nicht. Er ist zu beschäftigt damit wegzugehen. Siobhan starrt ihm hinterher.

»Siobhan«, setze ich an.

»Ich ...« Sie schüttelt den Kopf. »Ich muss mit ihm reden.«

Mit ihm über *was* reden? Die Chance, die Frage laut zu stellen, kriege ich nicht, denn sie läuft schon hinter ihm her.

»Shit«, sage ich laut. »Fuck.«

Hier stehe ich also, allein im Flur, bis es klingelt. Ich werde nicht zur nächsten Stunde gehen. Keine Ahnung, was ich tun werde. Keine Ahnung, wo ich hingehen werde.

Siobhan hat sich nicht geoutet. Ich hatte meine Party noch nicht – ich war noch nicht in der Lage, Leuten so von Siobhan zu erzählen, wie ich es gerne will. Und sie scheint besorgt – besorgt genug, um Danny hinterherzulaufen und mich stehen zu lassen. Keine Ahnung, was das bedeutet. Schämt sie sich für mich? Schämt sie sich dafür, mit einem Mädchen zusammen zu sein? Meinem Gefühl nach war es kein großes Ding, nachdem sie mit Danny Schluss gemacht hat, aber vielleicht war das auch nur Show. Vielleicht ist es jetzt etwas anderes, nach dem Wutausbruch ihres Ex-Freundes.

Fuck.

Ich will nicht, dass das hier auf ein Drama im Schulflur reduziert wird. Ich will nicht, dass unsere Beziehung für immer mit Danny verbunden bleibt. Ich will nicht, dass Leute mit Fragen auf mich zukommen oder mir schräge Blicke zuwerfen. Es ist eine Sache, wenn Siobhan und ich einfach nur anfangen könnten, auf dem Flur Händchen zu halten oder zusammen zu Schulbällen in der Schule zu gehen. Aber wenn die Leute jetzt plötzlich auf die Idee kämen, ich hätte Danny Elliot seine Freundin geklaut, wäre das etwas komplett anderes.

Mit Naomi kann ich darüber nicht sprechen. Sie würde es nicht mal richtig verstehen. Und mit meiner Mom kann ich offensichtlich auch nicht darüber reden. Wer sonst bleibt also übrig?

Ehe ich mich's versehe, verlasse ich das Schulgebäude. Die Hintertür ist schon offen für die Sportklassen und dass ich im Sturmschritt die Laufbahn überquere, fällt niemandem auf. Ich glaube, es interessiert nicht mal irgendwen. Es gab mal Zeiten, da hat es mich verletzt, dass mir kaum jemand einen zweiten Blick gönnte, wenn ich vorbeilief, aber inzwischen habe ich mich daran gewöhnt. Ich will nicht, dass die Leute über mich flüstern. Ich will nicht der Mittelpunkt irgendeiner schrägen Geschichte sein.

Ich gehe weiter und weiter, bis ich, irgendwie, vor dem Haus meines Vaters lande.

AKTUELLER KONTOSTAND: 69,93 $

Ziel: 1.408 $

KAPITEL 31

Ich war erst ein paar Mal bei ihm zu Hause. Mein Dad hat tatsächlich ein *Haus,* während wir in einer Wohnung leben. Es ist nicht riesig, nicht mal annähernd vergleichbar mit dem von Naomi, aber es ist immerhin ein Haus. Blau und klein, mit einem braunen Dach und zwei Autos, die in der Einfahrt parken, und großen Fenstern mit Blumenkästen davor. Die hat wahrscheinlich Jada bepflanzt.

Drinnen lassen die offenen Fenster das Sonnenlicht und immer wieder einen frischen Wind herein. Die Wände sind in einer hellen Goldfarbe gestrichen. Ansonsten sieht es hier ziemlich ähnlich aus wie in Dads altem Apartment – dieselbe Couch, TV, Anlage und Boxen. Flure führen zu anderen Zimmern, die ich noch nicht erkundet habe. Bei Naomi zu Hause kenne ich mich besser aus als hier.

Jada hat sich auf dem Boden ausgebreitet, vor sich Reign und Legend. Legend liegt auf dem Bauch und starrt mich mit einem offenen kleinen Mund an, als ich ins Zimmer komme. Reign steht, die Hände in die Hüften gestemmt, ihre kleinen Zöpfe mit Perlen verschlossen. Sie starrt mich förmlich an.

»Mahalia«, sagt Jada und hebt ihren Kopf. »Dich habe ich ja schon eine ganze Weile nicht mehr gesehen.«

»Ja«, sage ich. Meine Stimme ist voll brüchig. Fuck. Ich

hab keine Lust auf Familienzeit mit meinen kleinen Halbgeschwistern und mich mit Jada unterhalten will ich auch nicht. Ich will mich nur ... bei jemandem ausweinen, der mit all der Scheiße, die gerade abgeht, nichts zu tun hat. Und die erste Person, die mir eingefallen war, ist Dad.

Jada und Dad tauschen einen Blick aus. Es ist so schräg zu sehen, dass sich die beiden wie ein Paar verhalten, obwohl sie ja genau das sind. Ich hätte es mir wohl besser zweimal überlegen sollen, ehe ich hier aufkreuze. Sie zusammen zu sehen, weckt alle möglichen Gefühle in mir, und ich weiß nicht wirklich, wie ich damit umgehen soll.

»Reign«, sagt Jada nach einer Weile. »Sag deiner Schwester Hallo.«

»Hi«, begrüßt mich Reign. Dann sinkt sie auf den Schoß ihrer Mutter.

»Ich denke, Hallie und ich gehen eine Runde raus«, sagt Dad und wirft mir einen fragenden Blick zu. Ich gebe ihm den Hauch eines Nickens. »Für ein bisschen Vater-Tochter-Zeit.«

»Alles klar«, sagt Jada. »Viel Spaß, ihr zwei.«

»Komm schon«, sagt Dad und stupst mich Richtung Tür. »Ich weiß genau, wo wir hingehen.«

♩♫♪

Dad führt mich zu einem alten Diner in der Nähe seines Hauses. Die alte Dame am Eingang lächelt ihn an, und er weist mich mit einer Handbewegung zum Tresen.

Als ein junges Mädchen zu uns rüberkommt und fragt, was wir wollen, bestellt er einen Vanille-Milchshake für sich und einen Erdbeer-Milchshake für mich. Auch wenn es sich manchmal so anfühlt, ist mir klar, dass er mich nicht vergessen hat, denn er kennt meine Lieblingssorte und weiß auch, dass ich es hasse zu bestellen.

Dieser ganze Tag lässt mich viel zu viele Gefühle fühlen. Was mich total fertigmacht.

»Ich weiß, dass wir uns schon lange nicht mehr gesehen haben«, sage ich und reibe mir über die Stirn. »Es war eine ziemlich heftige Zeit und ich …«

Meine Stimme verebbt. Ich bin zu alt, um zu erwarten, dass durch ihn alles wieder besser wird. Aber bin ich nicht genau deshalb zu ihm gekommen?

»Ja, unser letztes Gespräch ist lange her«, sagt er, ohne mich anzuschauen. »Aber deine Mom meinte, du hättest einige Probleme mit mir. Deshalb fand ich es besser, dir etwas Raum zu lassen.«

Ich hasse es, dass er es so auslegt. Ja, ich habe Probleme mit ihm, aber er klingt defensiv und nicht so, als wollte er wirklich darüber reden. Dad hat mich nie richtig bestraft oder angeschrien, das hat er alles Mom überlassen. Ich habe keine Ahnung, wie er seine eigenen Kinder behandelt. Vielleicht teilt er Prügel aus oder vielleicht auch nicht. Der Gedanke, dass er ihr ganzes Leben lang für sie da ist, fällt mir schwer.

Er schlürft seinen Milchshake. »Wir müssen auch nicht, wenn du nicht willst«, meint er. »Ich habe schon bemerkt, dass du dich sehr distanziert hast. Im Grunde die letzten paar *Jahre.* Eigentlich seitdem du ein Teenager bist.«

»Tja, es ist nicht so, dass du wirklich etwas von mir mitbekommst«, sage ich und rühre mit dem Strohhalm in meinem Milchshake herum. »Woher solltest du es dann also wissen?«

Er hält inne, setzt seinen Becher ab. Ich schaue ihm nicht ins Gesicht.

»Deine Mutter und ich hatten einen Besuchsplan«, sagt er

und klingt, als wählte er seine Worte mit Bedacht. »Aber als du älter wurdest, hast du mich einfach angerufen oder mir eine Nachricht geschickt, wann immer du mich sehen wolltest. Als du damit aufgehört hast, dachte ich, es wäre das Beste, dir deine Zeit zu lassen.«

»Aber so laufen die Dinge nicht.« Ich schüttle den Kopf, ehe er überhaupt ausgeredet hat. »Du bist mein *Dad.* Es ist deine Aufgabe, auf mich zuzukommen, selbst wenn ich nicht mit dir rede. Wenn ich wütend auf Mom bin, weil sie mir Hausarrest gegeben hat oder irgend so was, dann verschwindet sie auch nicht einfach.«

»Ich bin nicht verschwunden«, sagt er. »Ich bin immer hier gewesen.«

»Na ja«, sage ich und rutsche auf meinem Sitz herum. »Es hat sich nicht mehr so angefühlt, seit ...«

Ich kann es nicht aussprechen. Wenn ich sage, dass er mich ignoriert, seit er weitere Kinder bekommen hat, werde ich mich einfach nur schrecklich anhören.

Ich habe es nicht zu Mom gesagt. Der einzige Mensch, dem ich das anvertraut habe, war Naomi, und an sie möchte ich jetzt nicht denken. Sie ist wie die Ausnahme jeder Regel.

»Seit wann?«

Ich antworte nicht. Ein Teil von mir bereut es, dass ich zu ihm gerannt bin, als alles zu schwer für mich wurde.

»Weißt du noch, als ich in der achten Klasse war?«, frage ich und starre in meine Tasse. Ein bisschen Eiscreme ist auf den Tisch getropft. »Und ich zum Jahresende dieses große Chorkonzert hatte?«

»Ähm.« Seine Augenbrauen ziehen sich zusammen. »Daran würde ich mich erinnern.«

»Tja, also«, sage ich. »Das war der Tag, an dem Jada Wehen

bekam. Und Reign, na ja, sie kam erst am nächsten Tag zur Welt, aber du bist trotzdem nicht gekommen. Obwohl ich dir die ganzen Wochen davor von dem Chorkonzert erzählt habe. Und als ich dich anrief, um dich zu fragen, wo du bleibst, hast du mich angeschrien.«

Obwohl es schon einige Jahre her ist, kann ich mich noch genau daran erinnern. Wie tränenerstickt ich am Telefon war und wie er sich verhielt, als hätte er nicht mal diese Zeit für mich. Mir war ja bewusst, dass er eine neue Familie und alles hatte, aber wie viel hätte es ihn gekostet, mir eine kurze Nachricht zu schicken, um mir mitzuteilen, dass er es nicht schaffen würde? Als das Konzert vorbei war, liefen alle mit ihren Eltern und Großeltern herum. Sie hatten Blumen von ihnen bekommen und von ihnen gehört, wie großartig sie waren. Und ich hatte nur Mom, die direkt von der Arbeit kam und die ersten paar Lieder verpasst hatte. Sie hatte mein Solo verpasst. Für mich war niemand da.

»Oh, Hallie.«

Ehrlich gesagt, weiß ich nicht mal, ob ich diesen Kosenamen noch von ihm hören will. Ich will ihn anschreien und anbrüllen. Aber meine Augen sind schon voller Tränen und das alles jetzt bei ihm abzuladen, würde mich so heftig zum Weinen bringen wie schon lange nicht mehr. Das weiß ich jetzt schon.

»Du warst nicht hier«, sage ich. »Und das ist wie, ach egal, wie auch immer. Mir ist klar, dass du andere Kids hast und so.«

Schließlich will ich nicht von ihm, dass er wieder bei uns einzieht oder so was in der Art. Aber wenn ich wüsste, dass er für mich da ist, vor allem, wenn ich auf niemand sonst zählen kann, dann hätte das vielleicht eine Bedeutung.

»Mahalia«, sagt Dad. »Schau mich an.«

Ich schiebe meinen Strohhalm zur Seite und nehme stattdessen einen riesigen Schluck von meinem Milchshake.

»Dein Bruder und deine Schwester sind nicht wichtiger als du«, sagt er. »Ich liebe euch alle gleich. Du bist diejenige, die mich zum Vater gemacht hat. Du hast mir mehr beigebracht als sie.«

»Okay«. Ich setze meinen Becher ab. »Weißt du, es ist nicht mal ein großes Ding –«

»Es tut mir so leid, dass ich dein Konzert verpasst habe«, fährt er fort. »Und alles andere, was ich verpasst habe, tut mir auch leid. Ich hielt es für das Richtige, dich aussuchen zu lassen, wann du mich sehen willst, aber vielleicht war das die falsche Entscheidung.«

Er schüttelt den Kopf und reibt sich die Augen.

»Ich weiß nicht«, sagt er. »Mein Dad war nicht für mich da. Ich habe keine Ahnung, wie so was geht. Ich versuche es herauszufinden.«

Ich beiße mir auf die Lippe. Irgendwie versteh ich ihn sogar. Ich hab ja auch keinen Plan, was ich tue. Ich wünschte nur, meine Eltern hätten einen.

Er ist still, eine so lange Weile, dass die Kellnerin zweimal an unserem Tisch vorbeikommt, als wollte sie fragen, ob es ihm gut geht. Nicht mal ich weiß, ob es ihm gut geht. Ich wollte, dass es ihn so sehr bedrückt wie mich, aber ich hätte nicht gedacht, dass es ihn tatsächlich so bedrücken *würde.* Und jetzt, wo es anscheinend so ist, bin ich nicht sicher, wie ich reagieren soll. Wenn ich an *Dads* denke, denke ich an Leute wie Danny von *Fuller House* oder Onkel Phil von *Der Prinz von Bel Air.* Ich denke nicht an meinen Dad, der mit seinem verschreckten Gesicht und seinem Adidas-Sweatshirt aussieht, als könnte er mein älterer Bruder sein.

Ich werde wahrscheinlich niemals einen Dad wie Onkel Phil haben. Aber das bedeutet nicht, dass ich meinen Dad komplett abhaken muss, richtig? Also könnte ich mich vielleicht öfter mal von der Schule wegschleichen und ihm Milchshakes abgewinnen. Er ist einfach nicht auf dem gleichen Level wie Mom, und das hab ich im Grunde ja auch immer schon gewusst.

»Ich muss dann jetzt mal los«, bricht Dad schließlich die Stille. Er räuspert sich. »Nie wieder werde ich ein Chorkonzert verpassen.«

»Ich meine«, sag ich. »Ich bin nicht mehr im Chor. Aber es wäre schön, wenn ... wenn du einfach ein bisschen mehr bei mir wärst. Selbst wenn ich dir nicht schreibe oder dich darum bitte.«

»Klar.« Er atmet tief ein. »Du könntest ja vielleicht mal zum Abendessen bei uns vorbeikommen. Ich kann mich nicht daran erinnern, wann du das letzte Mal dabei warst.«

»Ich weiß nicht«, sage ich. »Hast du nicht genug mit Reign und Legend zu tun?«

»Nein«, sagt er. »Und außerdem können wir Dinge zusammen machen, die mit Reign und Legend nicht gehen. Wir können Erwachsenenfilme schauen. Du könntest mich durch die Gegend fahren.«

Ich pruste los.

»Manchmal kann ich nicht glauben, wie schnell du erwachsen geworden bist«, sagt er. »Ich dachte, ich hätte mehr Zeit.«

O Gott. Jetzt blinzelt er richtig schnell.

»Dad«, sage ich. »Ich bin sechzehn. Nicht dreißig.«

»Aber bald.« Er schüttelt den Kopf, als hätte er sich entschieden. »Und ich werde nichts mehr davon verpassen. Das verspreche ich dir.«

Ich bin nicht sicher, inwieweit ich ihm glauben soll, aber es ist schön, das zumindest in diesem Moment zu hören. Ich räuspere mich und schiebe meinen Milchshake-Becher weg.

»Könntest du mich zurück zur Schule fahren?«, frage ich. »Ich bin da vorhin raus, was ich eigentlich nicht so richtig gedurft hätte.«

Sein Mund zuckt, während er aus dem Fenster schaut.

»Gott, ich weiß nicht, Hallie«, sagt er. »Ich glaube, jetzt braucht mich Jada wirklich wieder zu Hause. Ich lasse sie nicht oft mit den Babys allein. Es überfordert sie.«

»Es wären doch höchstens zehn Minuten.«

Dad streicht sich mit der Hand über den Kopf.

»Reign hat in der letzten Zeit *ziemlich* heftige Trotzanfälle. Vielleicht könntest du diesmal den Bus nehmen und ...«

Er fängt an, in seinen Taschen herumzukramen. Ich hasse mich für die Tränen, die mir jetzt in die Augen treten. Genau das ist es. Er macht diese Versprechen und bei der kleinsten Bitte zieht er sie zurück. Ich bitte ihn quasi um nichts, und er hält es trotzdem nicht durch.

»Alles gut.« Ich schüttle den Kopf und stehe auf. »Ich kann laufen.«

»Hallie –«

»Kannst du mich *nicht* mehr so nennen?«, zische ich. »Mein Name ist Mahalia.«

Ich erwarte nicht, dass er mir nachgeht als ich aus dem Diner gehe, aber es tut trotzdem weh, dass er es nicht macht.

AKTUELLER KONTOSTAND: -5,07 $

-75 $ für Lebensmittel
Ziel: 1.408 $

KAPITEL 32

Keine Ahnung, wie lange ich für den Heimweg brauche, aber es ist mir egal. Als ich unsere Wohnungstür aufschließe, ist wie gewohnt niemand da. Ich bin verschwitzt und vielleicht bin ich auch immer noch ein bisschen am Weinen, als ich in mein Zimmer gehe und mich auf mein Bett werfe. Ehe ich mich so richtig in mein kleines Heulfest fallen lassen kann, vibriert mein Handy. Einen Augenblick lang füllt sich meine Brust mit der Hoffnung, dass es Siobhan ist.

Aber nein. Es ist nur eine Erinnerung, dass ich bis Freitag den Veranstaltungsort für meine Party bezahlen muss. Bitter lache ich auf und schleudere mein Handy ans andere Ende des Bettes. Ich hab nicht mal genug für den Veranstaltungsort gespart, vom großen Rest ganz zu schweigen. Wie bin ich nur auf die Idee gekommen, ich könnte all das Geld selbst aufbringen? Ich war so naiv – nicht nur in Bezug auf die Party, sondern in Bezug auf alles. Dad wird sich nicht von null auf hundert ändern, nur weil er mich für eine Stunde in ein Diner ausführt. Naomi wird mir für immer böse sein, und ich werde nie wieder einen Nachmittag nach der Schule bei ihr zu Hause verbringen. Mom zu sagen, dass ich queer bin, war ein Fehler – und jetzt werden die Dinge für immer verkrampft zwischen uns sein. Und Stipendien für das College werde ich nach meinen SAT-Ergebnissen auch nicht kriegen, also werde ich hier festhängen.

Keiner der Menschen, an denen mir etwas liegt, redet mit mir. Mittlerweile bin ich sicher, dass Danny allen von Siobhan und mir erzählt hat.

Selbst wenn ich es schaffen *würde,* das Geld für die Party aufzubringen, bezweifle ich, dass irgendwer käme. Ich hab mir selbst die ganze Zeit was vorgemacht. Anstatt meinen Kopf im Kissen zu vergraben, zwinge ich mich aufzustehen und ziehe einen Schuhkarton unter meinem Bett hervor. Er ist mit all dem Partymist gefüllt – Einladungen, Dekomaterial, die Skizzen vom Kleid, das ich bestellt habe. Ich ziehe die Skizzen ein wenig zu heftig hervor, und sie reißen am unteren Ende.

Ich atme ein, scharf und zittrig. Natürlich. Das Kleid ist schon in der Mache, aber es sieht nicht so aus, als würde es noch irgendeinen Anlass geben, es zu tragen. Die Party kann ich vergessen, die steigt auf keinen Fall. Ich knülle die Skizzen in meiner Hand zusammen und reiße sie einmal in der Mitte durch. Dann noch mal und noch mal und noch mal, bis die Fetzen zu klein sind, um sie weiter zu zerreißen. Als Nächstes sind die Einladungen dran, ich nehme sie aus ihren Hüllen und reiße auch sie auseinander. Ehe ich mich's versehe, bin ich außer Atem, umgeben von winzigen Fetzen meiner todgeweihten Party.

»Mahalia?«

Mom klopft an, obwohl meine Tür offen steht. Hektisch versuche ich die Einzelteile in den Schuhkarton zu stopfen. Weil ich so an ihre tägliche Abwesenheit gewöhnt bin, habe ich völlig vergessen, dass sie heute nur bei einem Bewerbungsgespräch war.

»Warte«, sage ich. »Einen Moment noch.«

Sie kommt trotzdem ins Zimmer. Ich fühle ihre Blicke auf dem Schuhkarton in meiner Hand.

»Was ist das alles?«

Ich reibe mir über das Gesicht, anschauen will ich sie nicht. Gott, wie peinlich bin ich eigentlich?

»Nichts«, sage ich. Selbst ich klinge, als würde es mich zerreißen. »Nur Hausaufgaben.«

Mom schweigt. Wenn sie jemand anders wäre, würde ich denken, sie wäre gegangen, aber ich kann ihre Anwesenheit immer noch neben mir fühlen.

»Dein Vater hat angerufen«, sagt sie schließlich. »Er sagte, ihr zwei hättet ein kleines Treffen gehabt, während du eigentlich in der Schule hättest sein sollen.«

Gott, noch mehr Ärger verkrafte ich jetzt nicht.

»Ich hab mich nicht gut gefühlt«, sage ich und schiebe den Deckel wieder auf den Schuhkarton. »Und weil ich wusste, dass du ein Bewerbungsgespräch hast, wollte ich dich nicht stören. Es ist aber alles wieder gut.«

Sie schweigt für einen weiteren, langen Moment. Ich wünschte, sie würde einfach wieder verschwinden.

»Es tut mir leid, dass du eine schwere Zeit hattest, Baby«, sagt sie. »Kannst du mich mal anschauen?«

Meine Unterlippe fängt an zu zittern. Ich spüre, wie sie sich zu mir aufs Bett setzt.

»Das mit deiner Party tut mir leid«, entschuldigt sie sich. »Alles, was passiert ist, tut mir leid. Es ist hart für dich.«

Fuck. Jetzt weine ich schon wieder. Mom zupft an meinem Arm und zieht mich auf dem Bett zu sich hoch. Sie nimmt mich in beide Arme und wiegt uns sanft hin und her.

»Du musstest so schnell erwachsen werden«, sagt sie, ihr

Mund dicht an meinem Ohr. »Es fühlt sich an, als hättest du nie die Chance gehabt, ein Kind zu sein, und ich wünschte, ich könnte es verlangsamen. Wir werden diese Zeit nie zurückkriegen.«

Als ich zum letzten Mal vor meiner Mutter geweint habe, war ich in der achten Klasse, es war der Abend, an dem Dad nicht zum Chorkonzert erschienen ist. In ihren Augen war dieser superintensive Ausdruck, der mir erzählte, wie tief es sie getroffen hatte. Heute breche ich diese Regel. Ich öffne den Mund, um etwas zu sagen, aber heraus kommt nur dieser kleine Tierlaut.

»Ach Süße«, sagt sie und drückt mich fest. »Es tut mir leid. Es tut mir leid, dass ich ... ich weiß, dass meine Reaktion gestern nicht die war, die du dir von mir gewünscht hast.«

»Stimmt.« Ich wische mir die Nase. »Du warst echt schräg.«

»Ich war nur ... ich war überrascht.« Eine Strähne von ihrem Haar kitzelt mich an der Stirn. »Ich hatte so viele Fragen. Was, wenn du Kinder haben willst? Was soll das überhaupt heißen, sich von Jungs *und* Mädchen angezogen fühlen? Wie soll das beides in einer Beziehung funktionieren?«

Wenn andere Kids sich outen, lächeln ihre Eltern und sagen, sie hätten es schon immer gewusst. Bei meiner Mom war das wohl nicht so. Sie scheint sich mit allem auszukennen, *außer* mit mir.

»Bi zu sein, bedeutet nicht, dass du mit zwei Leuten gleichzeitig zusammen sein willst«, murmele ich. Mein Hals tut weh. »Es heißt nur –«

»Ich weiß«, sagt Mom mit sanfter Stimme. »Ich habe es nachgelesen. Ich wollte – ich versuche zu verstehen.«

Oh. Ich weiche zurück, um sie anzuschauen. Sie lächelt ein wenig beschämt.

»Also«, sagt sie. »Du magst immer noch Jungs, aber du magst jetzt auch Mädchen.«

Ich nicke. Und dann, ehe ich mich bremsen kann, kommt der ganze Rest aus mir raus – dass ich wegen dem Sweet-Sixteen gelogen habe, dass die Party eigentlich mein Coming-out für alle sein sollte, warum Naomi und ich nicht mehr miteinander reden.

»Ich hab sogar dieses alberne Regenbogenkleid bestellt.« Ich lache schniefend. »Aber jetzt hab ich wohl keinen Anlass mehr, zu dem ich es anziehen kann.«

Mom schweigt für einen langen Augenblick. Einen Moment lang bin ich sicher, dass ich sie verärgert habe. Ich bin sicher, dass sie wütend ist, weil ich sie wegen etwas so Großem angelogen habe und weil ich ihr Geld für eine Party nutzen wollte, die auf dieser Lüge aufgebaut war. Aber als ich aufschaue, sieht sie aus, als gäbe sie sich gerade große Mühe, sich das Lachen zu verkneifen.

»Eine Party, um anzukündigen, dass du lesbisch – *bi* bist.« Sie beißt sich auf die Lippe und kratzt sich ein bisschen am Hinterkopf. »Das ist allerdings ... sehr außergewöhnlich.«

Ich breche in Gelächter aus. Für einen Augenblick wirkt sie geschockt.

»Was?«, sagt sie. »Ich *versuche* es, Mahalia.«

Ich kuschele mich wieder an ihre Brust. Automatisch schlingt sie ihre Arme um mich.

»Ich weiß, Mom. Deine Bemühung ist eins a«, sage ich. Ich kann mich nicht erinnern, wann sie mich zum letzten Mal so festgehalten hat, aber es fühlt sich schön an.

»Es tut mir leid«, sagt sie. »Dass aus deiner bisexuellen Party nichts wird.«

Ich lache und fühle ihre Brust unter meiner zittern.

»Ist schon okay«, beschwichtige ich sie, obwohl ich mir da nicht so sicher bin. »Vielleicht kannst du eine für dein nächstes Kind schmeißen – vielleicht wird das ja auch queer.«

»Mädchen, ich bitte dich.« Sie lacht so laut, dass es mich fast umhaut. »Ich habe keinen Uterus mehr. Die Babyfabrik ist geschlossen.«

Zum ersten Mal frage ich mich, wie Mom sich fühlen muss. Dad hat eine andere Frau und zwei neue Kinder, und Mom wird nie wieder schwanger werden. Ist das traurig? Ich weiß es nicht. Aber für Mom ist die Sache offensichtlich völlig klar. Sie lacht wieder und sagt: *»Gott* sei Dank.«

»Ich bin kein schlechtes Kind«, stelle ich klar. »Es könnte viel schlimmer sein.«

»Könnte es«, sagt sie, und ihr Blick wird weich. »Ich hatte Glück, ich bin gesegnet mit dir. Du bist mein Ein und Alles, Baby.«

»Ja«, erwidere ich und lehne meinen Kopf an ihre Schulter. »Das bist du auch für mich.«

»Und jetzt«, sagt Mom. »Erzähl mir von ihr.«

»Von wem?«

Mom schnaubt.

»Na, von deiner Freundin natürlich.«

Ich fühle mich gewärmt, von innen nach außen.

KAPITEL 33

Ich bin ziemlich sicher, dass man keiner weißen Person mit einer ungesunden Obsession für *Wer die Nachtigall stört* trauen kann. Es ist keine wissenschaftlich geprüfte Theorie oder so, aber als Mr Lewis am Freitag zu Beginn der Stunde Atticus und Harper als seine Kinder ankündigt, erntet er von mir einen Seitenblick.

Naomi sitzt nur ein paar Stühle weiter von mir. Normalerweise machen wir uns gemeinsam über Mr Lewis lustig – indem wir uns vor seiner Nase heimlich Nachrichten schicken oder uns gegenseitig Grimassen schneiden –, aber diesmal schaut sie nicht zu mir rüber. Ich überlege, ob ich Siobhan schreiben soll, aber wir haben seit gestern kaum miteinander gesprochen.

Ich habe Angst, schrieb sie mir nach der Schule. Und was sollte ich darauf erwidern? Es ist, als ob durch Dannys Drohung, uns zu verraten, sämtliche Luft aus unserer Beziehung raus ist. Ich habe keine Ahnung, wie ich das wieder aufpusten soll.

»Es ist ein wertvolles Buch, oder etwa nicht?«, sagt Mr Lewis und lehnt sich an seinen Tisch. »Als ich in Ihrem Alter war, zählte es zu meinen Lieblingsbüchern. Ich habe das Gefühl, es hat mir so viel über die Welt beigebracht.«

Ich starre auf meinen Tisch und versuche keine Aufmerksamkeit auf mich zu ziehen.

Mr Lewis ruft eine andere Schülerin auf. »Ja, Ashley?«

»Ich hätte nicht gedacht, dass mir das Buch gefällt«, sagt Ashley. »Aber ich kann mich total mit Scout identifizieren. Sie erinnert mich an mich selbst, als ich jünger war.«

»Gut, gut«, sagt Mr Lewis, und klatscht in die Hände. »Noch jemand? Jake?«

»Ich mochte Atticus«, antwortet Jake. »Er hatte es voll drauf.«

»Und ich finde, man lernt viel über Rassismus.« Ich schaue über meine Schulter, um zu sehen, wem die Stimme gehört: Rebecca Sinclair, *noch eine weiße* Person. Die einzigen Leute, die sich in dieses Gespräch einbringen, sind weiße Personen – und die einzigen Schwarzen in diesem Klassenzimmer sind Naomi und ich.

Naomi bekräftigt meine Gefühle mit einem lauten Seufzer.

»Naomi?« Mr Lewis streckt seine Hände nach ihr aus. »Haben Sie etwas hinzuzufügen?«

»Oh«, sagt sie und lehnt sich auf ihrem Stuhl zurück. »Nein, ist schon okay.«

Übel. Wenn Mr Lewis sich einmal auf eine Person eingeschossen hat, gibt es kein Entkommen mehr. Ich schaue zur Uhr über der Tafel. Noch fünfzehn Minuten. Wir schaffen das.

»Also bitte«, sagt er. »Sie haben das ganze Buch durchgelesen und *keinen einzigen* Gedanken dazu?«

Ich weiß, dass er sie necken will, aber allein schon das macht mich wütend. Keine Ahnung, was in Mr Lewis' Kopf abgeht, aber was es auch ist, es gefällt mir nicht. Als ich den Mund öffnen und etwas sagen will, überrascht mich Naomi.

»Zu meinen Lieblingsbüchern zählt es nicht«, räumt sie ein. »Die ganze Geschichte erzählt etwas *über* Schwarze Menschen, aber du hörst nicht wirklich etwas *von* ihnen. Wir sehen die Geschichte durch die Augen von jemandem, deren Meinung wir nicht wirklich gebrauchen können.«

Das bringt Mr Lewis jetzt mehrfach zum Blinzeln, als hätte Naomi gerade etwas komplett Abwegiges gesagt. Ich dagegen will aufspringen und ihr ein High Five geben. Stattdessen drehe ich mich zu ihr um und lächele sie an. Sie erwidert meinen Blick, nur für eine Minisekunde, aber auch auf ihrem Gesicht erscheint ein kleines Lächeln.

»Nun ja, das ist eine berechtigte Perspektive«, sagt er und pflanzt sich auf seinen Tisch. »Aber der springende Punkt ist: Wir bekommen mit, wie Rassismus in Scouts Community bekämpft wird. Ihr Vater öffnet ihr für dieses Thema die Augen und zeigt ihr, wie sie dazu beitragen kann, dass es aufhört.«

»Genau«, ergreift Rebeca das Wort. »Ich glaube, deshalb muss diese Geschichte auch von Scout erzählt werden, weil sie die Einzige ist, die das alles nicht richtig versteht.«

Die nächste Wortmeldung kommt, und die Unterhaltung geht weiter.

Das geht gar nicht.

Klar, Naomi und ich haben nicht mehr miteinander geredet, aber ich weiß, dass ihr das gerade nicht leichtgefallen ist. Und ich hasse es total, dass wir ihren Beitrag übersprungen haben, als hätte sie gar nichts gesagt. Es verstört mich richtig, dass wir dieses Buch überhaupt lesen sollten, wenn die anschließenden Diskussionen immer so begrenzt sein müssen. Wir könnten gerade stattdessen einfach dieses Buch von Toni Morrison lesen, in dem es um einen Geist geht.

»Ehrlich gesagt, stimme ich Naomi zu«, rufe ich rein, ohne mich zu melden. »Es kann ziemlich verstörend sein, ein Buch lesen zu müssen, in dem es darum geht, was ein weißes Mädchen über Rassismus lernt, wenn er dich dein ganzes Leben lang betroffen hat. Und die Schwarzen Figuren sind nicht einmal richtig ausgearbeitet, jedenfalls nicht so wie die weißen. Es macht mich wütend.«

»Nun ja«, sagt Mr Lewis. Und das ist erst mal alles, was er sagt. *Nun ja.*

Und aus der Klasse kommen auch keine weiteren Stimmen. Ich frage mich, ob irgendwer sonst überhaupt das Buch gelesen hat oder ob es nur dieselben drei waren, die *immer* ihre Hausaufgaben machen. Ich frage mich, ob sie tiefer darüber nachgedacht haben, wie die Schwarzen Charaktere im Buch präsentiert wurden.

»Es war auch enttäuschend, schon wieder über einen Schwarzen Mann zu lesen, der getötet wurde«, sagt Naomi. »Ich dachte, er würde vielleicht überleben, aber er hat nicht überlebt, und ich weiß nicht, was dabei der springende Punkt sein sollte. Dass die Stadt rassistisch ist? Aber wie Mahalia schon sagte, das wussten wir doch vorher schon. Ich glaube nicht, dass ich in diesem Buch irgendetwas Neues über Rassismus gelernt habe.«

»Nun ja, es freut mich, dass sich heute so viele neue Stimmen am Gespräch beteiligt haben«, sagt Mr Lewis. »Aber bitte bedenkt, in welcher Zeit dieses Buch geschrieben wurde. Es war 1960. Als dieses Buch veröffentlicht wurde, war das, was Lee geschrieben hat, radikal. Kaum ein Mensch konnte sich vorstellen, dass eine weiße Frau derartige Dinge über den Süden sagt.«

»Kann schon sein«, sage ich und zucke mit den Achseln. »Aber heute sind die Dinge anders.«

Naomi fängt meinen Blick ein und blinzelt mir zu. Ich grinse zurück.

♩♫♪

»Ich hätte echt nicht damit gerechnet, dass Mr Lewis eine Diskussion über *Race* mit uns anzettelt, aber o Gott, dass sie ein bisschen besser läuft als das eben, hätte ich schon gedacht.«

Naomi und ich sind auf dem Weg zum Schulparkplatz, Arm in Arm. Ich kann nicht aufhören zu grinsen.

»Ich finde einfach, nimm kein Buch über *Race* im Unterricht durch, wenn du nicht darüber sprechen willst«, sage ich. »Ich meine, alles, wovon er die ganze Zeit geredet hat, war, was für ein *guter* Mensch Atticus ist. Dass es einen guten weißen Typen gibt, interessiert mich nicht. Ich will über die Schwarzen Charaktere lesen.«

»Wir hätten *Beloved* lesen sollen, wie in Ms Tatums Unterricht.«

»Oder?« Ich schnappe nach Luft. »Dasselbe hab ich auch gedacht.«

»Es wäre so viel besser gewesen«, sagt Naomi kopfschüttelnd.

»Er hätte zumindest ein *einziges* Buch aussuchen können, das von einer Schwarzen Person geschrieben wurde.«

Wir bleiben stehen, weil wir an ihrem Auto angekommen sind. Ich will ihren Arm nicht loslassen.

»Er ist so besessen von diesem Buch«, sage ich. »Ich kapier's echt überhaupt nicht.«

»Weiße Menschen sind immer besessen von derartigen Büchern«, sagt Naomi und wirft mir einen *Was-denn-sonst*-Blick zu. »Mal im Ernst, weißt du noch, als *The Help* erschienen ist und alle voll darauf abgefahren sind? Wenn sie ihn gelassen hätten, schwör ich dir, dass Mr Lewis das Buch auf die Leseliste gesetzt hätte.«

»Hast recht.« Ich beiße mir auf die Lippe. »Viola Davis in *The Help* ist quasi Calpurnia.«

»Ich weiß, dass wir das Buch gerade gelesen haben, aber ehrlich gesagt, kann ich mich null an Calpurnia erinnern«, sagt Naomi. »Sie kriegt nicht genügend Szenen.«

Sie wird still, wirft einen Blick auf ihr Auto, dann auf mich. Ich vergrabe meine Hände in den Taschen.

»Es tut mir leid«, sage ich. »Dass ich so ein Arsch war und nicht zugehört habe, als du mir von Cody erzählt hast. Und dass ich so eine beschissene Freundin gewesen bin.«

»Nein, mir tut es leid.« Naomi schüttelt den Kopf. »Ich hätte all diese Sachen über deine Party und das Geld nicht sagen sollen. Du hast recht. Ich muss mir um diese Dinge keine Sorgen machen so wie du. Aber ich bin sicher, deine Party wird fantastisch sein.«

»Nein, das glaube ich nicht.« Ich beiße mir auf die Lippe. »Am Freitag ist die Deadline, und bis dahin werde ich unmöglich genug zusammenhaben.«

»Fuck.« Naomi ist sichtlich bestürzt. »Das tut mir so leid.«

»Schon okay.« Ich blinzele ganz schnell, damit ich nicht wieder in Tränen ausbreche. »Ernsthaft.«

Sie schaut wieder auf ihr Auto.

»Willst du nach der Arbeit vorbeikommen?«, fragt sie beinahe schüchtern. »Wir können *Nur die halbe Geschichte* schauen. Ich erzähle dir mehr von Cody. Du kannst mir von Siobhan erzählen.«

Mein Herz schmerzt ein wenig. Zwischen Siobhan und mir ist nicht Schluss – zumindest nicht, soviel ich weiß –, aber nichts ist mehr wie in den ersten beiden Tagen, als wir zusammengekommen sind. Zumindest wird es guttun, endlich mit meiner besten Freundin darüber zu sprechen.

»Naomi.« Ich kann nicht anders als lächeln. »Das fragst du noch?«

KAPITEL 34

Hin und wieder zwingt uns die Schulverwaltung zu einer Versammlung in die Aula. Manchmal ist es nur die Direktorin, die uns an ein paar langweilige Regeln erinnert oder uns ermutigt, *unser Allerbestes* zu geben. Manchmal ist eine Person von außerhalb eingeladen, um mit uns über unsere Karrieremöglichkeiten zu sprechen. Aber schlimmer als heute geht es eigentlich nicht mehr: Sie haben eine Person angeheuert, die uns einen Vortrag darüber hält, warum wir Nein zu Alkohol und Drogen sagen sollen.

»Diese Dinge bringen Sie vom rechten Weg ab. In Ihrem Alter sollten Sie an Ihre Zukunft denken«, sagt ein Mann mit schütterem Haar in Khakihosen, der einen Laserpointer benutzt, um damit aggressiv über die Slideshow hinter seinem Rücken zu kreisen. »Wenn Sie sich Ihren Lebensweg als eine einzige große Straße vorstellen, dann sind Alkohol und Marihuana Straßensperrungen oder Umleitungen, die Sie vom Weg abbringen – oder, viel schlimmer noch ... sie sind wie ein Tornado oder ein Hurrikan.«

Ich pruste leicht in meine Faust. Setzt der Typ jetzt ernsthaft Kiffen auf dieselbe Stufe mit einem lebensvernichtenden Hurrikan? Da hab ich echt meine Zweifel. Naomi sitzt mit ihrer Klasse ein paar Reihen vor mir. Als sie sich zu mir umdreht, verdrehen wir beide die Augen und stecken uns den Finger in den Hals.

»Und jetzt«, sagt der Mann »werden einige aus eurer Klasse zu mir auf die Bühne kommen, um ein Szenario darzustellen, in dem sich manche von Ihnen möglicherweise wiederfinden könnten.«

Verkrampft machen sich drei von uns auf den Weg zur Bühne: Lindsay Rocha (natürlich), ein Mädchen aus dem Theaterkurs, an deren Namen ich mich nicht mehr erinnere, und Danny. Das ist ... definitiv eine *Auswahl.* Ich könnte mir vorstellen, dass Lindsay und der Theaterkurs sich für diese Gelegenheit angemeldet haben, aber Danny hier oben zu sehen, führt mich zu der Frage, ob sie vielleicht dazu erpresst worden sind, sich hier zur Verfügung zu stellen.

»Ich bin eine vom Glück verlassene Schülerin«, sagt Lindsay ins Mikrofon.

»Ich bin ein Drogendealer aus der Schule«, sagt Danny und klingt innerlich tot.

»Und *ich* bin ein *Zuschauer«,* sagt der Theaterkurs-Geek und gibt jedem einzelnen Wort eine übertriebene Betonung.

Mit einem Stoßseufzer rutsche ich tiefer nach unten.

Meine Klassenlehrerin Mrs Tell scheint das Ganze nicht sonderlich zu interessieren. Sie sitzt auf ihrem Stuhl und liest ein Buch mit einem großen Reese-Club-Logo darauf. Ich schaue wieder auf mein Handy, ich habe meinen Chat mit Siobhan geöffnet – die letzte Nachricht von mir lautete: **Ich werde versuchen, dass es besser wird.** Ihre Antwort war: **Wie? Es liegt nicht mal in deiner Hand. Es liegt bei Danny.**

Was soll ich dazu noch sagen? Trotzdem sehne ich mich schmerzhaft danach, mit ihr zu sprechen. Naomi meinte, ich soll ihr Zeit geben. Ich will ja glauben, dass das hilft, aber bis wir herausfinden, was Danny vorhat, sind wir in diesem schrägen Limbo gefangen.

»Seid gegrüßt, liebe Mitschüler:innen, möchtet ihr vielleicht etwas LSD konsumieren?«, sagt Danny mit monotoner Stimme. »Ecstasy? Molly?«

»Mehr Enthusiasmus!«, brüllt der Mann mit dem schütteren Haar.

Stöhnend vergrabe ich mein Gesicht in den Händen. Ernsthaft, das hier pack ich nicht – ich will Danny nicht mal anschauen. Um mein Gehirn vor dem Tod durch dieses beleidigend schlechte Schauspiel auf der Bühne zu bewahren, krame ich in meinem Rucksack und ziehe mein Notizbuch heraus. Es ist extrem kitschig, ich weiß, aber ich reiße trotzdem ein leeres Blatt aus dem Buch, schreibe Siobhans Namen auf die Vorderseite und auf die andere in Großbuchstaben: *ICH WILL UNS NOCH, WENN DU ES AUCH WILLST.* Dann falte ich die Nachricht zusammen.

Als ich sie an den Schüler neben mir weiterreiche und auf Siobhan zeige, verdreht er die Augen und rührt sich kein Stück.

»Komm schon«, zische ich. »Dein Ernst?«

»O nein«, kreischt der Theaterkursschüler ins Mikro. »Meine Freundin hat sich dazu *verführen lassen,* LSD und Molly zu nehmen. Was in aller Welt soll ich nun tun?«

Der Schüler neben mir zuckt zusammen. Dann, vielleicht weil sich jetzt auch sein schlechtes Gewissen regt, reicht er meine Nachricht weiter. Ich beobachte, wie sie von einer Hand zur nächsten wandert und wie sich einige zu mir umdrehen. Manchmal lächele und winke ich ihnen zu. Als die Nachricht endlich bei Siobhan angekommen ist, beugt sich die Person neben ihr vor und flüstert ihr was zu.

Siobhan dreht sich zu mir um. Sie verdreht die Augen und öffnet die Nachricht. Das Warten auf ihre Reaktion macht mich nicht unbedingt *nervös.* Aber als sie aufschaut und mir einen übertriebenen Daumen-hoch gibt, kann ich nicht anders. Ich strahle zurück.

Gott. Kitschiger als wir geht's ja wohl nicht.

Das Mikrofon quietscht, und mein Kopf fliegt wieder Richtung Bühne, auf der Danny gerade wütend nach vorne marschiert. Gehört das zum Stück? Wird er jetzt auch einer Zuschauerin Molly aufdrücken? Jesus.

»Junger Mann«, sagt der Moderator. »Das hier steht nicht im Skript. Du sollst deinem Kunden drohen und –«

»Ist das dein *Ernst?«,* zischt Danny. Aber es gilt nicht dem Moderator oder den anderen auf der Bühne. Er fixiert mich und starrt dann mit geblähten Nasenflügeln auf Siobhan. »Du reichst hier gerade fucking Liebesbriefe weiter?«

Mein Magen dreht sich um.

Fuck.

»Ähm«, sagt Lindsay Rocha. »Bin ich jetzt in meinen Drogendealer verliebt?«

»Alle mal zuhören«, ruft Danny. »Ich habe euch etwas zu sagen. Etwas ganz schön Skandalöses, wenn ihr mich fragt.«

Ich schieße aus meinem Sitz hoch, während sich beim Rest des Publikums ein leichtes Chaos ausbreitet. Alle reden auf einmal – eine Gruppe von Sportsleuten feuert ihn johlend an. Ein paar Leute kichern. Andere buhen. Der Mund des Moderators bewegt sich, aber der Lärm der Menge blendet ihn aus. Irgendwer muss sein Mikro ausgeschaltet haben. Als ich mich zum hinteren Teil der Aula umdrehe, sehe ich ein paar Nerds aus der Medien-AG, die sich an den Türen rumdrücken und Danny zuwinken, als wären sie seine Groupies.

Was zum *Teufel* hat er vor? Jeder Zentimeter meines Körpers schwitzt. Ich weiß nicht, ob ich mich übergeben oder aus dem Staub machen soll. Was kann ich tun? Auf die Bühne springen und mit ihm ringen? Gerade als ich mich zum Ende meiner Reihe durchschieben will, versperrt mir Mrs Tell den Weg.

»Meine Damen und Herren, setzen Sie sich bitte wieder hin«, sagt sie, ein offenes Buch an ihre Brust gedrückt. »Ich bin sicher, dass sich das hier augenblicklich regeln lässt.«

Was den wilden Lärm im Publikum nur *noch* lauter macht.

Naomis Kopf fliegt zu mir rum. Sie starrt mich an, ich höre sie nicht, aber ich sehe, was sie fragt: »Was machst du jetzt?«

Fuck. Ich habe absolut keinen Plan. Und jetzt spult sich alles wie in Zeitlupe vor mir ab: Danny, der aufsteht und das Mikrofon wieder an seine Lippen setzt. Eine Gruppe von Lehrpersonen, die Richtung Bühne marschieren. Sie werden es nicht rechtzeitig schaffen. Er wird *alles* zerstören.

»Mahalia.« Mrs Tell gibt jetzt Befehle. »Bitte setzen Sie sich hin.«

Ich kann nicht. Ich kann mich nicht hinsetzen. Ich muss ihn aufhalten. Aber ich kann nicht – es ist zu spät. Danny wird es tun. Er wird –

»HALT!«

Der Tumult erstirbt nicht komplett, aber es wird ein bisschen leiser. Ich drehe mich zu der Stimme um. Sie gehört zu Siobhan, die sich jetzt auf der anderen Seite der Aula befindet, von mir aus gesehen ganz links. Sie steht auf einem der roten Theatersessel, oder besser gesagt: Sie balanciert auf den Armlehnen. In Birkenstocks mit Socken und einem grünen Overall. Und einem so roten Gesicht, wie ich es noch nie zuvor bei ihr gesehen habe.

Ich halte den Atem an. Siobhan öffnet ihren Mund und fängt an zu singen, laut:

»I don't care if Monday's blue / Tuesday's grey and Wednesday too –« Ihre Stimme wird zu einem Quietschen. *»Thursday, I don't care about you / It's Friday, I'm in love!«*

Die Köpfe der anderen wippen vor und zurück, während sie flüstern. Danny starrt Siobhan an, als wäre ihr gerade ein zweiter Kopf gewachsen. Sogar die Lehrpersonen sind wie erstarrt. Wenn ich die Aula vorhin als still empfunden hätte – jetzt ist es totenstill.

»Monday you can fall apart / Tuesday, Wednesday break my heart«, fährt sie fort. Sie wiegt sich vor und zurück, als könnte sie jeden Moment in Ohnmacht fallen. Sie trifft keinen einzigen Ton. Sie sieht dermaßen lächerlich aus.

O Gott. Ich liebe sie so sehr.

»Saturday, wait/And Sunday always comes too late«, singschreie ich, so laut ich kann. *»But Friday, never hes-i-tate.«*

Sie dreht sich zu mir um und grinst mich bis über beide Ohren an.

»Dressed up to the eyes / It's a wonderful surprise / To see your shoes and your spirits rise«, singen wir jetzt gemeinsam, unsere Stimmen drücken und reiben sich aneinander. Und sie bilden nicht unbedingt einen Einklang, aber das macht überhaupt nichts. *»Throw out your frown / And just smile at the sound/Sleek as a shriek, spinning 'round and 'round.«*

Naomi springt auf die Füße, streckt die Hände in die Luft und klatscht im Takt. Cody neben ihr kommt ebenfalls auf die Füße. Die Person neben ihm steht auf. Ehe ich mich's versehe, stehen andere auf und klatschen zu einem Lied, das sie wahrscheinlich nicht kennen. Selbst Mrs Tell hat jetzt ein kleines Lächeln auf den Lippen.

»Hey«, sagt Danny auf der Bühne und übertönt einen Teil der Lyrics. »Hey, ist euch eigentlich total egal, dass –«

»It's such a gorgeous sight / To see you eat in the middle of the night«, singt Siobhan noch lauter, falls das überhaupt möglich ist, und reißt dabei ihren Kopf hoch und runter, während sie auf einer Luftgitarre herumfetzt. *»You can never get enough / Enough of this stuff.«*

Aus dem Augenwinkel sehe ich, dass Mr Willis Danny und den Rest der Besetzung von der Bühne eskortiert, aber das ist jetzt nicht mehr wichtig. Siobhan und ich kreischen *»It's Friday, I'm in LOVE!« mit* den lautesten Stimmen, die wir aufbringen können. Siobhan zeigt auf mich, grinsend, als hätte sie ein Geheimnis, und in der Aula bricht jubelndes Gelächter aus. Ich reiße meine Hände in die Luft und werfe meinen Kopf zurück.

Meine Lebensfreude, die ich immer habe, wenn ich ein Lieblingslied im Radio höre oder die Lyrics aus dem Fenster kreische, ist zurück, aber um ein Tausendfaches größer, sie füllt den gigantischen Platz in meiner Brust aus. Sie füllt die ganze Aula aus.

»Okay, okay.« Jetzt ist Direktorin Oates auf der Bühne. »Allesamt wieder auf die Plätze oder wir werden ernsthaft den Schulball streichen.«

Ich verdrehe die Augen, aber ich kann nicht aufhören zu grinsen. Siobhan streckt ihre Hand aus, greift mit einer dramatischen Geste in meine Richtung, und ich lache und tue dasselbe mit meiner Hand. Die Lehrpersonen und die Erwachsenen reden alle durcheinander, aber ich höre sie nicht.

It's Friday and I'm in love.

KAPITEL 35

Ich bin es nicht gewohnt, an den Wochenenden freizuhaben. Ich bin ziemlich sicher, dass heute seit einem Monat mein erster freier Samstag ist – und ich find's toll. Ich stecke schon halb in meinem Fresh-Abundance-Arbeitskittel, als mir klar wird, dass ich heute nur ein einziges Ziel habe: Naomis Haus – zum Abhängen.

Ich pilgere in die Küche, um mir mein Müsli zu machen. Mom ist schon auf, lehnt am Küchentresen und starrt auf ihr Handy, als wäre es etwas Außergalaktisches.

»Mom?« Fast hab ich Angst, ihr zu nahe zu treten. »Ist alles okay?«

Eine Million Dinge könnten passiert sein – vielleicht haben wir eine Räumungsklage erhalten oder ihr Bewerbungsgespräch ist schlecht gelaufen oder sie hat wieder mal Stress mit meinem Dad. Aber als sie zu mir aufschaut, breitet sich das größte Lächeln aus, das ich je auf ihrem Gesicht gesehen habe.

»Mahalia«, sagt sie. »Ich habe eine Arbeit.«

Ich springe in die Luft und kreische. Sie wirft den Kopf in den Nacken und lacht.

»Jada hat mich vor ein paar Tagen angerufen«, sagt sie. »Nachdem du bei deinem Vater zu Hause warst.«

»Oh.« Ich kratze mir den Hinterkopf. »Hat sie?«

»Im Krankenhaus, in dem sie arbeitet, gibt es eine freie

Stelle«, sagt sie immer noch grinsend. »Sie hat ein gutes Wort für mich eingelegt, und als ich gestern beim Bewerbungsgespräch war, sagten sie mir, ich hätte den Job.«

Ehrlich gesagt, weiß ich kaum etwas über Jada – ich habe mir nie die Zeit genommen, sie besser kennenzulernen. Ich weiß nur, dass sie in einem Krankenhaus arbeitet, aber nicht, was sie da genau macht, und ich habe sie auch nie danach gefragt. Aber Mom hatte die ganze Woche lang Bewerbungsgespräche – und dies hier war das einzige, bei dem etwas herausgekommen ist. Und dafür müssen wir Jada danken.

»Das ist fantastisch, Mom«, sage ich. Es kommt mir vor, als würde sich mein Gehirn in Zeitlupe bewegen. »Ich – wow.«

»Wow«, wiederholt Mom. Ich drücke sie wieder.

»Wenn ich von Naomi zurück bin«, ich löse mich von ihr, »müssen wir das unbedingt feiern.«

Sie mustert mich von oben bis unten. Ich trage nichts *Fürchterliches* – nur Shorts und Flip-Flops. Aber Mom verzieht das Gesicht. Es passiert so schnell, dass ich nicht sicher bin, ob ich es mir eingebildet habe oder nicht.

»Da ist was für dich angekommen«, sagt sie und geht zum Kleiderschrank im Flur. »Ich hab es weggetan, damit ich nicht vergesse ...«

Ihre Stimme verebbt, und dann kommt sie mit einem Karton zurück. Etsy markiert die Kartons nicht mit einem Logo, aber mir ist trotzdem klar, was es sein wird, und mir dreht sich der Magen um. Ich schrecke vor der Box zurück, als könnte ich mich daran verbrennen.

»Oh«, sage ich. »Danke.«

Aber ich mache keine Anstalten, den Karton zu berühren. Mom sieht aus, als wäre sie im Begriff, mich etwas zu fragen, also gehe ich einfach Richtung Tür. Ich will nicht erklären, was dadrin ist – wenn ich jetzt wieder mit der Party anfange, wecke ich nur grundlos ihr Schuldbewusstsein. Aber kaum habe ich die Tür geöffnet, da sagt Mom: »Warte.«

Ich drehe mich um, und sie reißt mir förmlich die Schlüssel aus der Hand.

»Lass mich dich fahren.«

»Ähm …«

»Komm schon«, sagt sie. »Das gibt uns ein bisschen Mutter-Tochter-Zeit, ehe ich wieder anfange zu arbeiten.«

Keine Ahnung, warum es als *Mutter-Tochter-Zeit* zählen soll, dass sie mich zu Naomis Haus fährt, aber das werde ich nicht laut sagen. Mom kuscht mich einfach aus der Tür hinaus. Ich begebe mich Richtung Auto, während sie die Tür abschließt.

»O Gott«, keuche ich, als ich mich anschnalle. »Triffst du dich mit irgendwem?«

»Also wirklich, Mahalia.« Prustend lenkt sie den Wagen auf die Straße. »Jetzt mal im Ernst.«

Aber es könnte ernsthaft möglich sein. Vielleicht hat sie jemanden auf Christian Mingle kennengelernt, und ich weiß nur nichts davon. Ich traue Mom durchaus zu, dass sie mir so was verschweigt.

»Ich meine es ernst«, sage ich und starre sie an. »Und du?«

»Ich treffe mich mit niemandem, Mahalia.« Sie winkt mit der Hand ab. »Ich verspreche, wenn es so wäre, würdest du es als Erste von mir erfahren.«

Ich starre sie noch ein wenig länger an, aber sie nimmt ihren Blick nicht von der Straße. Als Mom auf Naomis Haus zusteuert, parken schon jede Menge Autos auf der Straße und in der Einfahrt. Ich blinzele heftig. Keines von Naomis Geschwistern hat Geburtstag. Ihr Bruder hat seinen College-Abschluss auch noch nicht.

Vielleicht feiert Naomis Mom oder Dad Geburtstag – aber das hätte Naomi mir doch erzählt.

»Mom«, sage ich und starre sie an. »Heiratest du?«

»Mahalia, wir haben gerade klargestellt, dass ich mich mit niemandem treffe.« Sie schüttelt den Kopf. »Ich kann nicht fassen, dass du als Erstes an so was denkst. Jetzt komm schon, steig aus.«

Tu ich. Vorsichtig. Aber als ich mich umdrehe, kommt Mom hinter mir her.

»Mom«, sage ich. »Nimm's mir nicht übel, aber Naomi und ich sind verabredet. Nur wir beide.«

»Das weiß ich.«

Anstatt wieder zurück ins Auto zu steigen, geht sie zielstrebig auf die Haustür zu. Als würde sie hier erwartet. O Gott. Soll das hier vielleicht irgendeine Intervention werden? Ich glaube nicht, dass dieses extreme Christen-Ding was für Naomis Eltern ist. Aber vielleicht hat Mom ihnen etwas vorgemacht.

»Mom«, sage ich. »Komm schon.«

Die Tür steht offen – was ebenfalls seltsam ist. Mom tritt ein, als würde sie hier wohnen. Mit einem Seufzer folge ich ihr. Das hier wird so was von peinlich werden.

Kaum stehe ich in der Tür, blenden mich regenbogenfarbene Scheinwerfer.

»Überraschung!«

Fast wäre ich gefallen und auf dem Hintern gelandet. Vor mir ist eine kleine Menschenmenge, ein paar Gesichter erkenne ich, andere nicht – da ist Naomi und ihre Familie, der heulende Typ aus dem Supermarkt, Jada und die Kinder, Siobhan und ihre Eltern. Mehr als eine Handvoll Leute aus unserer Schule. Es sieht aus, als wäre der Raum rappelvoll.

Von der Türschwelle kann ich nicht viel erkennen, aber ein gigantisches Banner breitet sich über eine gesamte Wandseite aus. In riesigen pinken, lila und blauen Buchstaben steht dort geschrieben: *HAPPY COMING-OUT, MAHALIA!* Und wenn ich richtigliege, erklingen aus einem der Lautsprecher gerade die ersten Töne des Songs *»I'm Coming Out«.*

Ich breche augenblicklich in Tränen aus.

Einen Moment lang sind alle still. Ich kann eine Million Augenpaare auf mir fühlen. Dann zieht mich Mom in ihre Arme und drückt mich so fest, dass ich beinahe platze. Irgendwo hinter meinem Rücken höre ich, wie Mrs Sanders Leute zur Ruhe ermahnt und sie in die leere Seite des Raums drängt.

»Baby«, sagt Mom so laut, dass ich es hören kann. »Ich dachte, das ist es, was du dir gewünscht hast.«

Ich weine so heftig, dass ich nicht mal sprechen kann. Aber die Wahrheit ist: Es *ist* das, was ich mir gewünscht habe – es war zwar nicht mein Plan, aber gleichzeitig ist es irgendwie vollkommen. Ich hatte nur die Vorstellung aufgegeben, dass mein Wunsch jemals Wirklichkeit werden könnte.

Mom lässt mich noch ein paar Sekunden schluchzen, dann löst sie sich von mir und wischt mir rasch die Tränen vom Gesicht. Sie hält mich an den Schultern. Ihr Griff ist so fest, als wollte sie Abdrücke hinterlassen.

»Mahalia Eve Harris«, sagt sie. »Du wirst jetzt dieses voluminöse, wunderschöne Kleid anziehen. Du wirst die Nacht durchtanzen. Und du. Wirst. Diese. Party. Genießen. Habe ich mich klar ausgedrückt?«

Ich schniefe noch einmal, und Mom schüttelt mich. Aus dem Nichts heraus pruste ich los. Nichts von all dem hier – ihr Befehl, meine eigene Party, auf der meine Gäste sich im Hintergrund zu Diana Ross ducken – ergibt irgendeinen Sinn.

Moms Gesicht verzieht sich zu einem Grinsen. Dann müssen wir beide lachen, so heftig, dass ich Bauchweh kriege.

»Okay«, sage ich, und meine Stimme ist noch tränenrau. »Okay, ich kann all das tun, außer – Mom, ich hab mein Kleid zu Hause gelassen. Es war in dem –«

Mom rollt mit den Augen und zieht die Ecke des Kartons aus ihrer gigantischen Muttertasche heraus. Fast breche ich wieder in Tränen aus, aber sie gibt mir einen *Lass-den-Unsinn*-Blick, und ich grinse.

KAPITEL 36

Ich trage mein neues Kleid – aber als ich den Raum betrete, fühle ich mich trotzdem völlig nackt.

Als ich das Kleid im Unterricht zeichnete, dachte ich nicht daran, wie es sein würde, es tatsächlich zu *tragen.* Aber es schmiegt sich sanft an meine Haut, und es fühlt sich leicht an, auf eine Weise, die mich sofort ans Tanzen denken lässt. Die Regenbogenfarben gehen ineinander über und reichen bis zu meinen Füßen. Ich will mich darin drehen. Sobald ich die Treppen herunterkomme, fange ich damit an, und im Raum bricht Applaus aus. Ich fühle mich wie im Film.

Jetzt, wo ich den Raum von innen sehe, fällt mir auf, wie viel Arbeit in die Deko geflossen ist, und ich muss mich mächtig anstrengen, dass mir der Kiefer nicht nach unten klappt. Regenbogenluftschlangen hängen von den Wänden herab. An einer Seite des Wohnzimmers reihen sich runde Tische aneinander, drapiert von weißen Tischdecken, jede Tischmitte krönt ein Luftballon in einer anderen Farbe. Die andere Seite des Raums ist leer, wahrscheinlich zum Tanzen.

»Heilige Scheiße«, sage ich. Ich kann das Glück in meiner Stimme nicht verbergen. Ich bin kurz davor loszukreischen. »Ich kann nicht glauben, dass das hier gerade tatsächlich passiert.«

»Sprache«, mahnt mich Mom, aber ihre Stimme geht im allgemeinen Gelächter unter.

Naomi taucht aus der Menge auf, und ich ringe förmlich mit ihr, während ich mir die Seele aus dem Leib schreie.

Alle in diesem Raum wissen, dass ich bixesuell und queer bin, und ich habe es ihnen nicht erklären müssen. Sie sind alle gekommen. Sie haben offensichtlich alle geholfen. Das hat was zu bedeuten – es bedeutet, dass das hier kein Kampf wird. Ich will grinsen und weinen und schreien, alles auf einmal. Aber die Tränen kommen als Erstes. Jesus, ich weine heftiger als ein Soap Star.

»Hör auf zu heulen«, sagt Naomi in meine Schulter hinein. Sie klingt, als würde sie auch gleich damit anfangen. »Wir wollten hier was Schönes machen. Traurig sein ist nicht erlaubt, alles klar?«

Sie drückt mich, und ich drücke sie zurück.

»Ich bin nicht traurig«, sage ich. »Ich bin voll glücklich. Ich dachte nicht, dass ich ...«

Meine Stimme verebbt. Wie soll ich ihr das erklären, wenn ich immer noch damit beschäftigt bin, jedes einzelne Detail dieser Party in mich einsickern zu lassen? Das ganze Ding hier sieht aus, als hätte ein Regenbogen gekotzt – und ich liebe es. Alle sind in verschiedenen Farben gekleidet, blau und rot und lila. Selbst Mom trägt ein gelbes Shirt, was mir vorhin, als wir das Haus verlassen haben, nicht aufgefallen ist. Eine Gruppe von Leuten aus meiner Klasse lungert am Büffet herum – Regenbogenbagels und Macarons und normale Party-Snacks wie panierte Hähnchenstreifen und Potato Skins.

Mittlerweile hat auch die Musik gewechselt, und Mr und Mrs Sanders geben gerade Vollgas zu »No Diggity« von Blackstreet. In der Ecke unterhalten sich Mom und Jada wie alte Freundinnen, die Kinder drücken sich um sie herum. Avocado-Mann Jimmy, der tatsächlich eine Anzugjacke trägt, steht in der Nähe des Büffets und redet mit Cal, während they ihm eifrig etwas erklärt.

»Ich kann nicht fassen, dass du ihn eingeladen hast«, sage ich. »Ich kann nicht fassen, dass er gekommen ist.«

»Er hat megalieb reagiert«, sagt Naomi. »Und ich glaube, er hat dir ein Geschenk gekauft, auch wenn der Anlass ihn etwas verwirrt hat.«

Es fühlt sich an wie ein Traum.

Der Einzige, der nicht hier ist, ist mein Dad. Und sein Fehlen hinterlässt einen kleinen Stich Enttäuschung, den ich nicht ignorieren kann.

Aber als ich die Party betrachte – das Tanzen, das Meer aus Gesichtern, die zu Menschen gehören, die ich liebe –, fühlt sich all das genug an. Ich kann vielleicht nicht darauf zählen, dass mein Dad sich ändert. Aber mein Leben ist definitiv nicht leer ohne ihn.

Ich will gerade die Tanzfläche stürmen, als Siobhan vor mir steht. Sie hält irgendeine Art von Regenbogencape in ihrer Hand, und auf ihrem Gesicht liegt ein schüchternes Lächeln.

»Ich soll dir das hier zum Anziehen geben«, sagt sie. »Aber dann würde ich überdecken, wie schön du in diesem Kleid aussiehst.«

Mir schießt die Hitze in die Wangen.

»Oh«, sage ich. »Hi.«

»Das ist keine geistreiche Aussage«, stellt Siobhan fest. »Wenn ich etwas Geistreiches von mir gebe, musst du mit einem klugen Kommentar kontern.«

Ich nehme ihr Gesicht in beide Hände und küsse sie.

»Ähm«, sagt Naomi. »Ich glaube, wir brauchen mehr Eis. Cody!«

Schwupp, da ist er auch schon und streckt seine Hand aus.

Naomi ergreift sie und wirft mir einen *O-mein-Gott*-Blick zu, als er sie Richtung Tanzfläche zieht.

»Tut mir leid«, sagt Siobhan, als ich zurückweiche. »Dass ich dich erst ignoriert und dann angesungen habe –«

»Ich hab's geliebt«, sage ich. »Ich meine, nicht den ersten Teil, aber ich hab verstanden, warum du es gemacht hast. Das Singen hab ich geliebt.«

»Das habe ich gehofft«, erwidert Siobhan schüchtern. »Ich bin froh, dass es so war.«

»Ist es denn okay für dich?«, frage ich und nehme ihre Hand in meine. »Dass … ich meine, dass die Leute jetzt Bescheid wissen?«

Nach unserer gestrigen Impro erschienen auf Instagram und Snapchat nacheinander die Videos. Es ging nur mäßig viral – die meisten Kommentare waren von Leuten aus unserer Schule und der Umgebung –, was wahrscheinlich vor allem der schlechten Qualität der Videos geschuldet war. Aber obwohl wir unsere Beziehung nicht offiziell verkündet haben, ließ unsere gegenseitige Serenade wenig Raum für Fantasien offen.

»Ich denke schon«, sagt sie. »Mir ist klar geworden … dass ich Angst hatte, dass es bekannt wird. Aber die Angst, dass Danny mir das wegnimmt, war größer. Dass er es in etwas Hässliches dreht. Ergibt das Sinn?«

»Absolut.« Ich drücke ihre Hand. »Ich bin froh, dass wir es auf unsere Weise machen konnten.«

Sie reibt ihren Daumen über meine Wange.

»Ja«, sagt sie. »Ich auch.«

Dann küsst sie mich noch einmal, und zwar ausgiebig. Es muss ein langer Kuss gewesen sein, denn als wir nach Luft schnappen, steht Mom neben mir und gibt einen erstickten Laut von sich.

»Oh, Mom, das ist Siobhan«, sage ich. »Siobhan, das ist meine Mom.«

Dieser Tag ist jetzt schon so vollkommen – ich bete, dass ich sie einander vorstellen kann, ohne ihn zu ruinieren. Zu meinem Entzücken zieht Mom Siobhan in eine Umarmung. Es ist mir egal, dass es kaum dreißig Sekunden lang dauert und dass sie Siobhan das verkrampfteste Lächeln zuwirft, das man sich vorstellen kann – als wäre Siobhan eine der älteren weißen Personen, die sie betreut.

Es ist so viel mehr, als ich je erwartet hätte.

»Siobhan«, sagt Mom und spricht ihren Namen perfekt aus. »Ich habe so viel von dir gehört.«

Nachdem sie sich gegenseitig vorgestellt haben, ziehe ich Siobhan zur Mitte des Raums, wo Naomi und ich uns die größte Mühe geben, ihr den Floss beizubringen. Sie sieht aus als würde sie Hula-Hoop tanzen.

»Das kommt, weil sie Irin ist«, sagt Naomi und versucht »Thats What I Want« von Lil Nas X zu übertönen. »Ich glaube nicht, dass sie dort irgendein Gefühl für Rhythmus haben.«

»Einspruch«, ruft Siobhans Mom von der anderen Seite des Raums.

Siobhan hält meine Hand, während wir unser Bestes geben, im selben Takt zu tanzen. Ebenfalls quer durch den Raum fühle ich Moms Blicke auf mir. Ich wappne mich – keine Ahnung, für was. Vielleicht erwarte ich, dass sie das Kreuz an ihrer Kette berührt oder den Blick senkt, dass sie mich ermahnt, hier keine Szene zu machen. Aber sie lächelt mir zu, beinahe schüchtern, als ob sie mich gerade erst kennengelernt hätte und einen guten Eindruck bei mir hinterlassen wollte. Ich grinse zurück.

Und dann küsse ich Siobhan. Ich berühre ihre Haare und ihr

Gesicht und höre, wie irgendwer im Hintergrund ein »Whoa« ausstößt. Ich bin ziemlich sicher, es war Naomis Dad. Aber es ist mir egal. Kann schon sein, dass die Gesellschaft immer wieder neu von mir erwarten wird, mich zu outen, aber diese Party hat mir beigebracht, dass es auch ein Augenblick der Freude sein kann, eine Möglichkeit, mich selbst zu feiern. Coming-out kann etwas sein, dass ich nur für mich tue.

JUNI

KAPITEL 37

»Im Grunde ist Mahalia ein alter Mann.«

»Wenn mich guter Musikgeschmack zu einem Mann macht, dann sei's gegeben.«

Im Radio ist gerade Prince voll aufgedreht. Jedes Mal, wenn Naomi Anstalten macht, den Sender zu wechseln, schnelle ich vor und klatsche ihre Hand weg. Siobhan schüttelt nur den Kopf über uns und steigt auf den Rücksitz neben mir ein.

»Ihr zwei«, sagt sie, »seid absolut lächerlich.«

Sie winkt ihrem Haus zu, ehe Naomi den Wagen wieder auf die Straße lenkt und Richtung Schule steuert. Als Naomi anfing, uns alle zur Schule zu fahren – Siobhan und ich zusammen hinten und sie vorn –, sagte sie, sie käme sich vor, als würde sie Miss Daisy fahren. Deshalb macht sie mich jetzt wahrscheinlich vor Siobhan lächerlich. Ehrlich gesagt ist mir das ziemlich egal.

Es ist Juni, die letzte Schulwoche ist angebrochen, und ich denke nur noch an den Sommer. Unter der Woche werden Naomi und ich zusammen bei Greta arbeiten und jeden Mittwoch einen kostenlosen SAT-Kurs in der Bücherei machen. Mr Willis meinte, er würde sich für mich nach Stipendienmöglichkeiten umhören – die *keine* SAT-Ergebnisse einfordern – und sie mir schicken. Auf seine Kommentare zur ersten Fassung meines Essays warte ich noch.

»Wie meine Coming-out-Party mein Leben verändert hat«,

las er laut, als ich ihm mein Essay auf den Schreibtisch gelegt habe. »Ich hatte Sie nicht in die Debütantinnenschublade gesteckt.«

Ich hab nur gegrinst und bin weggegangen. Wenn er wüsste.

Zwischen all meinen Sommeraktivitäten werde ich Zeit mit Siobhan verbringen – am Strand, bei ihr zu Hause, bei ihrem neuen Job im lokalen Outdoorladen. Ich glaube, ich habe noch nie einen Sommer so ungeduldig erwartet wie diesen. Selbst jetzt, wo ich hier mit ihr auf der Rückbank sitze, kann ich nicht anders, als meinen Körper an ihren zu schmiegen, als wäre ich eine Blume und sie die Sonne.

Naomi beäugt uns im Rückspiegel und streckt mir die Zunge raus.

»Mahalia hat einen Crush auf Prince«, sagt sie. »Und deshalb dürfen wir nix anderes hören als ihn.«

»Streng genommen stimmt das nicht«, wende ich ein. »Es ist ja nicht so, als wäre er noch in unserer Astralebene. Aber hast du ihn in dem ›When Doves Cry‹-Musikvideo gesehen? In Lederjacke und allem? Und sein heißer Körper?«

Ein nervöses Kichern bricht aus mir raus. Siobhan hört nicht auf zu lächeln. Keine Ahnung, ob aus Mitleid mit mir oder weil sie mich superkomisch findet oder ein bisschen von beidem.

»Ich meine«, sagt Siobhan, »wer hat *keinen* Crush auf Prince?«

»O mein Gott«, antwortet Naomi und klatscht mit den Händen gegen das Steuerrad. »Du bist genauso schlimm wie sie. Ich werde euch beide ignorieren.«

»Und wennschon«, sage ich. »Ich bin's gewohnt, ignoriert zu werden. Siobhan ignoriert mich, wenn ich über *The Police* rede.«

»Nichts gegen dich«, sagt Siobhan. »Aber … vielleicht solltest du deinen Musikgeschmack etwas erweitern?«

Ich schnappe nach Luft. Naomi gackert.

»Siehst du?«, sagt Naomi. »Deine Freundin ist ganz meiner Meinung.«

Ich lehne mich in meinem Sitz zurück. Wann immer jemand diese Bezeichnung benutzt, haut es mich für ein paar Sekunden um, und ich muss übertrieben grinsen. *Meine* Freundin. Siobhan ist *meine* Freundin. Freitags esse ich bei ihr zu Hause zu Abend, und wir halten Händchen im Schulflur, und ich kann sie küssen, wann immer ich will. *Meine* Freundin. Gott, ich liebe sie.

»O nein«, sagt Naomi. »Sie hat wieder diesen Blick drauf.«

Siobhan kichert und drückt mir einen Kuss auf die Wange. Ich will sie richtig küssen, aber ich weiß, wenn wir erst mal damit anfangen, dann finden wir kein Ende. Oder besser gesagt: *Ich* will kein Ende finden. Und sosehr ich Naomi auch aufziehe – ignoriert zu werden, während ihre Freundinnen auf dem Rücksitz rummachen, wäre ihr gegenüber nicht fair.

»Mir egal«, sagt Siobhan mehr zu mir als zu Naomi. »Ich mag diesen Blick.«

»Eklig«, erwidert Naomi. »Nimm's mir nicht übel.«

»Tu ich aber«, sage ich. »Liebe lässt sich nicht aufhalten, Naomi.«

»Ja«, stimmt Siobhan mir zu. »Ich versuche hier gerade zu flirten.«

»Ich glaube nicht, dass du flirten musst«, sage ich und beuge mich vor. »Du hast mich doch schon.«

»O Gott«, sagt Naomi und drückt den Blinker hoch. »Ich bin froh, dass ich das nicht mit anschauen muss. Ihr habt drei Minuten, bis wir bei der Schule sind.«

Ich bin froh, dass wir auf dem Rücksitz sind. Hier sind nur wir beide, auch wenn Naomi vorne Geräusche macht. Ich kann nicht anders als lächeln. Meine beiden Lieblingsmenschen und ich und *küssen.* Was könnte besser sein?

DANKSAGUNG

Um ein Buch auf den Weg zu bringen, braucht es eine ganze Reihe von Menschen, und ich möchte allen bei Knopf, Random House und Pinguin UK für all ihre harte Arbeit an diesem Buch danken. Ohne euch wäre das Cover nicht so umwerfend geworden, ohne euch würde der Zeitstrahl des Buches absolut keinen Sinn ergeben – und ohne euch hätte es das Buch gar nicht erst so weit geschafft. Ich bin euch allen zu ewigem Dank verpflichtet.

Meine Agentin Beth Phelan gehört immer dicht an die oberste Stelle. Danke, dass du meine dubiosen und verstörten Nachrichten umgehend beantwortet hast, auch wenn sie es wahrscheinlich verdient hätten, ignoriert zu werden, danke für all deine Begeisterung über diese Idee und viele andere, die niemals ans Licht kamen. Wie Cuba Gooding Jr. in *Jerry Maguire* sagte: »Du bist mein Botschafter des Kwan« (was immer das bedeuten soll).

Ich möchte mich auch bei meiner großartigen Familie und meinen fantastischen Freund:innen bedanken, zu denen neben vielen anderen Joelle, Christina, Michael, CJ (für deine Gay-Expertise), Anna, Katie, Parmida, Shelly, Mish, Cody und Jake zählen. Dass ihr es mit mir aushaltet, macht euch ausnahmslos zu Heiligen.

Extrem dankbar bin ich auch anderen Autor:innen, die

frühe Entwürfe dieses Buches gelesen und liebenswerte Worte oder Empfehlungen geteilt haben. Zu ihnen zählen Jasmine Guillory, Rachel Lippincott, Merly Wilsner, Victoria Lee, Mason Deaver, Becky Albertalli und Emery Lord. Ich liebe eure Bücher und fühle mich so geehrt, dass ihr euch die Zeit genommen habt, meines zu lesen und zu unterstützen.

Den ersten Entwurf schrieb ich im letzten Jahr meiner Highschool, was sich für mich wie ein komplett anderes Zeitalter anfühlt. Ich muss nach wie vor meinen Lehrer:innen danken, vor allem denjenigen aus dem Jahr 2018 und denen aus dem College, an dem ich während der Arbeit an diesem Buch meinen Abschluss machte. Danke, Ms Kalter, dass ich Ihren Klassenraum zum Schreiben nutzen durfte, als wäre er Starbucks. Und danke an all meine Professor:innen, die mich nicht nur zwangen, Plot-Struktur *(puh)* zu lernen, sondern mich außerdem in meiner Kreativität unterstützten, die mich förderten und mich in den Kaffeepausen auch ein bisschen meckern ließen, vor allem Professor Sanders, der mich ermutigte, für dieses Buch ein Drehbuch zu schreiben, ehe er überhaupt einen Blick darauf werfen konnte.

Ein Buch über zwei Mädchen zu schreiben, die sich ineinander verlieben, ist mir ziemlich schwergefallen. Ich kam mir vor, als wäre ich fake oder eine Betrügerin, und als wäre ich für so was nicht queer genug. Eine ganze Weile lang fand ich es sehr schwer, Jugendromane zu finden, in denen sich zwei Mädchen ineinander verlieben, deshalb möchte ich den Autor:innen danken, die meine liebsten Beispiele geschrieben haben und mir das Gefühl gaben, dass lesbische Literatur auch Spaß machen, verspielt und romantisch sein kann. Zu ihnen zählen Jaye Robin Brown, Nina LaCour, Emily M. Danforth, Ciara Smyth, Leah Johnson und Adiba Jaigirdar.

Und last, aber sicher nicht least möchte ich jede:r einzelnen Buchhändler:in, Blogger:in, Tweeter:in, Bibliothekar:in und Leser:in dafür danken, die eins meiner Bücher gewählt hat. Jedes Mal, wenn ich in einem Post über eins meiner Bücher getaggt werde, erinnert es mich daran, dass meine Bücher auch außerhalb von mir selbst existieren und dass Menschen sie auswählen. Ich bin mehr als dankbar, dass ihr die Bücher teilt, über sie sprecht, lest oder ausleiht. Gäbe es euch nicht, könnte ich keine Autorin sein, und das werde ich euch nie vergessen.

Isabel Abedi

Isola

Zwölf Jugendliche, drei Wochen allein auf einer einsamen Insel vor Rio de Janeiro – als Darsteller eines Films, bei dem nur sie allein die Handlung bestimmen. Doch bald schon wird das paradiesische Idyll für jeden von ihnen zu einer ganz persönlichen Hölle. Und am Ende müssen die Jugendlichen erkennen, dass die Lösung tief in ihnen selbst liegt.

328 Seiten • Kartoniert • ISBN 978-3-401-50892-4 • www.arena-verlag.de

Jana Hoch

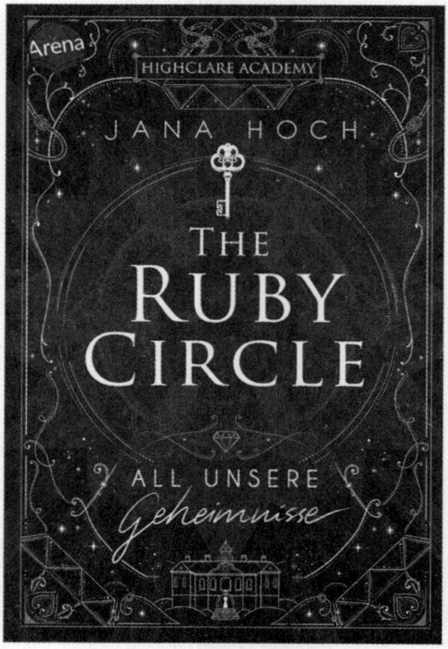

The Ruby Circle
All unsere Geheimnisse

Als Louisa eines der seltenen Stipendien für die Highclare Academy erhält, erhofft sie sich einen Neuanfang. Sie glaubt, dort endlich sicher vor den Lügen zu sein, die ihr Leben in einen Albtraum verwandelt haben. Doch all der Luxus trügt, denn hinter den Mauern der Academy brodelt es und jeder hat ein Geheimnis. Bald weiß Louisa nicht mehr, wem sie vertrauen kann. Lediglich der unnahbare Theo, der sie durch die Arbeit mit seinen Pferden beeindruckt, scheint sich vom Circle zu distanzieren. Obwohl Louisa spürt, dass es klüger wäre, sich von ihm fernzuhalten, kommen sich die beiden näher. Und schließlich muss sie sich die Frage stellen: Sind ihre Gefühle stark genug, um gegen Theos Geheimnisse zu bestehen?

Band 1

416 Seiten • Gebunden • ISBN 978-3-401-60671-2 • www.arena-verlag.de